씨 알

이 광 민 소설집

뿌리출판사

씨 알

이 광 민 소설집

왜곡할 수 없는 수필 보다 자유롭게

수필계의 뒷자리에서 수필을 써 온 지는 꽤 오래 된다. 그러나 수필이 자기체험문학이라는데 늘 한계를 느꼈다. '나'의 등장을 왜곡할 수 없는 것이 수필이었다. 반면에 그 왜곡을 자유자재로 오르내릴 수 있는 사고의 세계가 소설이었다. 그래서인지 요즘에는 일인칭 소설이 삼인칭 소설보다 우대 받는 인상이 짙다. 그것은 소설을 읽다보면 '나'를 글 쓴 작가로 변신하는 착각을 부를 때가 있어서 관심의 대상으로 부상하는 것 같기도 하다. 사실 수필에는 그러한 재미를 맛보기에 부족한 점이 많다. 왜냐하면 수필의 '나'는 언제나 글 쓴 작가 자신을 벗어날 수 없기 때문에…….

나는 수필을 쓰면서 그 자유로움을 탐닉하고 싶어서 소설을 기웃거려 왔다. 그러나 소설 역시도 생각처럼 자유롭지 않았다. 비록 허구에 의한 '나'의 자유는 구가할 수 있어도 작품성에 부닥쳐야 하는 어려운 문제가 또 기다렸다. 과연 소설의 작품성이 무엇일까? 나는 지금도 그것을 모르고 소설을 쓰는 것이다. 요즘은 읽어서 이해가 되지 않는 어려운 소설이 많아서 무엇이 소설의 작품성인지 더더욱 모호한 느낌이다. 그런 걸로 보아 나는 시쳇말로 글쟁이 자격도 없으면서 외람되게 수필이면 수필, 소설

사고할 수 있는 것이 소설 이었다

이면 소설하고서 양다리를 걸쳐 긁적거려왔다. 어느 것 하나 제대로 이루지도 못하고 무모한 행각으로 좌충우돌하다가 그만 지치고 말았다.

이번에 한국문화예술위원회에서 주관하는 복권기금의 수혜를 입어 미력하나마 중편 3편을 묶어 1권의 책으로 내놓게 되어 일면 다행스럽지만 두려움은 여전해서 움츠러든다. 막상 책으로 갈무리하려 다시 읽어보니 발표 당시의 생각과 지금의 생각에 엄청난 차이가 벌어져 있었다. 물론 시대의 흐름에 따라 사람의 생각이 변할 수는 있어도 갈등이 보통으로 느껴지는 일이 아니었다. 솎고 덧붙이는데 솔직히 새로 쓰는 노력보다 더 힘겨웠다. 어쨌든 책으로 나올 수 있다는 데에 정신을 집중시켜 사력을 다했다면? 하지만 얼마나 호응을 얻을지는 미지수로 그 글을 쓴 작가는 누구든 고뇌하며 외로워할 것이다. 보잘것 없는 졸작임에도 불구하고 책을 만들어 주신 뿌리출판사의 노고를 잊지 않을 것이다.

2008년 가을에

저자 **이광민** 올림

월 척

1

마을 어귀에서 차를 세워 내린 미나는 그 차가 다시 출발하여 농로를 따라 저수지 쪽을 향하여 달아나듯 사라지는 것을 보고서 천천히 걸음을 옮겼다.

시댁 마을은 텅 빈 듯 을씨년스럽다. 그녀는 당초 정이 붙지 않는다. 시어머니가 살고 있다는 것을 빼고 나면 자기와는 아무런 연관도 없는 마을 같이 느껴진다. 엄밀히 따지면 남편의 고향 마을이지 자기 고향 마을은 아니었다. 여자들은 왜 남편의 고향을 자기 고향으로 착각하는지 모를 일이었다.

그녀가 기우뚱한 기와지붕 밑으로 들어섰을 때 범실댁은 깜짝 놀랐다. 아무 연락도 없이 불쑥 나타나는 며느리의 얼굴이 낯설었다. 며느리가 아닌 줄 알았다. 아닌 밤중에 홍두깨 하나가 나타나는 기분이랄까. 한 번도 이렇게 불쑥 온 일은 없었다. 명절 때 아니면 한 번 다녀갈 생각도 없었던 며느리였다. 범실댁의 눈은 얼마동안 둥그렇다.

"아니? 니 니가 갑자기 웬일이고?"

범실댁은 어리둥절해서 며느리 앞에 멍청히 서있었다.

"어머님, 안녕히 계셨어요?"

그렇게 말하는 미나도 서먹하기는 마찬가지였다. 사실은 말이지, 그녀 자신도 엄청 어쭙잖게 일을 저지르고 난 자책감에서 헤어나지를 못했다.

"내 내야 괜찮다만 무 무슨 일이고?"

범실댁은 가슴이 두근거렸다. 꼭 무슨 일이 일어난 것만 같았다. 며느리의 갑작스런 출현은 한마디로 충격이었다.

"어머님께 한 번 다녀오지 않는다고 하도 성화를 대서 갑자기 왔어요."

"누가?"

"누군 누구요? 다른 사람이 그르겠어요?"

"석이 애비가 그랬나? 원 참? 쓸데없이……."

"글쎄 말예요."

"아무리 그래도 그렇지. 전화라도 하고 올 것 아이가?"

"석이 아빠, 회사에서 전화 안 했어요?"

남편이 회사에서 시어머니에게 전화한다는 약속은 없었다. 전화는 그녀 자신이 알아서 할 일이었다. 그래서 전화를 할까 하다가 시어머니가 굳이 이곳에 오지 못하도록 막으면 곤란하다 싶어 그만뒀다.

"전화했음만 내가 못 오도록 막았제."

"석이 아빠 회사 일이 바빠서 그랬나? 자기가 전화한다 했는데……."

그녀는 얼버무렸다. 오늘 일은 아무튼 그녀 자신이 생각해도 연극 같다. 남자친구가 아니었으면 이렇게 갑자기 올 일은 없었다. 어젯밤 남편이 잠자리에 들면서 시골 어머니에게 한 번 다녀오면 어떻겠느냐 운을 뗐을 때 그녀는 단연 반대를 했다. 시골에 대한 그녀의 거부감은 어제오늘의 일이 아니고 결혼과 동시에 생긴 일종의 편견에 가까워 있었다. 남편과 연애를 할 때에도 다른 것은 다 좋았는데 시골 출신이 영 못마땅했다. 도싯물만 먹어 결혼을 하고 나니 시골은 무조건 싫어졌다. 농촌 총각 장가 못가는 이유가 그녀에게는 당연해 보였다. 남편 명의 논밭이 이천여 평이나 있어도 별 거 아니었다. 그 땅값은 볼 품 없어 다 팔아도 도시 땅 여남은 평을 못 샀다. 그 논밭을 시어머니가 남에게 맡겨서 농사지어 얻어지는 수확은 고작 쌀 몇 가마니였다. 그 쌀을 시어머니가 매번 부쳐주어 앉아서 받아먹으니 쌀값에 신경 쓸 일은 없어도 어느 시점이 지나면 진절머리가 났다. 여름철 쌀벌레가 꾸물거리는 걸 보면 구석자리를 깔고 앉은 쌀부대를 당장 바깥으로 내던져 없애고 싶을 때도 있었다. 언놈 쌀 안 부쳐 주면 굶어 죽을까봐……. 차마 쌀부대를 바깥으로 내던지지는 못하고 발길로 툭툭 걷어차며 화풀이를 했다.

어젯밤 남편은 불만을 삭이면서 마지못해 잠들었다. 미나도 등을 돌린 채 잠들려 했으나 잠이 오지 않았다. 동욱을 몸으로 한 번 받아들이고는 아무렇지 않은 일에도 남편과 곧잘 갈등을 빚고 싶었다. 남편 성욕은 일주일을 넘지 못했다. 일주일만 되면 어김없이 옷을 벗겼다. 그때마다 그녀는 하나의 기계 부속품처럼 내맡기곤 했다. 어느 때는 잠든 채로 내맡겨지기도 했다. 내맡기는데 충실하면서도 그녀는 언제부터 남편 아닌 다른 성은 어떠한 것일까 하는 의문을 가지게 됐다. 그것이 동욱을 받아들이고는 남편 등을 곧잘 떠밀어내는 계기가 됐다. 어젯밤에도 그렇게 떠밀어냈다. 아마 남편은 시골 어머니에게 한 번 다녀오지 않겠느냐는 운을 띠운 반감에서 등이 떠밀렸다고 생각할지 모른다. 그러나 그녀가 등을 돌리고 누우면 이제는 남편 체취가 그전 같지 않아 엔지니어의 기계기름 냄새가 났다. 동욱에게서 맡았던 풋풋한 과일 냄새 같은 느낌은 아예 없었고 모빌 냄새가 코로 들어오는 것이었다. 어쨌든 남편은 엔지니어였으니까.

　동욱과 첫 만남은 우연에서였다. 아파트 부인회에서 지리산 등반을 하고 내려오던 길에 발목을 삔 그녀는 절뚝거려 남들보다 한참 뒤처져 있었다. 관광버스가 기다리는 주차장까지는 아직도 까마득한 거리였다. 어쩌나? 그녀의 마음은 급하고 발걸음은 놓이지 않았다. 그때 마침 승용차 한 대가 뒤에서 빵빵거렸다. 그녀는 무조건 손을 들고 깨금발로 걸어 차를 가로막듯 했다.

　"발을 다쳤습니까?"

　차를 멈춘 남자가 유리문을 내려 내다보았다.

　"주차장까지만 좀 태워주세요."

　차문이 열렸고, 그녀는 차안으로 기어오르듯이 했다. 주차장에는 부인회에서 타고 온 관광버스가 기다리고 있다.

　"어디에서 오셨습니까?"

　차가 출발하면서 남자가 물었다. 그 입에서 껌 냄새가 났다.

　"대구에서요……."

　"아 나도 대구인데요."

남자는 의외로 반색을 했다. 그리고는 차량통제구역임에도 불구하고 차를 운전할 수 있었던 일을 설명했다. 만 원씩 받고 스무 대만 들여보내도 하루에 이십만 원이라는 부당 수입이 매표구에서 생긴다는 것이었다. 어쩌면 그는 차를 몰고 들어간 자기 위세를 설명하고 싶었는지도 모른다.

미나가 주차장에 도착하니 일행들이 관광버스 안에서 창문으로 내다보며 초조하게 기다리고 있었다. 급히 승용차에서 내리려는데 남자는 명함 한 장을 손에 쥐어주며 말했다.

"부동산 사무실을 하고 있어요. 전세나 매매에 대한 일이 생기면 연락주세요."

그녀는 명함을 손에 쥐고 차에서 내렸다. 고맙다는 인사를 할 여가도 없이 그 승용차는 금방 움직이고 있었다. 그렇게 사라지는 차의 꽁무니를 바라보는 그녀 시선에는 무엇인지 모를 아쉬움이 남았던 것이었다. 그 일이 있고 열흘쯤 지나서 전셋집을 구하는 친구 전화를 받았다.

동창생인 친구는 전세를 구하지 못해서 쩔쩔 맨다며 니네 아파트에 전세 나온 것 없느냐고 하소연을 했다. 전세품귀 현상은 어제오늘의 일이 아니었다.

미나는 비로소 그때 그 명함 생각을 하고 핸드백을 뒤졌다. 그 친구 전화가 아니었으면 그 명함은 까마득히 잊어버릴 수도 있었다.

미나는 핸드백 속에서 나온 명함을 들고 전화를 걸어 처음으로 한동욱이라는 이름을 입에 올렸다. 그에게 발목 삐었던 일을 상기시켰고, 친구 전셋집 부탁을 했다.

"글쎄요. 전세가 워낙 품귀라……. 나오면 순서를 빼돌려 특별히 배려하겠습니다."

그 말대로 삼일이 지나서 서른 평짜리 아파트가 하나 나왔다는 급한 전화가 왔고, 미나는 서둘러 동창을 불러 그의 사무실로 찾아갔다.

지리산에서 발을 삐었을 때 보았던 모습보다 훨씬 더 젊은 남자가 사무실에 혼자 앉아 있었다. 그를 보는 순간 미나는 풋풋한 과일냄새 같은 것을 맡았다. 남자 와이셔츠 칼라에 묻은 향수 냄새였을 것이다. 그러나 어쨌든 그녀의 코에는 풋풋한 과일 냄새가 스며들고 있었다. 그 자리에서 친구의 전세계약을 마치고 사무실을 나왔다. 동창과도 헤어졌다. 그런데 이상한 일이었다. 그녀의 코에서는 여전히 풋풋한 과일냄새가 스며들고 있었다. 그만 발걸음이 머뭇거려지기 시작했다. 왠지 마음에 허전한 느낌이 들고 그를 다시 한 번 만나보고 싶은 충동을 느꼈다. 그리고는 며칠 전에 읽었던 신문 가십난이 머리에서 떠올랐다.

〈중년 주부들의 모임에 가면 농담 삼아 하는 말이 있다. 연하의 남자친구를 둔 주부는 금메달, 또래의 남자친구를 둔 주부는 은메달, 연상의 남자친구를 둔 주부는 동메달, 그도 저도 없으면 목메달이라는 것. 젊은 남자친구일수록 좋고 나이가 많으면 목에 거는 메달의 급수가 떨어진다. 아예 남자친구가 없으면 얼마나 쓸쓸했기에 목이라도 매달고 싶은 심정의 목메달이 되었을까…….〉

사회부 여기자가 쓴 가십이었다. 그 가십 기사가 떠오르자 미나는 정말 내가 목메달이라는 생각이 들어 따분했다. 그만 머뭇거리던 발걸음을 돌렸다. 그리고 그 부동산 사무실을 다시 들어갔다.

혼자 사무실을 지키던 그 남자는 무엇을 잊었느냐고 물었다.

"아뇨, 저번 지리산에서는 너무 미안했거든요. 차라도 한 잔……."

"어이구, 이거 정말 영광입니다."

두 사람은 같은 건물 이층에 있는 커피숍으로 올라갔다. 서로 궁금한 이야기를 주고받으면서 미나는 금방 금메달(연하)을 목에 건듯한 기분에 잠겼다.

그는 낚시를 아주 즐긴다고 했다. 낚시는 자기 직업의식과 맞물린 취미생활이라고 했다. 낚시는 부동산 경기를 측정하는 바로미터가 된다는 것이다. 그래서 새로운 부동산 소재를 찾아 낚시를 간다는 것이었다.

"부동산도 자꾸 새로운 소재를 찾아서 부단히 연구를 해야 합니다. 낚싯줄을 던질 만한 저수지가 있다 하면 어디든지 찾아 떠나갑니다. 수면 위에 낚싯줄을 던져놓고 그 지역 부동산의 미래성에 대하여 깊이 생각하고는 투자가치가 있다싶으면 남들보다 한 걸음 앞서 손을 쓰기 때문에 실패한 적은 거의 없었습니다."

이야기가 미나의 귀에 아주 진지하게 들렸다. 정말 손색이 없는 금메달감으로 성큼 다가섰다.

"우리 친구해요."

미나가 먼저 말해버렸다.

"그래요."

"금메달인 걸요."

"그게 무슨 뜻이죠?"

미나는 사회부 여기자가 쓴 그 신문 가십의 기사를 이야기해 주었다. 그는 호쾌하게 웃었다. 두어 시간 그렇게 이야기하며 커피숍에 앉아 있었다.

커피숍을 나와서 헤어질 때 그는 말했다.

"우리 앞으로는 자연스럽게 만나요."

그 후의 만남은 정말 자연스러웠다. 무료함을 느낄 때면 미나는 그에게
전화를 걸었다.

"여보세요 금메달 씨!"

하면은 그는 커피숍으로 나오라고 했다. 어느 때는 그가 먼저 전화를 걸
어 미나의 무료함을 달래주기도 했다. 여기까지는 별일 없는, 말 그대로
좋은 금메달의 남자친구가 되어주었다.

비가 부슬부슬 내리던 날, 커피를 마시고 다방을 나오자 동욱은 날씨도
우울한데 바람이나 한 번 쏘이자고 제의했다. 그녀는 결코 마다할 이유가
없었다.

차를 타고 합천 해인사까지 갔다. 절에는 들어가지 않고 절 밖에서 한
시간을 쉬었다가 돌아오는 길에 모텔 앞에서 차를 멈춘 그가 들어가면 어
떠냐는 눈짓을 했다. 군이 싫다면 강요하지 않겠다는 태도 같았다. 미나는
고개를 돌려 창밖을 내다봤다. 남편과 잠자리를 하면서 느꼈던 생각이 떠
올랐다. 남편 아닌 다른 남자의 성은 과연 어떤 것일까 하던 의문이 스멀
스멀 몸속으로 기어들었다. 얼마동안 눈치를 보던 남자는 모텔 안으로 차
를 들이밀었다. 그녀는 속으로 어쩔 수 없다는 변명을 내세웠지만 한 번도
체험하지 못했던 미지의 세계를 은근히 기다렸는지도 모르는 일이었다.
왜냐하면 모텔 방에서는 그녀의 몸이 남자보다 더 뜨거웠기 때문이었다.
그녀는 비로소 오르가슴의 세계는 넓고 무한하다는 것을 맛보았다. 남편
에 정체된 중년의 허기를 충족한 기분에 들떠있었다.

그날 그녀는 알았다. 남자친구라는 용어가 순수성을 떠나도 달리 불러 줄 말이 없다는 것을……. 그리고 나이가 젊을수록 메달 순위가 높아지는 당위성도 체득을 했다.

모텔을 나와서 집으로 돌아오며 그녀는 시골에 시어머니가 살고 있는 일이며 이천여 평의 논밭이 있는 이야기를 털어놓았다. 그때 그는 저수지 가 있느냐 물었다. 그러나 이렇게 낚시를 온다는 생각은 하지 못했다.

어젯밤 등을 떠밀린 남편은 오늘 아침 아무 말이 없었다. 말을 피하는 눈치였다. 현관문을 밀고 출근하는 남편의 어깨 위에 미움을 더 포개주고 싶었다. 남편이 출근하고 한 시간쯤 지나서 동욱의 전화가 왔다.

"우리 오늘 낚시 가요?"

미나가 갑자기 웬 낚시냐고? 어디로 가느냐고 물으니 "거기" 였다.

"거기가 어딘데요?"

동욱의 대답은 이외였다. 바로 그 저수지였다.

전화기를 든 채 한동안 의아해 있던 미나는 하필이면 왜 거기냐고, 거기 는 시어머니가 있는 고향 마을이라 같이 갈 수 없다고 했다.

"사실은 그쪽 방면을 꼭 한 번 답사해 보고 싶었어요. 중앙고속도로가 완전히 개통되는 날 그 주위의 땅값이 뛸 만한 데가 어디에 있을 거라 생 각합니다. 그게 바로 그곳일지 누가 알아요?"

아무렴 그렇지 시집 마을인 곳엘 어떻게 남자와 낚시를 가느냐고 미적 거리자 그는 그것이 도리어 절호의 기회라는 해석을 달았다.

"시어머니가 있는 고향을 다니러 갔는데 남편에게 의심받을 일이 못되 잖아요."

미나는 전화를 끊고 한참동안 생각에 잠겼다. 어젯밤 남편이 시골 어머니에게 한 번 다녀오면 어떠냐고 했을 때 거부반응을 보였고 그 일로 인해서 남편은 사뭇 시무룩해 있었다. 지금이라도 시골을 다녀오겠다 하면 남편이 좋아할 것은 뻔했다.

그녀는 전화기를 들었다.

"나 시골 어머니에게 다녀올게요."

미나가 그렇게 말하자 남편의 목소리는 금방 밝아졌다.

"정말이냐? 잘 생각했어. 진작에 그렇게 마음먹을 것이지. 잘 다녀와. 며칠 묵고 와도 돼. 석이는 내가 알아서 아침 먹여 학교 잘 보낼테니……. 석이 걱정은 말고 다녀와."

미나는 다시 동욱에게 전화를 걸었다.

"우리 거기로 낚시 가요."

2

일흔의 나이를 맞는 범실댁은 건강한 편이다. 소일거리로 두어 마지기의 밭을 손수 가꾼다. 그것이 건강을 지탱하는 원동력이기도 하다.

"니도 그렇채? 안 와도 될 일을 뭐하러 오노? 애비가 다녀오란다고 그만 불쑥 오나? 니도 잘못이제."

범실댁은 갑자기 나타난 며느리가 못마땅했다.

"이렇게라도 다녀가지 않으면 그 사람(남편) 직성이 안 풀려요."

"직성 안 풀릴 것도 많다카제……."

"염려 말아요. 내일이면 갈 텐데요 뭐."

시골의 잠재된 거부감만으로도 미나는 하루 더 이상 묵고 싶지 않다. 때문에 내일 간다는 메시지를 시어머니 귀에 분명히 전달할 필요가 있었다. 며느리가 왔다고 시어머니가 무슨 일거리를 떠벌려 이틀이라도 묵게 될까봐 지레 겁이 났다. 그녀는 분명 내일 돌아간다는 생각을 하고 있었다.

"내일, 내일은 가야하고 마고제. 말할 게 뭐 있노? 애비 출근도 해야 하고, 석이 학교도 가야 하는데 하룻들 니가 집을 비워도 되나. 내일은 꼭 가 그라."

며느리가 집에 들어서자마자 내일 간단 말을 안 해도 범실댁은 도리어 재촉을 해서라도 내일은 보내고 싶었다. 도싯물만 먹은 며느리라 사실 하룻밤만 자고 가는 것도 범실댁 자신이 더 부담스럽다. 며느리를 본 지 십 년이 다 돼가지만 일주일을 한 집에서 같이 살아본 적이 없다. 어쩌지 못해 명절에 한번 오면은 짜증난 낯색뿐이었다. 하기야 노인네 혼자 사는 시골집이 도시 아파트 공간처럼 청결하겠냐마는 그래도 명절이랍시고 왔으면 퉁퉁 부은 얼굴은 보이지 않았어야 했다. 그런 얼굴을 보노라면 범실댁은 되레 초조해서 명절이고 나발이고 한시라도 빨리 며느리를 보내고 싶었다.

어쨌든 오늘은 제 발로 불쑥 찾아온 며느리고 보면 싫든 좋든 하룻밤은 묵고 갈 일이었다. 그 며느리가 밤이 되자 무던히도 피곤한 모양으로 자기 혼자 잘 방을 챙기더니 일찌감치도 불을 끈다. 오랜만에 시골을 오느라 피곤도 하겠지 생각한 범실댁은 늘 혼자서만 거처하는 자기 방에도 잠자리를 펴고 불을 껐다. 아무럼 그렇지? 내가 초저녁잠이 많은 사람인데……. 나보다 초저녁잠이 더 흔해설랑 쯔쯔쯔……. 그것도 그렇지만 하룻밤만 자고 내일이면 떠나간다는 며느리가 시어미 곁에서 하룻밤을 같이 자기가 무어 그리 불편하다고 독방을 차리는가 말이다. 범실댁은 그게 못내 서운했다.

아예 잠자리부터 독방을 차린 미나는 시어머니의 서운한 심정 같은 것은 아랑곳할 바 아니다. 잠을 자기는커녕 신경이 곤두서있다. 일찍 자고 일찍 일어나는 시어머니 잠버릇을 아는 터라 오늘 같은 날은 그 시어머니가 더 일찍이 잠들어 주기만을 바라고 있었다. 마음은 이미 낚시터에 가 있는 것이다. 그 일이 아니면 여기 올 리도 없었다. 낚시하는 동욱에게 이끌려 온 것이다. 그는 밤이 되면 낚시터로 꼭 오라고 했다.

중앙고속도로는 마을 앞을 통과한다. 그 공사가 지금은 마무리 단계였다. 완전 개통되었을 때 그 주위 땅값이 오를 만한 숨은 곳이 있을 거라는 동욱의 지론을 미나가 반대할 이유는 없었다. 분명히 그는 선견지명이 있는 남자로 생각되었다. 이미 방음벽까지 설치된 완성단계의 고속도로이고 보면 그가 낚시하는 저수지는 마을과 완전히 분리되어 있었다. 고속도로가 생기기 이전 같았으면 마을과 저수지가 연속 시야에 놓이지만 고속도로가 생겨서 양쪽으로 갈라놓았다. 바로 그 저수지에서 동욱은 지금 밤낚시를 즐기고 있는 것이다. 솔직히 미나는 그의 성을 한 번 더 체험하고 싶은 것이다. 해인사를 갔다 오면서 거절하지 못했던 단 한 번의 체험은 남편에게서 얻지 못했던 새로운 느낌으로 자리 잡고 있었다.

시계바늘이 열한 시를 넘어섰다. 미나는 누운 자리에서 일어났다. 문을 열고 발소리를 죽이며 밖으로 나온다. 발을 딛고 선 뜰 위로 휘영청 밝은 보름달빛이 쏟아진다.

정적은 왜 이렇게 옷깃을 파고드는가. 아니, 정적은 그 누구에게도 감시받고 있지 않아서였다. 그녀는 안방 문 앞에서 깊이 잠든 시어머니의 콧소리를 확인했다. 그리고서 뜰을 내려 발끝으로 사뿐사뿐 안마당을 디뎌 소리 없이 대문을 열고 닫았다. 대문 바깥에서는 자신도 몰래 두어 번 발걸음이 멈칫거려졌다. 곧장 저수지 쪽을 향하여 발걸음을 재촉한다.

그녀가 얼마동안 걸었을 때 고속도로가 앞을 가로막았다. 그 고속도로 밑으로 뚫어진 농로는 한 점의 달빛도 머물지 못하는 아주 어두운 굴속이었다. 그 암흑 속에 몸이 감추어지고서 안도의 숨을 내쉰다. 아무리 텅 빈 시골 마을이라지만 남의 눈을 전혀 의식하지 않을 수는 없었다. 굴속으로 들어서기 전에는 솔직히 불안하고 긴장되어서 누가 뒷덜미를 잡아당기는 듯했다.

굴속에서 뒤를 돌아다보니 마을은 눈에 보이지도 않는 아주 다른 곳에 비켜나 있었다. 등줄기가 축축이 젖는 듯했다. 그녀가 굴속을 벗어나자 동욱이 낚시하는 저수지가 금방 나타났다.

그녀는 새삼 소름이 오싹 끼쳤다. 인적을 느끼지 못하는 밤의 정적이 무서웠다. 대신 남자의 존재는 위력을 가진다. 그 이끌어내는 마력이 없었다면 개미새끼 한 마리 얼씬거리지 않는 밤의 정적을 뚫고 이 저수지까지 무엇 때문에 찾아왔겠는가? 그녀는 저수지 둑을 단숨에 기어올라서 사방을 살폈다. 밤낚시 하는 남자의 모습을 발견하고서야 옴츠려졌던 몸이 스르르 풀린다.

동욱은 물가에 그림자처럼 앉아서 낚시를 한다. 보름달빛이 내리는 수면은 너무 고요하다 못해 차라리 푸른 보료를 깔아놓았다.

그녀는 밤낚시 하는 모습을 처음으로 보았다. 조그마한 미동도 없이 석고상처럼 앉아서 수면을 내려다보는 남자의 그림자가 한 폭의 그림을 연상케 했다. 아무도 없는 이 밤중에 물가에 혼자 앉아 있다는 그 자체만도 아주 대단했다. 그래서 그는 스스로 낚시광이라고 했던가……

그녀가 가까이 다가서도 동욱은 반응이 없었다. 그런 남자의 등을 약간만 떠밀면 무아지경이 깨져서 물속에 곤두박질칠 것 같았다. 저런 것이 심취인가?

그녀가 먼저 말을 걸었다.

"일찍이 나올 수가 없었어요."

"알아요."

"식사는요?"

"해먹었어요. 일주일 정도는 여기서 내 혼자 해먹을 수 있어요."

"혼자서 밤중에 무섭지 않아요?"

"무섭긴? 어디 이런 낚시가 한두 번인가요. 심취해버리면 다른 생각은 나지 않아요. 호랑이가 옆에 와서 입을 벌려도 모를 지경이지요."

"정말?"

"무엇엔가 심취한다는 것, 그것을 느낄 줄 모르는 사람은 이런 것을 두고 미쳤다고 하지요."

"정말 내가 보기에도 미친 것 같네요."

"아무렇게 생각해도 좋습니다. 어쨌든 나는 낚시에 취해 있을 뿐이니까요."

"낚시는 잘 돼요?"

"예. 기대가 큽니다."

"무슨 기대?"

"월척을 꼭 낚고 말 겁니다."

"월척? 그런 고기가 시골 이 작은 저수지에도 있어요?"

"있다는 신빙성을 얻었어요."

"무엇으로?"

"낚시꾼들의 지나간 흔적이 모두 월척을 낚기 위함이었어요."

"정말요?"

"한 번 두고 보라니까요. 월척을 꼭 낚고 말 테니까요."

"언제요?"

"그건 나도 모르죠. 언제 그놈의 월척이 낚일지?"

"밤을 새워서라도 낚겠다는 뜻인가요?"

"그게 아니고요. 낚싯대를 거두지 않고 계속 이대로 둔다는 뜻이에요. 그러면 밤사이에 월척이 물릴 수 있거든요. 자고 일어난 내일 아침에 낚싯줄을 잡아당기면 월척이 터억 물려있다는 상상을 한 번 해 보시구려. 얼마나 기분 좋은 아침인가요!"

"정말 그럴 수도 있을까요?"

"물론 있지요. 그것이 내일 아침일 것 같은 예감이 들어요. 아마도 내일 아침은 아주 기분 좋은 아침이 되리라?"

동욱은 자리에서 벌떡 일어섰다. 서너 발걸음 아래로 내려가서는 허리를 굽혀 후드득후드득 얼굴에 물을 끼얹어 세수를 한다.

수건으로 얼굴을 닦고 난 동욱이 그녀의 손목을 이끈다.

조금 떨어진 곳에 텐트를 쳐 놓았다. 두 사람은 텐트 안으로 들어갔다.

텐트 안에서 동욱이 불을 켜자 미나가 말한다.

"불은 왜 켜요? 달빛이 스며드는데."

"커피도 한 잔 끓여먹을 겸……."

한켠에 취사도구들이 흩어져 있었다. 동욱은 버너를 앞으로 당겨서 불을 붙였다. 미나는 커피가 어디에 있느냐 물었다. 동욱이 박스를 가리킨다.

"무슨 박스가 이리도 많아요?"

"아까 말했지요? 일주일 정도는 여기서 내 혼자 먹고 자고 생활할 수 있다고?"

박스 안에는 쌀, 된장, 고추장, 통조림, 라면, 맥주, 음료수, 과자…….

박스를 뒤적이며 커피를 찾던 미나는 넘쳐나는 먹거리에 의아했다.

"무엇을 이리도 많이 가져왔어요? 내일이면 갈 걸……."

그녀는 남자의 얼굴을 살폈다.

"낚시에는 만약의 사태에 대비할 필요가 있어요. 만약의 사태는 예고가 없어요."

당초 약속은 하룻밤이었고, 아무리 만약의 사태에 대한 대비라도 미나가 생각하기에는 지나쳤다. 동욱이 말하는 만약의 사태가 무엇을 의미하는지 몰라도 그런 돌발 변수가 있어서는 절대 안 된다. 왜냐하면 그녀는

시댁에 들어서기 바쁘게 시어머니에게 내일 간다는 메시지를 전달해 놓은 상태였다.

"걱정마슈. 신고 가면 되니까. 짊어지고 갈 일도 아니고. 차 두고 뭐해요? 낚시를 떠나면 언제나 그 정도의 준비는 기본인 걸요."

미나는 웃고 말았다.

버너 위에서 물이 끓어오른다. 미나는 종이컵에 물을 부어 커피를 탔다. 커피 맛이 향기롭다.

3

자명종 소리를 듣고 미나는 눈을 떴다. 텐트 안에서 울리는 자명종 소리는 새벽의 정적을 앗아가는 듯했다. 그녀는 급히 머리맡을 더듬어 울림을 정지시킨 다음 잠자리에서 몸을 일으켰다. 지난밤의 행위에 대한 기억이 피부에 그대로 묻어있다. 텐트 안으로 들어와서 그녀는 커피를 찾아 끓였고, 그 커피를 다 마시기도 전에 동욱의 손길이 그녀의 온몸을 훑어 내렸다. 남자의 몸이 짓눌려질 때 그녀는 신음을 토해냈다. 느낌이 경지에 도달하면서 그녀는 남자의 어깨를 껴안고 흐느꼈다. 남자의 몸은 그녀에게 비밀의 보따리 하나를 더 풀어놓았다.

그녀는 옷을 챙겨 입고 이마 위로 흩어져 내린 머리카락을 뒤로 쓰다듬었다. 아직 남자는 깊이 잠들어 있었다. 그녀의 손이 남자의 어깨를 흔들었다. 슬며시 눈을 뜨는 남자가 몹시 부자연스러워 보였다. 하지만 그녀는 지금 쫓기고 있었다. 곧장 집으로 돌아가도 시어머니가 벌써 일어났으면 어떻게 변명할 것인가? 그녀의 쫓김은 그런 불안감이었다. 시어머니 모르는 외박을 한 자신을 정당화하기 위해서는 시어머니의 기상 전에 집으로 몰래 숨어 들어가는 수밖에 다른 방법은 없었다. 아니지, 아직은 시어머니가 자고 있을 시간으로 미루고 싶다. 세상이 아직은 잠들어 있을 시간에 물려 있다. 어젯밤 텐트 안에 있는 자명종을 그렇게 여유를 가져 맞추어 놓았다.

"빨리 가 봐요. 나도 빨리 집으로 가봐야 돼요."

미나는 서둘렀다. 남자의 손목을 잡아 일으켰다.

"어딜?"

동욱은 일어나며 탁음을 냈다.

"월척이 물렸는가? 그리고 나는 빨리 집으로 가야지요. 시어머니가 일어나기 전에 집에 도착해야 해요."

"아참 그렇지. 시어머니가 일어나기 전에 집에 가야지. 내가 왜 그걸 잊었을까?"

남자도 서둘러 옷을 입는다.

두 사람은 텐트를 나왔다. 텐트 바깥은 만월의 마지막 달빛이 기울어지고 있었다. 그리고 보면 아직은 아침이기 전에 새벽이었다. 어제 밤 낚시하던 자리로 걸어갔다.

낚싯줄은 그대로 물속에 잠겨있었다. 그렇게 낚싯줄만 던져놓고 자리를 비워도 밤사이 월척이 물린다 했으니 미나의 가슴이 두근거린다. 정말

로 월척이 물렸으면 아주 기분 좋은 아침으로 다가설 것이다. 그 기대가 의외로 부풀면서 그녀는 쫓긴다는 생각에서 잠시 헤어났다.

"어때요? 월척이 물렸어요?"

미나는 묻고서 동욱의 얼굴을 쳐다봤다.

"……."

수면 위에 시선을 던진 그 남자는 아무 반응도 보이지 않는다. 반가움도 포기도 아닌 모호한 태도로 담배를 꺼내 입에 문다.

"월척이 물렸어요 안 물렸어요? 물렸으면 물렸다, 안 물렸으면 안 물렸다 말을 해야 알지요?"

시어머니에 쫓긴다는 사실도 깜빡 잊은 미나는 가슴이 서늘했다.

"……."

"빨리 낚싯줄을 당겨요. 월척이 끌려 나오는 걸 보고 싶어요. 어서!"

어느새 그녀는 월척이 물린 착각에 빠져들었다.

"……."

별 반응이 없는 사나이. 그는 묵묵부답으로 담배연기만 내뿜고 있었다.

"어서요. 어서 낚싯줄을 당겨 보라니까요?"

낚싯줄만 끌어당기면 흰 비늘이 물위에 솟아오를 것만 같아 그녀는 스릴마저 느낀다. 지금 시어머니에게 쫓긴다는 생각은 어디로 달아났는지 모른다.

"왜 그러고 섰어요? 낚싯줄을 끌어당기라니까? 어서요!"

그제서야 동욱은 고개를 쩔레쩔레 흔들었다. 그리고는 뜸을 들여 말한다.

"월척은 물리지 않았어."

"예?"

"물리지 않았다고."

"뭐라고? 물리지 않았다고?"

"몇 번 말해야 알아들어요? 물리지 않았어요."

남자는 약간 신경질을 내서 목소리를 한 옥타브 높여서 대꾸했다.

"낚싯줄을 당겨 보지도 않고 어떻게 알아?"

그녀도 따라서 목소리를 높였다.

"내가 어디 낚시를 한두 번 해보나? 보면 당장 알지."

"……"

그녀는 맥이 풀렸다. 착각으로 말미암은 환상이 깨졌다. 그녀 가슴에 썰렁한 바람이 스치고 지나갔다. 꿈을 꾸는 듯했다. 그래서 부르짖는다.

"그럼 월척은 꿈이었나?"

설렜던 그녀 가슴에 냉기가 파고들었다.

"꿈?"

그녀를 비웃기라도 하듯 동욱의 입이 비죽댔다.

"꿈이 아니었으면 뭐냐?"

그녀는 대들 듯 말했다.

"그렇지 않아요."

"그렇지 않다고? 뭐가 그렇지 않아? 월척이 물리지 않았다면서? 난 밤 사이에 물릴 줄 알았지. 그게 바로 꿈이 아니고 뭐였어?"

"안 물린 건 사실이야. 그러나 꿈은 아니야."

"아니면 뭐냐?"

"……."

동욱은 입술을 깨문다. 심각한 표정을 짓는다.

"아, 내가 왜 이래? 내가 뭣 때문에 흥분했지? 내가 뭣 때문에 월척에 집착했지? 참 이상한 일이네. 아무 일도 아닌 걸 가지고. 내가 흥분하고 나설 일이 아니었는데. 낚시를 잘 알지도 못하면서. 내가 미쳤네, 미쳤어."

그녀는 이제서 보니 자기 스스로 흥분해 있었다. 왜 그랬을까? 금메달(연하)이라는 남자의 희망사항에 부응하기 위해서였는지 모른다. 그 남자를 위해서 자신도 모르게 흥분했는지 모른다. 왜냐하면 그는 어젯밤 월척을 꼭 낚겠다 다짐했다. 그래서 그 남자를 위해서 월척이 낚이기를 바랐던 마음이 지나쳐서 흥분을 불렀는지 모른다. 그녀가 그만 머쓱해지고 있는데,

"사실은 사실대로 받아들이는 수밖에……."

동욱의 입에서 미묘한 웃음이 흘렀다.

"안 물렸으니 안 물린 대로 받아들이는 수밖에 그럼 뭐가 더 있어요? 참 웃기셔……. 금메달 씨답지 않은 말을 어찌 그렇게 해요?"

"아니야. 나는 쉽사리 포기하지 않아요. 월척을 꼭 낚고 말아요. 월척을 낚겠다고 한 번 마음먹었으면 물러서고 싶지 않아요. 이건 내 낚시의 철칙이오. 알겠어요?"

"참말로 웃기셔? 어디 월척이 금방 물린데? 금메달 씨 웃기지 마세요. 하하하……."

"웃기다니요? 하룻밤을 더 기다려서라도 월척은 낚아야 돼요. 나는 낚

시에서 한 번 먹은 마음을 포기하는 일은 좀처럼 없어요. 월척을 낚겠다고 한 번 마음먹었으면 어떻게 하든 낚고 말지 물러서지 않아요. 두고 보세요. 어쨌든 낚고 말 테니."

"네에?"

그녀는 뒤통수를 얻어맞은 듯했다. 놀란 토끼 눈 모양으로 동욱을 바라본다.

"왜 그렇게 봐요?"

"……."

미나는 할 말을 찾지 못했다.

"내가 말했죠? 만약의 사태는 예고가 없다고……. 바로 이런 것을 두고 하는 말이라니까요. 하룻밤을 더 묵어서라도 낚을 테니 두고 보세요."

"아니 그러면 나보고 하룻밤을 여기서 더 지내자고?"

"월척을 낚기 위해서는 불가피해졌어요. 만약의 사태에 대한 대비는 이미 철저히 돼 있는 상태이고, 하룻밤 아니라 이틀 밤인들 왜 못 묵겠소?"

"뭐 뭐이라고요?"

"이를테면 그렇다는……."

"이봐요. 금메달 씨. 설마 날 위협하는 건 아니겠지?"

"천만에. 내가 왜 연상의 연인을 위협해요? 낚시를 하룻밤 더 하자는 것뿐인데."

동욱의 음성은 가라앉아 있었다.

"……."

당혹해진 그녀는 말을 잃었다.

"왜 당혹한 표정을 지어요?"

"당혹해할 수밖에?"

"왜요?"

"약속이 틀려지니까요."

"무슨 약속?"

"우리가 여기 올 때는 하룻밤으로 약속했잖아요?"

"그건 만약의 사태가 없을 경우이지요. 어젯밤 내가 말했지요? 만약의 사태는 예고가 없다고, 언제라도 일어날 수 있다고. 그래서 나는 낚시를 가면 만약의 사태에 철저히 대비를 한다고요."

"어머……. 이 일을 어째? 난 오늘 갈 줄 알고 시어머니께 분명한 메시지를 전달했는데."

"메시지라니? 무슨 메시지요?"

"오늘 간다고. 시어머니께 오늘 간다는 메시지를 분명하게 전달했는데."

"성질도 급하서. 모처럼 시어머니한테 와서 간다는 메시지부터 전달하면 어떻게 합니까?"

"시어머니와 같이 생활하는 것이 싫으니 그랬죠. 하룻밤을 자는 것도 지긋지긋하다는 생각밖에 안 들었어요. 난 시골에 대한 거부반응이 처음부터 있었어요."

"왜 그래요?"

"도시에서 태어났고 도시에서만 자랐어요. 명절에 와서 이틀 밤을 자는 것도 정말 지긋지긋했어요."

"어쨌든 난 여기에 낚시터를 잡은 이상 월척을 포기하고 싶지는 않아요. 월척이 낚인다는 심증이 있으니까요."

어느새 날이 훤히 밝아온다. 동녘 하늘에 햇살이 비친다. 서로 말을 주고받느라 시간을 너무 많이 빼앗겼다.

그녀의 머릿속에 쫓긴다는 생각이 다시 떠올랐을 때는 이미 늦은 시간이 돼 있었다. 집으로 돌아가면 시어머니는 벌써 기상하고도 남을 시간이었다. 이 일을 어쩌나?

그녀의 마음은 앞뒤 돌아볼 여유 없이 급해졌다. 남자와 더 이상 무슨 말을 할 계제도 아니었다. 부리나케 집으로 발걸음을 옮겼다. 그렇게 집에 돌아오니 다행스럽게도 시어머니는 집에 없었다. 솟아오른 아침 햇살만 집 안에 가득했다. 그녀 혼자 애써 태연하게 아침상 준비를 한다. 작년에 입식부엌으로 개조했으니 망정이지 그렇지 않으면 신경질이 먼저 퉁길 일이었다. 따지고 보면 이제는 예전의 시골이 아니었다. 전기밥솥, 가스렌즈, 냉장고, 세탁기, 간이 상수도 시설……. 문화혜택은 도시와 별로 다를 바 없어도 그녀는 이 집만 들어서면 비참하다는 생각을 먼저 떠올리는 것이다. 처음 시집 와서 느꼈던 잠재의식의 발로인지도 모른다. 도시의 양옥집 처녀가 집이 시골인 총각과 결혼하여 시가를 처음 찾았을 때 제일 먼저 느낀 것은 황폐한 주거환경이었다. 이런 데서 어떻게 사람이 사느냐는 의문으로 이틀 밤을 자는데도 감옥살이와 진배없었다. 변소간에 두 다리를 벌리고 어설피 앉아 힘을 준 뒤에 퉁기던 물방울의 불쾌감은 두 번 다시 거기에 들어갈 일이 생길까봐 지레 겁을 먹었다. 지금은 여건이 그때와 몰라보게 많이 변해 있어도 그 잠재된 타성만은 여전히 살아 그녀 가슴에서 숨을 쉬고 있는 것이었다.

그녀가 낯설기만 한 촌스러운 그릇들을 이것저것 매만지면서 서툰 아침상차림을 한창 준비하고 있는데 범실댁이 대문 안으로 들어섰다.

범실댁은 아침 일찍 손수 가꾼 밭에 나가서 이슬에 젖은 깻잎을 한바구니 따오는 길이었다.

미나는 대문 안으로 들어서는 시어머니를 보고도 못 본척 해버렸다. 하지만 범실댁은 며느리를 보고서 말을 건넨다.

"아니, 나는 또, 아침에 자고 일어나 보니 사람이 없는 것 같기에 무슨 일인가 했다. 일찍이도 어디를 갔던 게냐?"

미나는 무슨 대답을 할지 몰라하다 엉겁결에 되묻는 것이다.

"어머님이야말로 어디 갔다 오세요?"

"나야 뭐 밭에 갔다 온다만 너는 어디를 갔던 게야?"

"아 예……. 저 말예요?"

하는 미나의 얼굴은 화끈거리고 있었다.

"지금 이 집에 니 말고 누가 또 있냐?"

"아 예. 등산요."

미나의 입에서는 준비도 없었던 말이 툭 튀어나왔다.

"등산?"

"예. 작년부터 아주 일찍이 일어나서 등산을 했어요. 그래서 무릎신경통이 덜해요."

"그래? 그것 참 잘 됐구나. 젊은 게 벌써 무릎신경통을 앓았나?"

"예. 새벽 되면 무릎이 저릿저릿 저렸어요."

"그것 봐라. 뭐니뭐니 해도 운동이 최고지. 사람이나 짐승이나 자꾸 움직여야 몸이 성해."

"정말 그런가 봐요."

미나의 급조한 가면이 시어머니에게 순순히 먹혀들었다. 급히 화제를 바꾼다.

"어머님, 일찍이 깻잎을 많이도 땄네요."

"니가 오늘 간다면서? 일찍이 나설까봐 새벽같이 서둘렀다."

"……."

미나는 말이 막혔다. 가슴속이 답답했다. 어제 이 집을 들어서면서 오늘 간다고 한 그 메시지를 변경할 판인데 입이 무겁다.

"도시에서 돈 주고 사먹는 채소가 어디 채소냐? 싱싱해야 말이지? 공연히 돈만 비쌀 뿐이지. 이것 한 번 봐라? 이슬 머금은 것이 얼마나 싱싱하노? 내가 힘이 부쳐 어디 농약을 한 번 쳤나? 농약은 근처도 안 갔다. 참말로 도시 사람들이 말하는 무공해 채소라는 기다. 도시에서는 눈 싹 닦고 찾아봐도 이런 무공해 나물은 없다 아이가. 가져가서 그늘에 잘만 두면 며칠은 안 시든다. 돈 주고 사먹는 거 공해 아닌 거 뭐가 있노?"

"……."

미나는 입을 꼭 깨물었다. 오늘 가지 않는다는 말은 해야겠는데, 어제 대문간 들어서면서 오늘 간다고 한 그 말을 함부로 바꾸기가 쉽지 않다. 그렇다고 월척을 낚겠다며 하룻밤을 더 버티는 동욱을 두고 혼자 먼저 갈 생각도 없었다. 텐트 안에서의 어젯밤은 깜빡 죽었다. 그 뜨거운 밤을 한 번 더 체험하고 싶은 것이다.

"몇 시에 갈 끼고? 이왕 가려면 일찍이 나서거라. 꾸물대지 말고."

그 말을 듣는 미나 가슴이 뜨끔하다. 하지만 범실댁이야 당연히 오늘 그렇게 갈 줄 안다. 어제 대문간 들어서며 오늘 간다던 그 며느리 아니었던가.

"어머님. 저……."

"이왕 갈 바에는 일찌감치 나서그란 말이다. 뭐 하룻밤 더 자고 갈 사람도 아이고. 안그라?"

"어머님, 저 오늘 안 가요!"

"뭐라고?"

"저 오늘 안 간다고요."

"그게 무슨 소리고?"

"오늘 안가고 내일 간다고요."

"오늘 안가고 내 내일 간다 캤나?"

"예."

"니가 어제 오자마자 오늘 간다 안 캤나?"

"……."

"그캐놓고 갑자기 무슨 바람이 불었노?"

며느리의 태도가 하룻밤 자고 나서 금방 달라졌으니 범실댁은 어리둥절했다.

"어머님, 하루 더 쉬었다 갈게요."

"하루 더 쉬었다 간다고?"

"예. 새벽에 산을 오르니 공기가 너무 좋네요."

"쯔쯔……. 언제는 시골이 싫다고만 캐놓고서?"

"등산을 안 할 때는 몰랐지요."

하루 더 쉬어 가겠다는 걸 누가 쫓기야 하겠는가마는 진작에 그런 이야기를 했으면 범실댁은 깻잎을 하루 더 미루어서 내일 아침에 땄을 것인데 그 며느리 어제는 집에 들어서기 바쁘게 내일 간다하기에 새벽같이 밭으로 나가서 며느리 가져가라 이슬밭을 헤쳐 깻잎을 땄던 것이다. 까짓 버린다 해도 소일거리 삼아 손수 가꾼 것이라 아깝지는 않다만 밤이슬을 맞아서 더 풋풋하고 싱싱해진 이파리를 며느리에게 간추려주려고 새벽같이 밭으로 나가서 치맛자락 적시며 정신없이 설친 품이 헛수고로 돌아와서 범실댁 마음이 좀 허전했다.

그 시어머니 마음을 헤아리지도 못하는 미나는 도리어 불편한 심기가 되어서 그 까짓 누가 가져간데? 돈으로 치면 서푼 어치도 안 되는 걸 가지고서 구차스런 짐이나 만들려 야단법석을 떤다는 생각이었다. 말이 났으니 말이지 그 시애미는 언제나 그랬다. 한 번씩 왔다 갈 때면 무엇인지도 모르는 것을 봉지봉지 싸서 주는데 가져가서 풀어보면 호박고지 무말랭이, 묵나물 같은 것으로 사실은 갖다버리기 십상이었다. 그나저나 어제는 오늘 가기로 해놓고 오늘은 별 이유도 없이 하루 더 늦추어 내일 가는 걸로 날짜를 물려버렸으니 시어머니 대하는 미나 얼굴이 어색해질 수밖에 없었다. 그래서 아침을 먹고는 집안 청소를 대충 해댄다. 낮이 뜨거워서 청소라도 해보는 걸 모르는 범실댁은 그래도 대견한 생각이 들어서 웬 일로 철이 좀 드는구나 하는 눈으로 바라본다. 전에는 빗자루 한 번 들 생각을 않던 며느리가 물걸레로 방바닥을 다 훔치니 말이다.

4

    미나는 어제와 같이 시어머니의 잠든 모습을 확인하고는 집을 나와 낚시터로 갔다. 남자도 어제의 모습 그대로였다. 낚싯줄을 물위에 던져놓고 한 폭의 그림처럼 석고상이 되어 앉아있었다. 그녀가 곁에 다가서서 말했다.

    "여봐요. 금메달 씨. 정말 지독하군."

    "뭐가요?"

    "낚시 말예요. 지겹지도 않아요?"

    "지겹긴?"

    남자는 피로해 보이지도 않았다.

    "날 기다렸어요?"

    "어젯밤 그 시간만 되면 올 줄 알았지. 봐요? 꼭 그 시간이잖아?"

    미나는 시계를 보고서 웃었다. 시어머니의 잠든 시간이 어제와 똑같았기 때문이었다.

    수면 위로 시원한 바람이 스치고 지나간다. 엷은 파문이 달빛을 흔들었다. 그녀의 이마 위에서 수수한 머리카락이 흩어졌다.

    "월척은 어떻게 됐어요?"

    "……"

"월척은 어떻게 됐냐니까? 그놈 월척 때문에 하룻밤을 더 묵게 됐잖아요."

"아직……."

"아직 이라니요?"

"월척이란 그렇게 쉽게 낚이는 고기가 아닙니다."

"그런 걸 두고서 꼭 낚겠다고 버티어요?"

"버티었으니 꼭 낚아야지요."

"언제요?"

"밤사이라도……. 어젯밤처럼 낚싯줄을 물속에 드리워놓은 채 자고 내일 아침에 일어나면 그놈이 물려 있을 거라는 가능성은 여전히 유효하거든요."

"또 안 물린다면?"

"사실대로 받아들이는 수밖에는……."

"똑같은 대답이네. 오늘 아침에도 그렇게 말했다고요."

"그러나 오늘밤에는 꼭 물리고 말 것만 같은 예감이 들어요."

"그 예감도 어젯밤과 꼭 같네 뭐?"

"심증이 변하지 않았으니까 예감도 같을 수밖에……."

"과연 월척 같은 고기가 이 작은 저수지에 있기나 한지?"

"있어요. 분명히."

"무어로 증명해요?"

"월척을 낚으려 했던 흔적이 분명히 남아있거든요."

"그 말도 어젯밤에 했던 말의 되풀이 아네요?"

"같은 질문에는 대답이 언제나 같을 수밖에요."

텐트 안으로 들어가서도 어젯밤처럼 커피 한 잔씩을 끓여먹었고, 어젯밤에 있었던 일을 그대로 재현했다. 남자의 몸을 받아들이는 데도 한결 익숙해진 그녀는 어젯밤보다 더 뜨거웠다는 생각을 하면서 잠이 들었다. 그리고 그 이튿날 새벽에도 자명종소리를 듣고 그녀의 눈이 떠졌다. 첫날밤 잠자리에서 예약해 놓았던 맨 그 시간에 자명종은 울게 돼 있었다. 날수로 따지면 여기 와서 이박(二泊)을 새우고 사흘째를 맞는 날이었다. 그녀는 여기서 이렇게 이박 삼일이 지체될 줄은 전혀 생각지도 못했다. 어제도 그랬듯이 두 사람은 희끄무레한 시공을 가르며 텐트 바깥을 나선다. 몇 걸음을 걸어서 낚싯대가 드리워진 물가에 이른다.

"오늘 아침에는 틀림없이 월척이 물렸을 테죠?"

월척에 대한 상대방의 집념이 너무 강했기에 그녀 자신도 어느새 거기에 매달려 좇아가고 있다. 그녀 생각에는 오늘 아침이야말로 월척이 꼭 물려 있을 것만 같았다. 하지만 동욱은 어제 아침처럼 서두르지 않는다. 그는 담배부터 피워 물고 사색을 즐기기라도 하듯 지극히 처연한 모습 그 자체로 수면을 바라본다. 그녀처럼 초조해 있지도 않고 성급하게 나서지도 않는다. 그럴수록 그녀만 더 긴장해지고 있었다. 여기서 그녀 자신은 어쨌든 시어머니 눈길에서 벗어날 수 없는 며느리의 입장이고 보면 어제 아침이나 다를 바 없이 쫓기고 있는 것이다.

"어서 빨리 낚싯줄을 끌어당겨 보세요! 월척이 물렸는가 말예요?"

"……."

"어서요?"

"미안하지만 오늘도 월척은 물리지 않았어요."

동욱은 담배꽁초를 수면 위로 휙 던지고는 어제 아침에도 그랬듯이 고개를 쩔레쩔레 흔들었다. 야릇한 웃음마저 입가에 감돈다.

"예? 또 안 물렸다고요?"

"그래요."

"참 내?"

"안 물린 게 확실해요."

"낚싯줄은 당겨 보지도 않고서?"

"보면 당장 알아요. 미끼만 다 따먹고 달아났어요."

미나는 전신에 기운이 쏙 빠졌다. 어제 아침을 오늘 아침에 그대로 갖다 놓은 듯한 느낌이었다.

"미끼만 다 따먹고 달아났다고요?"

미나는 부르짖듯이 되물었다.

"예. 그렇다니까요."

"그럼 어째요?"

"할 수 없이 미끼를 새로 달아주는 수밖에는."

"아니 또 미끼를 달아요?"

"달아야죠. 월척을 낚자면……."

"미련일랑 버려요."

"그렇게 쉽게 버려질 미련이라면 처음부터 월척을 낚겠다는 마음은 먹지도 않았어요."

"이틀 밤을 새웠는데도 월척이란 놈은 낚이지 않았어요. 지금 미끼를 새로 단다고 월척이 어디 금방 물리나요? 억지 부리지 말고 낚싯대를 거둬요. 대구로 가게……."

"그렇게는 못합니다. 난 어떻게 해서든 월척을 낚아야 합니다."

"정말 못 말려. 그럼 오늘 몇 시에 가요? 오후에나?"

"……"

동욱은 대답을 피한다.

"정히 그렇다면 오후에는 일찍이 서둘러요. 난 쫓기고 있으니까요."

"쫓기다뇨? 누구에게 쫓겨요? 내 집에 와서 쫓긴다는 게 말이나 돼요? 시골집도 내 집은 내 집인데."

"바로 그 시어머니에게 쫓겨요."

"왜요?"

"오던 날 내일 간다 해놓고 못 갔으니 쫓기는 거죠."

"그렇다고 누가 쫓아냅니까? 아예 마음일랑 넉넉히 가지세요?"

"무슨 뜻이죠?"

"월척을 낚으려면 불가피하게 하룻밤을 더 자야하니까요."

"예? 시어머니 귀에 하룻밤만 자고 간다 했던 사람이 그 월척 때문에 이틀 밤을 자서 그만 사흘이 됐는데 하룻밤을 더 자라고요? 그러면 내 꼴이 뭐가 되지요?"

"그럼 혼자 먼저 가겠다고요?"

"혼자 먼저 가기도 싫어요. 월척을 포기해요? 그리고 같이 가요."

"이런 기회는 두 번 다시 만들어지지 않아요. 알기나 해요? 시어머니가 있는 시골 내 집에 간 아내를 의심할 남편이 어디 있어요? 중년 부인들 남

편 무서워 바람 못 피우잖아요?'

　그녀는 한동안 멍해 있었다. 하룻밤을 더 자고 가면 삼박 사일이 되는 것이다. 시어머니 귀에 오던 바로 이튿날 간다는 메시지를 전달해놓고는 삼박 사일을 머물러있으면 어떤 이유든 낯짝 뜨거울 일이다. 그렇다고 남자를 떼고 혼자 갈 마음도 내키지 않는다. 어떻게 해야 할지를 몰라 어중간한 태도를 보이다가 시계를 보고는 마음이 급해 부랴부랴 집으로 발걸음을 내딛는다.

　집에 도착한 그녀는 숨을 죽여 대문 안에 들어섰다. 그러나 어제 아침처럼 시어머니는 보이지 않았다. 어디에 갔을까 궁금해도 상관할 바 못되었다. 아니 시어머니가 집 안에 없어서 오히려 다행한 것이다. 그러나 그 시어머니 범실댁은 어제 아침과 같이 또 이슬 밭을 헤쳐 깻잎을 한 바구니 가득 따서 그녀보다 한 걸음 뒤늦은 시간에 대문간을 들어서고 있는 것이다.

　"또 등산 갔던 게냐?"

　며느리를 본 범실댁이 그 말밖에 할 말이 없었다. 며느리가 어제 아침에 그렇게 말했으니까.

　"예. 어머님……."

　"운동하는 거야 나쁘지 않다만……."

　범실댁은 왠지 못마땅했다.

　"깻잎을 또 땄어요?"

　시어머니 손수 어제 아침에 따다놓은 깻잎도 그대로 있는데 오늘 아침 또 깻잎을 따 올 줄 미나는 생각도 못했다.

"니는 눈으로 보면서 몰라 묻나?"

"아니, 어제 아침에 따다놓은 것도 있는데 오늘 또 따왔으니 하는 말이지요."

"쯔쯔……. 어제 아침에 딴 것과 오늘 아침에 딴 것이 어찌 같냐? 오뉴월 하루 땡볕이 무섭다는 말 들어보지도 못 했나?"

미나는 그 말뜻을 몰라 우물쭈물 서있었다.

"이왕 가져갈 바에는 싱싱한 것을 가져가야지. 시골 왔다 가면서 시든 것 가져갈래? 오늘 아침에 딴 거라도 가는데 하루, 먹는데 하루, 이틀 걸리는 것도 모르나? 어제 아침에 딴 거 가져가면 삼일 걸리는 거 아이가?"

범실댁이야말로 하루라도 덜 시든 아주 싱싱한 채소를 보내고 싶은 마음에서였다. 더욱이 손수 가꾼 깻잎이라 정성도 함께 묻혀주고 싶다. 그런 일이라면 아침마다 이슬 밭을 헤쳐도 보람된 것이지 수고스럽다는 생각은 추호도 없었다.

"그럼 또 시들겠는데요?"

미나 입에서 대중없는 말이 불쑥 튀어나왔다.

"또 시들어? 오늘 하루 시드는 거야 어쩔 수 없는 노릇 아이가? 가는데 하루 시들기야 피장파장이지."

"내 말은 그게 아니고요?"

"그게 아니면 뭔데?"

며느리를 바라보는 범실댁 눈이 멀뚱거린다.

미나는 이왕에 말을 내뱉었으니 체면치레할 것 없었다.

"저 오늘도 안 가요. 내일 가요."

"……."

범실댁의 귀가 멍멍했다. 아니 귀를 의심했다. 내가 잘못 들었나?

"어머님, 저 오늘 안 가고 내일 가요!"

미나는 시어머니 귀에 쏙 박히도록 아주 야무지게 말했다.

"내 내일 가아?"

"예."

"아니 너, 어제 말로는, 오늘은 틀림없이 간다 해놓고서?"

"계획을 하루 더 늦추었어요."

"계획을 하루 더 늦추었다고? 무 무슨 계획을?"

"오늘 가기로 한 계획을요."

"왜?"

"새벽 등산이 좋아서요. 맑은 새벽 공기에 속이 후련해서요. 십 년 묵은 체증이 다 내려갈 것 같다니까요."

"그게 무에 그렇게도 후련하노? 나야 뭐 만날 새벽공기를 마시니 모르겠다만."

"하여튼 내일 새벽에도 산을 한 번 더 올라보고 싶어요."

"그 산이 어느 산이고? 뒷산이가 앞산이가?"

"뒷산도 앞산도 아니고요."

"그럼 어느 산이고?"

"저수지 있는 산인 걸요."

"하필이면 왜 그쪽 산이고? 새벽에 고속도로를 넘어가면 동네도 안 보여 무시무시할 낀데?"

"고요해서 더 좋다니까요. 그런 산일수록 공기도 더 좋고요."

"하기야 그럴 법도 하다만……."

"산은 산을 올라본 사람만 알거든요."

"그 산에 니가 오를만한 길은 트였던가? 그쪽 산은 사람이 별로 다니지도 않는데?"

"트였어요. 트였으니 오르지요."

"트여도 이슬에 옷이 많이 젖을 텐데?"

"조금밖에 안 젖어요."

범실댁이 보통스럽게 해본 말이라도 미나는 좀 당황했다. 시어머니가 별걸 다 가지고 말꼬리를 잡는데 변통이 궁했지만 구렁이 담 넘듯이 넘어갔다.

"내일이면 여기 온 지 며칠 째냐?"

범실댁은 며느리가 다시 내일 간다 하니 그 날짜 계산이 벌써 아름거렸다.

"세 밤 자니 나흘째지요."

"나흘?"

"예."

"대구 집에는 별일 없겠나? 아비 출근이며 석이놈 도시락 준비며?"

"석이 아빠가 알아서 다 해요."

"진작에 내일 간다고 했으면 깻잎은 또 따지 않았을 텐데. 괜스레 오늘 아침에도 헛수고를 하고 말았구나……. 나는 같은 값이면 싱싱한 걸 보내고 싶어서 한 짓인데."

며느리 귀에 좀 들어가라고 범실댁이 일부러 중얼대보았다.

"어머님 내일 아침에는 밭에 나가지 말아요."

"그래. 내일 아침 되면 또 내일 간다고 할지 누가 아노?"

"아뇨. 내일은 꼭 가요. 내일은 꼭 간다니까요."

"아니 내 집에 와서 한 달인들 있으면 누가 뭐라 카나?"

범실댁은 이제 자포자기하는 심정이 되었다. 무슨 변덕이 그리도 심하냐 말이다. 오던 바로 이튿날 간다던 사람이 하룻밤씩 자고 나면 마음이 변하니 믿을 말이 없었다. 내일 가면 오던 날부터 계산하여 벌써 나흘이나 되어 전에 없던 일일지라도 시어머니가 억지로 쫓아서 며느리를 보낼 것까지는 없었다.

한나절이 되어서 미나는 시어머니 눈을 피해가며 남편에게 전화를 해본다.

"여보, 나 오늘도 또 못 가게 됐어요."

"당신 어쩐 일이냐?"

그 남편이 조금 놀라는 눈치였다.

"하루 더 어머님 곁에 있으면 안 되요?"

"안 될 거야 없지만……."

"그런데 왜요?"

"전에 없던 일이잖아?"

"전, 전 하지 말아요. 내가 전에 뭐를 어떻게 했다고 자꾸 그전 일을 들춰요?"

"아 아 알았어. 하루 더 있다가 와."

"그게 싫어요?"

"싫긴? 그게 내가 왜 싫어."

"그럼 왜 그래요?"

"당신이 이제야 시골에 정을 좀 붙이는 것 같아서. 그래서야. 그래. 이제부터라도 시골을 다시 생각해. 여기 걱정은 마. 일주일 정도는 내 힘으로 충분히 감당할 수 있어. 오랜만에 어머니 마음 좀 편하게 해 드려. 좋은 며느리노릇 한 번 해보란 말이야. 알고 보면 어머니 참 외로운 분이셔. 자식 덕을 못 보는 분이셔."

"왜 쓸데없는 말을? 그만 끊어."

시어머니가 금방 대문 안으로 들어설까봐 전화를 끊었다.

그녀는 남편에게도 오늘 못 간다는 전화를 했으니 이곳에서 하룻밤 더 자고 가는 사정은 피할 수 없었다.

5

며느리가 온 지 삼박 사일이 되는 날 아침이었다. 범실댁은 부스스 눈을 뜨고 잠에서 깼다. 전에 없이 마음이 뒤숭숭하다. 지금 당장 해야 할 일에 대해서 초점이 잡히지 않는다.

범실댁은 오늘 아침에도 며느리 손에 들려 보내고 싶은 깻잎을 따서 갈무리해야 하는 것이 옳은지 그렇지 않은 것이 옳은지 분별력이 흐트러진다. 이틀 아침이나 그렇게 깻잎을 땄지만 허사가 된 터라 오늘 아침도 이슬 밭을 헤쳐 그것들을 따오면 또 내일 간다고 태도를 금방 바꿀까 싶어 망설여진다. 이틀 아침을 연이어 태도를 바꾸는 사람이 사흘 아침인들 못 바꾸겠는가? 범실댁 마음이야 무엇인들 마다 않고 다 해주고 싶지만 며느리 태도가 어제 다르고 오늘 달라 갈피를 잡을 수 없다.

이럴까 저럴까 한참동안 생각던 범실댁은 오늘이야 설마 또 태도를 바꾸겠는가? 어제 아침 며느리 말하는 걸 보아 오늘은 하늘이 두 쪽 나도 갈 사람 같았다.

"아뇨. 내일은 꼭 가요. 내일은 꼭 간다니까요."

며느리는 어제 아침 분명히 그렇게 말했다. 그래놓고 오늘 아침 또 말을 바꿀 수 있단 말인가? 하기야 시댁에 와서 한 달 있는 들 누가 뭐라 하겠는가마는 하도 간다간다 하기에 범실댁이 노곤한 몸을 훌훌 털고 방문을 나선다.

선한 새벽 공기가 콧속에 스며들면서 범실댁 마음이 개운해졌다. 조용히 몇 걸음 걸어 며느리 자는 방 앞에서 귀를 쫑긋했다가 슬그머니 방문을 열어본다. 범실댁이 생각한대로 며느리는 이미 등산을 나가고 없었다. 아니 범실댁은 그렇게 안다.

"일찍이도 갔구먼. 하기야 일찍 잤으니까 일찍 일어나도 잠이 모자랄 리 없지."

중얼거리며 범실댁은 열었던 방문을 도로 닫았다. 시골에서 세상 물정 모르고 살아온 범실댁이 무슨 부정한 의심을 품을 만한 상상력은 아예 없는 것이다. 며느리가 등산을 다닌다면 등산을 다니는 줄로만 아는 믿음이

전부였다.

뜰을 내려선 범실댁은 늘 사용하는 바구니를 찾아들고 전날 아침이나 다름없이 밭으로 발걸음을 옮긴다.

한창 이슬 머금은 싱싱한 깻잎을 따서 갈무려 며느리 손에 들려 보내기 위한 범실댁 발걸음이 그렇게 바빠 본들 무슨 소용이 있겠는가? 그 며느리 하는 짓 보면 범실댁만 어처구니없이 어리석은 것이다.

미나는 이 날도 두 말 할 것 없이 동욱이 낚시하는 텐트 안에서 자고 일어났다. 삼박(三泊) 중에서 제일 뜨거운 밤으로 기억하고 싶었으나 월척이 또 물리지 않아서 그녀는 눈앞이 까마득해졌다.

"맙소사! 또 미끼를 단다 말예요?"

더욱이 동욱이 하는 짓거리가 그녀는 참으로 어이없었다. 아무리 낚시광이라도 이해할 틈이 보이지 않는다. 낚싯줄을 사흘 밤이나 물속에 던져두었는데도 그만한 고기가 안 물렸으면 지쳐도 월척에 대한 미련은 버릴 때가 됐다. 그런데도 그 남자는 또 그 짓을 되풀이하고 있는 것이다. 그렇게 해서 만약 하룻밤을 여기서 더 보내게 되는 날이면 사박 오일이 되는데도 개의치 않고 천연스럽게 미끼를 새로 달고 있었다.

"참말로 집착을 해도 너무 한다니까."

미나는 그만 애원이라도 하고 싶었다.

"사흘 밤을 기다렸는데 하룻밤을 더 못 기다린 대서야 말이 돼요?"

동욱의 태도는 흔들리지 않는다.

"그 따위 낚시 제발 좀 집어치워요."

"나는 이제 그렇게는 못 합니다. 월척을 낚아야 하거든요."

“대체 월척이 뭡니까?”

“낚시로 잡은 고기가 한 자 이상이면 월척이지요.”

“그걸 누가 몰라서 물어요? 왜 거기에만 매달려 연연하느냐 이거지?”

“이제는 연연하지 않고는 안 되게 되었다고요. 그 놈을 낚기 위해 사흘 밤을 기다렸는데 하룻밤을 더 기다리지 못한다면 지금껏 버텨온 사흘 밤이 무위로 끝난다고요. 그 사흘 밤이 아까워서 하룻밤은 더 지켜봐야 된다고요.”

“별놈의 논리도 다 있네.”

“낚시를 잘 모르는 사람은 이해하기 곤란하지요.”

“참말로 내가 미쳐. 내 입장을 한번 생각해 보라고요? 자고 일어나면 시어머니와 한 약속이 틀리잖아요? 난 어제도 시어머니에게 오늘 간다고 말했어요. 오늘은 꼭 간다고 말해버렸어요.”

“시어머니하고는 매일같이 왜 그런 약속을 합니까?”

“오던 날 내일 간다 했던 약속이라 못 가게 되면 내일 간다는 말을 되풀이할 수밖에 없잖아요. 사람 참말로 미치고 환장하겠네.”

“그럼 시어머니에게 한번 더 되풀이하면 되겠네요. 내일 간다고 흐흐……”

“무슨 낯짝으로요?”

“이미 그 시어머니 앞에서는 낯짝 없는 며느리가 됐는데 뭐.”

“아무리 그렇지만 또 어떻게……. 빈대도 낯짝이 있다는데……”

“내말 들어요. 하룻밤만 더 자면 월척은 꼭 낚일 거요. 나흘 밤을 싸우면서 월척을 못 낚았다면 비참한 일 아니요? 바라건대 한 번만 더 믿음을 가져보라고요."

"정말 내가 미쳐."

"안 미치면? 혼자 갈 거요? 이젠 그렇게 못하지. 우리는 이미 같은 배를 탔어요."

"……."

햇살이 어느새 수면을 쓰다듬는다. 오늘 아침은 하필이면 시어머니가 밭에 나가지 않고 집에 들어앉아 있을지 모른다. 어제 아침에는 시어머니를 향하여 더 이상 밭에 나가서 깻잎을 따지 말라 언성을 높여 놓았기 때문이었다. 오늘 아침은 도리어 그것이 후회됐다. 그래서 그전보다 더 쫓기는 심정이 된다. 바짝 조바심이 생긴 그녀는 입씨름을 접고 등을 돌려 집으로 발걸음을 재촉했다.

그녀가 바쁜 걸음으로 헐떡거려 집에 들어서니 어쩐 일인지 개미새끼 한 마리 얼씬거리지 않는 정적만 파고들었다. 시어머니는 또 어디 갔을까? 어제 아침에 더 이상 깻잎을 따지 말라 언성을 높였는데도 불구하고 역시 밭에 나갔다면 허파가 뒤집힐 일이라도 시어머니 그림자가 눈에 안 보인다는 자체는 괜찮았다.

아침에 자고 일어나서 망설이다 못해 깻잎을 따러 밭에 나갔던 그 시어머니 범실댁은 며느리가 집에 들어오고도 한참 뒤에 여전히 깻잎 바구니를 들고 대문을 들어선다.

집안을 두리번거리던 범실댁이 며느리를 찾아내고서 오늘이야 가겠지 생각하는데,

"참말로 못 말려."

미나가 먼저 말을 씹었다. 어제 아침 깻잎을 따지 말라 언성을 높였는데도 한결같이 깻잎만 따다 나르는 시어머니가 주책바가지 같았기 때문이었다. 그러나 범실댁은 안 들은 말로 치부하고서 팔이 빠질 듯한 무게의 깻잎바구니를 뜰 위에 얹고 본다.

"참말로 못 말린다니까요. 왜 오늘 아침에도 빌어먹을 깻잎은 또 따 왔어요?"

미나는 그 망할 놈, 밤새 물리지 않는 월척에 대한 화풀이를 엉뚱한 시어머니에 대고 하고 싶은 것이다. 그래서 시어머니를 대하는 얼굴이 오만 상으로 찌푸려진다.

"오늘 아침에는 이슬이 유독 더 많이 내렸더라. 웬 놈의 이슬이 그리 많이도 내렸는지 내 참……."

범실댁은 찌푸린 며느리 얼굴과는 상관없이 치맛자락에 묻은 물기를 쥐어짠다.

"또 뭣 하러 밭에 가서 깻잎을 땄느냐고요?"

"그래도 니가 오늘 가면?"

"오늘도 안 가요."

미나는 제풀에 토라지면서 쏘았다.

"……"

범실댁은 숨이 꽉 막혔다.

"그러니 어제 제가 뭐랬어요? 아침에 제발 좀 밭에 나가지 말라고, 깻잎 같은 거 따오지 말라고 했잖아요. 한 번 속아 봤으면 두 번은 속지 말아야지요?"

"그래도 니가 어제는 오늘 꼭 간다고 해놓고서?"

"……."

"정말 오늘도 안 간다 그 말이가?"

"그렇다면 그런 줄 좀 아세요. 어머님. 왜 자꾸 따져요?"

"안 가면 안 가는 거지 뭐. 안 간다고 무슨 탈 날 일이 있나?"

범실댁은 이제 이유 같은 것은 묻고 싶지도 않다. 누굴 원망하고 싶은 마음도 없다. 시댁에 온 며느리인데 안 가도 그만, 가도 그만인 것이다. 도 싯물만 먹어 제 잘난 멋에 사는 며느리인데 어떻게 하겠는가? 또한 세월 도 그전 같지 않아 많이 변했다. 시어머니 알기를 영 우습게 아는 세월인 것을 어쩌겠나? 범실댁 가슴만 답답했다.

"아침마다 깻잎만 자꾸 따오면 그걸 다 뭣하지요? 깻잎에 묻히라고요?"

"니가 없을 때도 가끔 이슬 밭에 나가서 깻잎을 땄다."

"왜요?"

"소일거리로 가꿨으니 아침 소일로 밭에 나가 보면 절로 따고 싶은 마음 이 생긴다. 내 마음이지 뭐."

"그럼 내 탓만은 아니네요."

"그래. 니 탓은 아니다. 내가 따고 싶어 딴다. 소일거리로 가꾸었으니 소 일 삼아 하는 일 아이가."

"난 또 그런 줄도 모르고서 어머님이 나 때문에 만날 깻잎을 따는 줄 알 았지요."

"내 하는 일에는 상관 말아라. 내사 깻잎을 따든 말든……."

범실댁은 며느리 앞에서 물러섰다. 아니 알다가도 모를 일이었다. 또 내일 간다고? 내일 가면 벌써 며칠 째냐? 밤 수로는 나흘 밤을 자고, 날 수로는 닷새째가 된다. 오던 날 내일 간다던 사람이 하룻밤을 자고 나면 여시(여우)가 둔갑하는 것 같았다. 이 늙은 시어미가 참말로 소일하기 위해서 아침마다 이슬 밭을 헤쳐 깻잎을 따는 줄 아느냐? 무공해로 손수 가꾼 것이라 조금이라도 덜 시들기 전에 아들과 손자놈에게 먹이고 싶었던 노파심이니라. 며느리 너 한 사람만 꼬집으면 깻잎 한 이파리도 따주고 싶은 정이 없는 것도 모르고……. 아들과 손자놈이 그리워서 하는 짓이니라. 내게는 조선에 없는 아들이고 손자놈이니라…….

　서러운 생각이 밀려든 범실댁은 돌아서서 눈두덩을 몰래 훔친다.

6

　또 하룻밤이 지나가고 새날의 먼동이 튼다. 나흘 밤을 자고 닷새째가 되는 날의 아침이었다. 사박 오일에 접어든 것이다. 미나는 물론 낚시터에서 밤을 보냈다. 나흘 밤의 정염. 그녀는 그 밤이 참으로 마지막 밤이 되기를 원했다. 그러나 밤새 드리워진 낚싯줄의 상황은 또 불길했다.

　"쳇, 오늘도 허사군."

　동욱의 말은 아주 썰렁한 비탄조였다.

　"……."

　미나는 망연할 뿐이었다.

"오늘도 월척은 물리지 않았습니다."

남자의 음성은 어느새 가라앉아 있었다.

"그래서요?"

"사실대로 받아들여야 합니다."

"설마 또 하룻밤을 더 자자는 것은 아니겠지요?"

"바로 그 뜻입니다."

"예?"

그녀도 이제는 만성에 가까웠다. 황당해하는 표정도 짓지 않았다.

"어떻게 해서라도 하룻밤 더 있을 수밖에 없습니다."

남자의 표정이 비장하다 못해 바위처럼 굳는다.

"안 되요 안 돼! 오늘은 어떻게 해서라도 가야 해요. 시어머니를 속여도 하루 이틀이지 벌써 며칠 짼가요?"

"오늘 한 번 더 속이면 모두 몇 번이나 속이는 거요?"

"또 속이라고요?"

"또 속이면 몇 번이냐니까요?"

"오던 그 이튿날부터 간다고 했으니까 오늘 한 번 더 속이고 나면 간다 하고 안 간 날이 사박 오일 되는 걸요."

"좀 심하기는 한데……."

"어디 시어머니뿐인가요?"

"또 누구?"

"남편."

"참 그렇겠군."

"누구를 속이는 것도 이제는 지쳤어요."

"하지만 다른 방법이 없는 걸."

"그럼 나더러 또 거짓말하라고?"

"다른 방법이 없다니까 그래요."

"난 못 해요."

"못 하면 나더러 월척을 포기하라고?"

동욱은 격앙된 목소리를 냈다.

"그래요."

"그건 못합니다. 절대……. 월척만은 절대 포기를 못합니다."

"월척은 잡히지 않아. 오늘이 벌써 며칠 째야? 여기에는 월척 같은 고기는 없어. 없기 때문에 안 물려요."

"그렇지 않아요. 월척은 분명히 있어요. 아직 물릴 때가 되지 않아서 그래요."

"제발 좀 그만 하세요. 월척이고 나발이고 포기하세요! 오늘 떠날 준비나 하세요."

미나도 맞부딪쳐 본다.

"그래는 죽어도 못합니다."

"그럼 나 먼저 가요! 더 이상 같은 배를 탈 수 없어요."

"그건 더구나 안 돼. 월척이 잡히는 것을 꼭 확인시켜 주고야 말겠어."

"사람 참말로 환장하고 미치겠네!"

"사실 나도 이제는 지쳤어요. 그러나 월척을 포기해서 안 되는 나대로의 사연이 있기 때문이오."

남자의 목소리가 다시 가라앉고 있었다. 동트는 먼 하늘을 바라보며 담배를 피운다. 그 모습이 센티멘털리즘에 빠져드는 것 같다. 정말로 월척에 대한 무슨 사연이라도 있는가? 그녀는 한 걸음 다가서며 묻는다.

"사연이라니? 무슨 사연?"

"내 이야기를 들으면 왜 이렇게도 내가 월척에 집착하는지 이해가 될 거요."

"무슨 이야기?"

"나는 부동산 업자요. 내가 낚시를 하는 데는 부동산이라는 직업의식과도 무관하지 않던 말 기억 안 나요?"

"나지."

"바로 그거예요. 내게는 부동산과 낚시 사이에 늘 징크스 하나가 작용해 왔어요."

"무슨 징크스?"

"바로 이 월척이라는 징크스."

"빙빙 돌리지 마. 못 알아들어."

"낚시에서 월척이 낚이면 부동산에서도 틀림없이 월척이 낚이곤 했어요. 대신 월척을 못 낚으면 계획했던 모든 부동산이 실패로 끝나는 묘한 징크스. 정말 월척만 낚았다 하면 부동산 투기는 어렵지 않게 성공을 거두었지요. 내가 생각해도 참으로 이상한 징크스였어요."

"……"

미나는 말을 잊었다.

"부동산 투기란 한 건만 성공해도 돈방석이오. 성공했다 하면 단숨에 몇

억이 우르르 굴러들어 와요. 나는 지금 월척을 낚으려는 것이 아니라 그 어마어마한 돈을 낚기 위함이요. 낚시와 부동산 사이에서 작용했던 징크스를 믿기 때문이요. 이제 아시겠어요? 내가 왜 월척에 집착하고 있는지를?"

"……."

"내가 만약 여기에서 월척을 포기한다면 사업을 포기한다는 것이 돼요. 하룻밤만 더 고생하면 성공할지도 모르는 마지막 단계에서 모든 일을 망쳐서야 될 법이나 합니까?"

"……."

"사연이 이런데도 나에게 월척을 포기하라 종용할 수 있어요? 하룻밤을 더 못 참아서 말입니까?"

"하룻밤만 더 고생하면 월척이 낚아진다는 보장이 어디 있어요? 아무리 그런 징크스가 있다지만?"

"보장은 내 신념이지요. 내 신념에는 변함이 없으니까. 그러한 신념으로 이 시간까지 낚시를 해왔고."

"결국 내가 또 손들고 말겠구나. 미처……."

그녀는 어느새 무력해졌다.

"아니지요. 손을 드는 것이 아니라 나를 도와주고 있어요. 나에게 용기를 주고 있다고요. 지금부터 나는 한층 더 분발할 수 있어요. 그래서 오박육일이 되는 내일 아침까지는 월척이 꼭 물린다는 신념이 더 굳어요. 물속에 있는 그놈의 월척도 이제는 미끼를 더 보고만 있지 않을 거요. 그놈도 미끼를 보고 탐색할 만큼 탐색을 했거든요. 이제는 낚이는 일만 남았어요. 내 말을 한 번만 더 믿어보세요."

그녀도 징크스에는 의외로 민감한 반응을 보이는 사람 중 하나였다. 미신인 줄 알면서도 어떤 징조에 대한 사념을 버리지 못했다. 그만한 징크스가 있다는 이야기를 듣고 월척에 연연하는 남자의 아집을 어느 정도 이해할 수 있었다.

미나는 또 어쩔 수 없이 낚시터를 돌아섰다. 그녀가 한 걸음 먼저 집에 들어갔고, 또 밭에 나갔던 범실댁은 그녀보다 한 걸음 뒤늦게 대문을 들어섰다.

범실댁은 아무럼 그렇지, 오늘 또 며느리가 말을 바꾸겠는가? 범실댁 생각에 오늘만은 절대 그럴 리 없었다. 왜냐하면 오늘 또 말을 바꾸어 하룻밤 더 자고 가면 모두 오박 육일이 되는 것이다. 여기 와서 한 번도 그렇게 자고 간 적이 참말로 없기 때문이었다. 범실댁 기억에 가장 많이 자고 간 것이 내 다리를 다쳐 깁스를 했을 때였다. 그때는 차마 어찌지 못해 울며 겨자 먹기로 사박 오일이라는 본의 아닌 기록을 세웠다. 그 기록을 깨트릴 이유가 없는 것이다.

도싯물만 먹은 며느리라, 어설프고 처량하기 한량없는 시골집에 와서 이번처럼 무고하게 나흘 밤을 자청해 묵기까지는 범실댁이 이해 못할 석연찮은 구석이 남기는 하나 그것을 따지고 싶지는 않았다. 그냥 며느리 하는대로 두고서 눈치만 살피는 것이 차라리 마음 편했다. 아침 등산을 가든 코를 골고 낮잠을 자든 관여하고 싶지가 않았다. 그만큼 며느리에 대한 무력감만 남아 있었다. 예전 한 때는 도싯물만 먹은 며느리를 보아 섭섭해 한 적도 있지만 세월이 흐르면서 범실댁 스스로 체념을 했다.

"니 어제는 왜 못 간다고 전화하지 않았노?"

범실댁이 갑자기 물어 미나는 당황했다. 그러나 금방 표정을 감추고 시어머니에 되물어본다.

"전화요? 어디에요?"

"아 어디는 어디래? 대구 집이지. 석이 애비가 일찍이도 전화했더라. 어떻게 된 거냐고?"

"석이 아빠한테서 전화 왔다고요?"

미나 가슴이 철렁했다. 어제 못 간다는 전화를 남편에게 할까말까 하다가 매일 같은 핑계를 대기가 어줍잖아 눈 딱 감아버렸다.

"아 애비가 어제는 니가 꼭 올 줄 알고 밤늦게까지 기다렸단다. 전화도 안 하기에 오는 줄 믿었단다. 그러다 잠이 들어서, 깨 보니 벌써 아침이라 무슨 일인가 싶어 전화했더라. 아 못 가면 못 간다고 전화 딴아 할 것이지 왜 그라노? 기다리는 사람도 좀 생각을 해야 하제."

"전화한다는 걸 깜빡 했어요."

"정신도? 그르니 석이 애비는 니 기다리면서 잠이 들었다가 아침에 놀래서 전화를 다 하는 것 아이가?"

"저를 바꿔주지 그랬어요?"

미나는 시침을 떼면서 시어머니 표정을 읽어본다.

"바꿀라고 니를 부르니 벌써 등산가고 없더라. 얼마나 일찍이 나갔기에 그 시간에도 하마 없어졌노?"

"오늘 아침에는 좀더 일찍이 나갔어요."

"나도 그래 생각했다만. 그래도 어예 그래 일찍 잠이 깨이노?"

"마음먹기 나름이지요."

"그래, 맞다. 뭐라도 마음먹기 나름이다."

"석이 아빠 뭐래요?"

"연락도 없이 왜 안 오노 묻더라."

"그래서 뭐랬어요?"

"오늘은 틀림없이 갈 거라고 내 말했다. 왜 내 말이 또 틀렸나?"

"틀렸어요. 오늘도 안 가요. 하루 더 있다가 내일 갈 거예요!"

"……."

범실댁은 잘못 듣지 않았다. 당장 말이 튀어나오지 않았을 뿐이다. 한참 후에 간신히 말을 찾았다.

"그러려면 석이 애비한테 오늘도 못 간다고 전화나 해라. 또 눈 빠지게 기다릴라."

범실댁 전신에 힘이 빠진다. 이슬 밭을 헤쳐 정성 들여 따온 깻잎을 발길로 툭 걷어차 땅바닥에 흩어버리고 싶은 심정을 억지로 참고서,

"니가 오늘도 안 가고 내일 가면 당초 며칠 째냐?"

범실댁이 몰라서 묻는 말은 아니었다. 하도 어이없어 물었다.

"오박 육일이지요 뭐."

"벌써 엿새짼가?"

"내일이면 그렇다니까요."

"그럼 다섯 밤 자나?"

"내일이면 그렇다니까요."

"내일이면 벌써 그래되나? 일주일이 다 돼가는 구나."

"그러면 어떤데요?"

"어떻긴 뭐가 어때? 그렇다는 말이지. 내 집에 와서 한 달을 있는들 누가 흉보랴? 전에 없던 일이라서 그렇지."

그러고 보니 미나도 언제 벌써 그렇게 됐는지 의문스러워진다. 와서 하룻밤을 자고 가기도 거북스러웠던 예전 일을 생각하면 날짜를 착각하기 좋을 만도 했다. 시어머니가 저놈의 깻잎만 아침마다 따지 않아도 부담감은 덜 할지 모른다. 돈으로 계산하면 몇 푼 되지도 않는 하잘것없는 그 망할 놈의 깻잎이 그녀 마음을 은근히 압박하는 것이다. 시애미가 밭뙈기에 깻잎을 괜스레 가꾸어서 아침마다 그것을 따오는 꼴이 눈에 거슬리기로 말하면 뜰 위에 갖다놓은 깻잎바구니를 발길로 확 걷어차도 시원치 않을 만큼 눈에 가시가 돋친다. 무슨 똥고집이 저러냐고? 정말 시어머니의 고집도 다시 두고 볼 옹고집불통이었다. 무엇을 한 번 속았으면 그만 둘 일을 가지고도 끝까지 한 번 이겨보자면서 한 발자국도 물러서지를 않고 버티는 꼬락서니였다. 참말로 며느리를 굴복시키려는 방법도 여러 가지인 듯했다. 그래서 그녀도 시어머니와 맞서 하루 더 버티고 싶은 오기까지 생겼다. 그래봐야 오늘 하루만 더 버티고 나면 내일은 떠나갈 테니 억세게 겁날 일도 없었다. 어쨌든 그녀 생각은 내일이면 간다. 내일도 가지 않는다는 변수는 예측하고 싶지도 않고 양심도 더는 허락할 틈이 없었다.

그러나 그 내일. 오박 육일의 아침이었다.

언제나 그랬듯이 그들은 자명종 소리를 듣고 잠에서 깨어났다. 텐트 바깥으로 나와서 늘 그랬듯이 물 속에 던져놓은 낚싯대로 갔다.

한참동안 낚싯대를 살피던 동욱이 긴장해서 말한다.

"물렸어요! 드디어 물렸어요!'

미나의 귀가 번쩍 뜨였다. 사실 미나의 눈에도 낚싯대의 조짐이 그 전보다 엄청 휘어져 보인다.

"정말요? 물렸다고요?'

미나는 가슴이 서늘해서 물었다.

"틀림없이 이놈은 월척입니다. 낚싯대가 휘어진 걸 보세요! 월척이 아니면 저토록 휘어지지 않아요."

남자의 목소리도 예외 없이 감동적이었다.

"정말이에요?'

"내가 뭐라고 했어요? 오늘 아침까지는 틀림없이 월척이 물린다 말하지 않았어요? 이래도 내 말을 못 미더워해?'

"정말 월척이 물렸다면 오늘까지 기다린 보람이 있네 그려."

그렇게 말하는 미나는 흥분해서 가슴이 펄떡펄떡 뛰고 있었다.

"그럼요. 기다린 보람이 있고 말고지."

"오늘이야말로 시애미 눈치 안 보게 돼서 금방 기분이 날아갈 것 같아요. 정말 오늘은 대구 갈 수 있게 된 거죠?'

미나는 당장 무거운 짐 하나를 벗어던진 듯 어깨가 홀가분했다. 이제는 시어머니의 그 시큰둥한 낯짝을 두 번 다시는 보지 않아도 된다는 생각이었다. 그녀 콧속으로 스미는 새벽 공기가 더 상큼하게 느껴진다.

동욱은 흔들림 없는 자세로 낚싯줄을 서서히 당기기 시작했다. 두 손이 일정한 거리를 두고 반복을 했다. 수면이 양쪽으로 갈라지며 월척이 물 속에서 솟아 등을 보여 끌려나오고 있었다. 스릴이다 스릴……. 그녀는 속으로 중얼거렸다. 낚시에 대한 상식이 없어도 아슬아슬하기가 그지없다. 그가 왜 오박 육일 동안 머물렀는지 이해하고 싶었다.

한참 후 고기는 물 밖에서 몸부림을 쳤다.

"어머머……."

그녀는 탄성을 질렀다. 큰 붕어 한 마리가 땅 위에서 숨을 몰아쉬느라 아가미를 들먹거렸다. 비늘은 무지개 같이 빛났다. 이만큼 큰 고기가 이 작은 저수지에 살고 있었다는 사실이 믿어지지 않도록 경이로웠다.

"아 정말 오늘 아침은 기분 좋네요! 이놈의 고기에게 감사하고 싶네요. 만약 이놈이 물리지 않았다면 참 비참한 아침이 되었겠지요?"

미나의 환한 모습과는 달리 동욱의 표정이 굳어진다.

동욱은 고개를 좌우로 흔들며 무엇을 심상찮아 한다. 하지만 미나는 그의 석연찮은 태도 변화에는 아랑곳하지도 않고 자기 도취감에 들떠있었다.

"이제 월척을 잡았으니 그 징크스라는 것도 해결된 셈이죠? 그렇죠? 부동산투기도 성공할 확률이 백 프로 다가선 거죠? 그렇죠?"

"……."

동욱의 입은 굳게 닫혀 있다. 아무 말이 없자 미나가 멀뚱거리는 눈으로 쳐다봤다. 그제야 남자의 얼굴이 자기 생각과는 딴판으로 침울해 있다는 것을 감지했다.

"아니 갑자기 왜 그래요? 어디 몸이 안좋아?"

그녀의 머릿속에는 밤마다 지나치리 만큼 무리했던 행위가 번개처럼 스쳤다. 지난밤에는 동욱이 무척 피로해했다. 남자의 어깨를 부둥켜안고

놓지 않았을 때 이마 위에 닿은 그의 코에서 헐떡거리는 숨소리가 새어 나왔다. 그녀가 팔을 풀어 땀에 젖은 남자 등을 수건으로 훔치자 뒹굴어져서 금방 잠이 들었다. 새벽에 울리는 자명종 소리에도 그는 일어날 생각을 않아 한참을 흔들어 깨웠다. 그의 얼굴에는 아직도 지난밤의 그 여독이 남아 있는 듯했다. 금메달(연하)에도 한계는 있구나……. 그녀는 좀 안쓰러운 생각이 들면서 위로의 말을 건넨다.

"커피 한 잔 끓여 올까? 이놈의 월척을 끌어올리느라 너무 긴장한 탓에 피로가 더 쌓였어요."

"그래서가 아니야. 그래서가 아니야……."

남자는 불만스런 콧바람을 불어댔다.

"그럼 뭔데?"

"아마 내 목측이 틀림없을 거요."

"그게 무슨 말이래?"

"눈대중도 몰라요?"

동욱은 텐트 안으로 들어가서 자를 찾아왔다. 감겨 있는 줄자를 쭉 뽑아 고기의 길이를 정확하게 재보고는,

"에이 씨발, 하필이면 이런 놈이 물릴 게 뭐냐? 꼭 2센티가 모자라잖아."

줄자의 길이를 미나의 눈앞에 갖다댔다.

"그래도 월척은 월척이지 뭐."

미나는 월척을 부정하고 싶지 않았다. 2센티 수치쯤이야 그녀한테는 무관한 것이었다. 아니 그런 걸 따지고 싶지 않았다. 오로지 월척이라는 생

각에 변화를 가질 수 없었다.

"천만에. 이놈은 월척이 아니야."

동욱의 어조는 단호했다.

"2센티 모자라는데 월척이 아니란 말인가요?"

그녀는 여전히 부정하고 나섰다.

"2센티 아니라 1센티가 모자라도, 모자라는 것은 모자라."

"……."

"다시 말하지만 이놈은 월척이 아니야. 월척이 될 수 없어."

"아니면? 그래서 어쩌자는 거야? 지금……."

"월척 낚을 준비를 새로 해야지. 2센티 모자라는 놈이 물리는 거는 완전한 월척이 물린다는 서막이야."

"서막 같은 소리? 그게 금방 물려?"

"아무래도 하룻밤 더 버틸 각오는 해야지."

"아니 또……."

"월척을 눈앞에 두고서 못 낚을 수야?"

"눈앞에 어디? 그게 보여?"

"2센티 모자라는 놈이 물리는데 보이는 거나 마찬가지지."

"그래서?"

"몰라서 물어요?"

"나더러 하룻밤을 더 있어 달라……."

"잘 알면서도."

"아이고, 사람 미치고 환장하게 만드네."

"이건 아주 중대한 일이오. 단순한 문제가 아니라고요. 난 지금 낚시를 하고 있는 것이 아니라니까. 사업의 성패를 가름하고 있다니까요. 부동산 투기에 대한 징크스를 낚시와 연계한다고 내가 분명하게 말했잖아. 지금 여기서 포기하면 사업의 실패를 자초하는 못난 수작밖에는……. 하룻밤만 더 머물면 계획한 사업이 성공한다는 사안인데 누가 이 다 된 밥에 재를 뿌려? 내 연상의 연인이 그렇게 어리석지는 않을 텐데 말이오? 부동산 투기라는 거대한 황금알 앞에서 작용하는 이 징크스는 지금 절정에 달해 있는데 포기를 해서야 말이 되겠어요? 하룻밤만 더 자면 그 대단원의 막이 내려지는데 포기를 해요? 그건 절대 안되지. 암 그럴 수야 없지."

동욱은 붕어의 꼬리를 들어 팔을 두어 바퀴 빙빙 돌리고 나서는 미련 없이 물 속에 홱 던져버린다. 수면이 첨벙하고 갈라지면서 그 고기는 사라지고 없었다.

"아니, 그 큰놈을 버리기는 왜 버려?"

그녀는 눈이 둥그래져서 놀라고 있다.

"어차피 월척은 못 되니까. 그놈으로는 만족할 수가 없어. 월척을 잡으려고 살려주는 거야. 나는 전에도 그랬어. 월척이 아니면 살려보냈어."

동욱은 눈 하나 깜짝 하지 않았다.

결국 오박 육일도 허사로 끝이 났다. 오직 육박 칠일을 앞에 두고 있었다.

미나 자신이 생각해도 아이러니한 일이다. 시어머니가 사는 시골집을 무작정 멸시해 왔던 거부감과 환멸감이 남자의 낚싯줄에 낚이어 부단히 잘 참아 견디고 있는 것이다. 그러고 보면 남자는 월척을 낚는 것이 아니라 자기를 낚고 있는지도 모른다.

범실댁은 이날 아침에도 또 깻잎을 따왔지만 며느리가 가지 않는다 해서 신경 쓸 일은 하나도 없었다. 왜냐하면 만성이 돼버렸기 때문에 가도 그만 안 가도 그만이었다. 하도 변덕이 심한지라 이날 아침에는 며느리가 꼭 간다는 믿음으로 밭에 나가지를 않았다. 어쨌든 깻잎만은 따 두었다가 며느리가 가게 되면 손에 쥐어 보내고, 안 가게 되면 그냥 버려도 소일 삼아 시나브로 한 일이라 아까울 것도 없었다.

아니나 다를까? 며느리 시어머니를 보며 말 한다.

"어머님, 내일 가요."

"그래? 내일 자고 일어나면 또 내일로 미루겠지 뭐. 그놈의 내일 때문에 석이 애비만 눈 빠지겠다. 나야 뭐 일 년을 있든 괜찮다만……. 석이 애비한테 또 내일 간다고 전화나 해라."

범실댁의 걱정은 그것이었다.

"예. 석이 아빠는 내 여기 있는 거 나쁘지 않게 생각할 거예요. 걸핏하면 시골 어머니한테 안 가본다 얼마나 핍박했는데요. 이번에는 날 대견하게 생각할지도 몰라요."

"대견하게 생각할 것도 썩었다 캐라."

범실댁은 더 이상 무슨 말 하기 싫어 며느리를 피했다.

7

육박 칠일 아침에는 참말로 월척이 물렸다. 변명이 통하지 않는 월척이었다. 자로 이리 재고 저리 재도 월척이었다. 아니 한 자를 웃돌고 있었다. 오던 날부터 따지면 여섯 밤을 자고 이렛날이 되는, 즉 일주일이 걸린 아침에 드디어 월척을 끌어올리고 만 것이었다.

"이건 틀림없는 월척이지요?"

"예. 이놈은 틀림없는 월척 올시다."

동욱도 월척을 두고 월척이 아니라 할 수는 없었다.

"결국 월척이 물리기는 물리는군."

미나는 안도했다.

"그래도 내 말이 믿어지지 않아? 월척은 반드시 물린다고 하지 않던?"

그렇게 바라던 월척이 잡혔는데도 동욱은 시무룩한 표정을 지었다.

"이놈과 일주일을 싸웠으니 원 참."

미나는 땅바닥에 뒹구는 섬뜩하게 큰 붕어를 보고 진절머리를 느꼈다. 그놈 때문에 시어머니와 일주일 동안 숨바꼭질을 했다. 그 붕어에서 느끼는 진절머리는 바로 시어머니에 대한 항변이기도 했다.

"일주일 아니라 한 달이라도 싸우고 싶었어. 징크스 때문이었지."

그렇게 말하는 동욱의 입에는 야릇한 웃음이 스쳤다.

"이제는 다 해결됐으니 떠날 준비를 해야죠?"

어쨌든 그녀는 한시라도 빨리 시어머니 눈에서 벗어나는 일만 남아 있었다. 시어머니가 참말로 아무 것도 모른다지만 도둑이 제발 저린 것이다.

그녀는 한 걸음이라도 빨리 시댁에서 달아나고 싶은 마음뿐이다. 오늘 아침에도 월척이 안 물렸으면 어떻게 할 뻔했는가?

"이놈 가져가서 시어머니 고아먹으라 하세요. 난 낚는 걸로만 만족한 사람이오. 내가 낚은 고기는 한 번도 우리 집에 들고 들어가 본 적이 없어요."

"그렇게 애써 잡았으면서요?"

"바로 그것이 내 낚시의 정도요. 난 고기를 먹기 위해서 낚시를 즐기지는 않아요. 부동산의 소재를 찾아서 낚시를 즐겨요. 낚시를 하면서 그 지방의 땅값에 대한 장래성을 따져보는 것이 목적이오. 그러니 이 고기 가져가서 시어머니 몸보신이나 한 번 하라 하세요. 그 시어머니도 이제는 지쳤을 것이오. 오던 이튿날 간다던 며느리가 일주일이나 버티고 있었으니 말이오."

동욱은 비웃기라도 하듯 떠날 채비를 한다. 낚시도구를 챙기고 텐트를 걷기 시작했다. 그녀가 손을 맞추어 텐트 접기를 도우려하자 달갑지 않게 투덜댄다.

"이 일은 내 혼자 충분히 할 수 있어요. 그만두고 빨리 집에 가서 시어머니와 작별인사나 하고 오세요. 곧장 차가 출발해요."

"그럼 그럴까요?"

"시간이 없어요. 차는 당장 출발할 수 있다니까요."

마음이 급해진 미나는 집을 향하여 종종걸음을 쳤다.

정말 희비가 엇갈리는 아침이었다.

범실댁은 이날 아침따라 하필이면 깻잎을 따지 않았다. 범실댁의 마음에 며느리가 꼭 간다는 보장만 굳었으면 두 말할 것도 없이 오늘 아침도 깻잎을 땄을 것이다. 그러나 한 입으로 매일같이 내일 간다는 며느리를 두고 깻잎을 따 보았으나 번번이 허사가 됐다. 그것이 하루 이틀도 아니고 닷새였다. 손수 가꾼 채소를 보내고 싶은 마음은 변함없어도 그 며느리 행실을 보아하니 오늘도 갈지 안 갈지 아리송하기 짝이 없었다. 그래서 범실댁은 밭으로 나갈까 말까를 두고 한참을 망설이다가 오늘 아침은 아예 포기하는 쪽으로 가닥을 잡았다. 그런데 그 며느리 오늘 아침에도 등산을 하고 집에 들어온다니까 범실댁이 그거야 뭐 당연한 줄 알지만 웬 벼락같은 말을 함부로 해대는 데는 내 귀가 잘못 뚫려졌는가 의심스러웠다.

"어머님 저 지금 가요? 이거나 고아 잡수세요?"

미나는 낚시터에서 들고 온 검은 비닐포대기를 뜰 위에 팽개쳐 시어머니에게 다짜고짜 말했다.

"……."

범실댁은 팽개친 그것이 무엇인지도 모르고, 며느리의 다짜고짜 간다는 말도 선뜻 이해할 수 없어 어리벙벙해졌다. 정말 내 귀가 잘못 뚫리지 않았나 새끼손가락으로 한쪽 귓구멍을 팠다.

"어머님 저 지금 간다니까요?"

"어엉? 어 어디를 가?"

범실댁은 여전히 어리둥절했다.

"집에요."

"대 대구 말이가?"

"대구 말고 집이 또 딴 데 어디 있어요?"

"아 아니 나 난 오늘도 아 안 갈 줄 알았는데, 갑자기 그게 무슨 소리고?"

"제가 어제, 내일은 간다고 그랬잖아요."

"참 그랬제?"

"그랬지요."

"그래도 난?"

"그만 간다니까요."

"가도 그렇제? 오늘따라 뭐가 더 바쁜 것 같노? 금방 전쟁이라도 터졌나?"

"그게 아니고요. 갑자기 생각이 났어요."

"무슨 생각?"

"열한 시에 동창회가 있다는 거요."

"오늘 열한 시에?"

"예."

"어제까지도 아무 말 않고서?"

"글쎄, 갑자기 생각났다니까요."

"그렇담 하는 수 없지 뭐. 그놈 갑자기가 사람 잡네. 갑자기 생각날 게 뭐람? 하필 오늘 아침에는 깻잎도 안 땄는데."

"그놈 깻잎, 깻잎……. 안 따도 괜찮아요."

"괜찮긴 뭐가 괜찮노?"

"그까짓 몇 푼어치 된다고요?"

"어째 꼭 돈으로만 계산하노?"

"돈 세상 아예요?"

"하기야 돈세상이다만 이 시어미가 손수 가꾼 걸 어예 꼭 돈으로만 계산하노?"

"그럼 다음에 오면 따주세요."

"다음에 언제?"

"모르겠어요."

"언제 올지도 모르는 사람을 기다려서 깻잎이 제철처럼 싱싱하게 남아 있나? 쯔쯔쯔……."

"그 깻잎 소리 제발 좀 그만하세요."

"오냐. 알았으니 빨리 가기나 가그라. 열한 시면 바쁘다. 그런데 아침도 안 먹고서 어예 가노?"

"열한 시에 가면 잘 먹어요."

"잘 먹어?"

"예."

"그르면 모르겠다만……."

"어머님도 이거나 고아 드세요."

미나는 뜰 위에 팽개친 비닐포대를 가리켰다.

"그게 뭔데?"

"물고기요. 월척이라니까요."

"갑자기 웬 물고기는?"

범실댁은 더 어리둥절했다.

"산에서 내려오다가 저수지에서 누가 낚시를 하기에 어머님 몸보신하라고 샀어요."

"누가 일찍이도 낚시를 하는구나."

"밤낚시죠 뭐."

"밤낚시라 캤나? 밤에도 낚시를 하나?"

"하죠. 푹 고아 몸보신이나 하세요."

시어머니와 더 말하고 싶지 않은 미나는 서둘러 대문을 나선다. 그 뒷모습을 보는 범실댁의 가슴은 황량할 뿐이었다.

하필 오늘 간다고……. 대문 밖으로 사라지는 며느리 등을 바라보는 범실댁이 손수 가꾼 깻잎 한 이파리도 못 보내게 되어 허탈했다. 이 늙은 시어미 정성을 그렇게도 모른다 말이가 쯔쯔……. 범실댁은 누구에게 배신을 당해도 이런 심정이 아닐 것 같다. 며느리가 섭섭해도 너무 섭섭했다.

"아무리 도싯물만 먹었다지만……. 아무리 세월이 바뀌었다지만……. 영 싸가지가 없어 그래."

며느리가 바람처럼 떠나고 없는 뜰 마루에 걸터앉은 범실댁의 주름진 얼굴에 눈물이 맺혔다. 생각 같아서는 며느리를 하나 더 보고 싶은 마음이 불쑥 솟구치지만 아들이 하나뿐이니 누구를 원망하겠는가. 일찍이 남편 여의고 아들 하나밖에 못 키운 업보로 달랠 수밖에는.

범실댁이 그렇게 쓸쓸히 앉아 있으려니 뜰 위의 검정색 비닐포대가 펄쩍펄쩍 뛰기 시작했다. 그 속에 들어있는 고기가 발악을 하듯 몸부림을 쳐대는 것이다.

생떼 같이 갑자기 무슨 물고기라니? 범실댁은 새벽같이 등산을 갔다 돌아오면서 낚시꾼에게 고기를 샀다는 그 며느리 말도 이상하고 진심에서 시어머니 몸보신을 위해 가져온 것 같지도 않아 고아먹을 생각은 처음부

터 없었다. 그런데 무슨 놈의 물고기가 저리도 힘이 센가? 한 번 뛰기 시작한 그놈이 비닐포대를 덮어쓴 채 계속해서 펄쩍펄쩍 솟구치는데 눈이 그냥 보고 있을 수가 없었다. 답답한 비닐포대 안에서 질식하는 마지막 발악 같았다. 보다 못한 범실댁은 고아먹을 생각이야 본래 없었던지라 어떻게든 살려 보낼 요량으로 세숫대야를 가져와서 비닐포대를 거꾸로 쏟았다. 순간 범실댁이 놀라서 뒤로 넘어질 뻔했다. 길이가 한 자도 넘어 보이는 큰 붕어가 세숫대야 안에 다 들어가지 못하고 반쯤은 밖으로 꼬리를 치솟는다. 눈이 휘둥그레진 범실댁이 더 큰 그릇을 찾았다.

범실댁이 세숫대야에 걸쳐진 고기를 더 큰 다라이에 옮기려고 허리를 굽혀 두 손으로 지느러미 밑 부분을 거머쥐는데 그 저항하는 힘이 얼마나 컸던지 크게 꼬리를 휘둘러서 범실댁의 얼굴을 탁탁 때렸다.

고기 꼬리에 얼굴을 얻어맞은 범실댁 눈앞이 캄캄했다. 사람 주먹이 날아와서 한 대 치는 섬뜩함이었다. 범실댁은 식겁을 하고 두 손을 놓아버려 고기는 땅바닥에 나뒹굴어졌다.

눈물이 핑 돌았던 범실댁이 정신을 차려 치마폭으로 얼굴을 닦았는데도 그놈 꼬리 힘이 얼마나 세었던지 계속 눈물이 질금거려진다. 아가미를 벌름거리는 고기를 다시 내려다보는 범실댁의 젖은 눈에서 이상한 착시 현상이 나타나기 시작했다. 며느리 얼굴이 그 고기에 겹쳐 보이는 것이다. 아니 그 물고기가 며느리의 초상(肖像)으로 변해 있었다. 그런데도 그놈의 물고기는 또다시 펄쩍펄쩍 솟구쳐 오른다. 얼굴을 세차게 얻어맞은 분이 가라앉지도 않았는데 또다시 펄쩍펄쩍 뛰는 그놈을 보니 패 죽여도 시원치 않았다. 내 이년을 당장에 그냥 두는강 봐라……. 범실댁은 비틀거리며 막대기를 찾아와서 뛰는 놈을 향하여 힘껏 내리쳤다. 그때까지도 범실댁은 착시현상에서 벗어나지 못했기 때문에 사실은 며느리를 향하여 내리친 바나 다름없었다.

원래 돌출된 물고기의 눈인데다가 범실댁 막대기에 얻어맞았으니 눈알이 더 튀어나온 듯했다. 그래도 범실댁은 사정 두지 않고 네댓 번을 연달아 때려댔다.

범실댁의 속이 비로소 후련했다. 아니 착시현상에서 깨어났다. 며느리를 막대기로 사정없이 패해겼고 나니 며느리 얼굴로 보이던 것이 본래 물고기로 다시 보였다. 그러나 그 고기는 아직도 살아 숨을 쉰다. 늙은 범실댁 힘에 맞서서 죽을 고기가 아니었다. 뛰어오르며 반항하던 힘을 좀 잃었을 뿐이었다.

후유우……. 범실댁은 숨을 고르고 마음을 진정시켰다. 그런데 이상한 기분이 든다. 며느리에게 할 분풀이를 엉뚱한 고기한테 하고 나니 소심증 같은 것이 느껴지는 것이다. 내가 참말로 너무 때렸나? 땅바닥에 맥없이 축 처져있는 고기가 한없이 불쌍해졌다.

"모진 놈 옆에 있다 벼락 맞는다고 쯔쯔……."

범실댁은 땅바닥의 고기를 들어서 큰 다라이에 담고는 물을 가득 채워준다. 죽으면 안 되는데……. 범실댁이 한참을 내려다보니 고기는 아가미를 벌름거리며 숨을 제대로 쉬고 있었다. 내가 이놈을 고아먹어? 어림도 없는 소릴……. 내가 이놈을 고아먹으면 니(며느리)를 고아먹는 기다. 나는 못 고아먹는다 못 고아먹어. 다시 저수지에 갖다 물속에 띄워 줘야제……. 범실댁은 정말로 그렇게 할 요량이었다.

범실댁이 이러고 있는데 그 며느리가 탄 차는 어느새 서대구 IC를 지나 시내로 진입하고 있었다. 앞차가 신호등에 걸리면서 끼익 소리를 냈다. 운전대를 잡은 동욱도 급히 브레이크를 밟았다. 그 바람에 미나는 졸던 눈을 뜨고 창밖을 내다봤다.

"벌써 다 왔네……."

"……."

동욱은 말하기 싫었다. 솔직히 그는 몹시 피로해 있었다. 육박 칠일, 이 여자에게서 얻은 것은 역시 월척이었다는 생각을 했다. 미끈한 몸매, 지칠 줄 모르는 섹스……. 그것도 월척인 것이었다.

그들이 탄 차가 멈춰선 인도에는 잡상들이 난전을 펼쳐 과일과 채소를 팔고 있었다. 차창 밖으로 시선을 무심히 던졌던 미나는 채소전 앞에서 깻잎을 뒤적거리는 한 여자의 모습을 보고서 시어머니의 깻잎을 떠올렸다. 시어머니가 따오던 아침이슬 젖은 깻잎은 참으로 싱싱함 그대로였다. 차창 바깥 저 좌판 위에 얹어놓고 파는 깻잎과는 솔직히 비교도 안 되는 녹색 이파리들이었다. 그 깻잎으로 삼겹살을 구워서 싸 먹고 싶은 구미가 갑자기 발동을 했다.

"하필이면 오늘 아침 따라 깻잎은 따지도 않았더라니까."

미나가 시어머니를 빗대서 중얼거리는데,

"갑자기 무슨 깻잎타령이야?"

동욱이 운전대를 놓고서 이마를 쓰다듬으며 물었다.

"날 가져가라 시애미 아침마다 깻잎을 땄는데 하필이면 오늘 아침은 안 땄더라고. 그 깻잎으로 삼겹살 구워먹었으면 참 좋았는데 말이야."

"시애미 왜 그랬을까?"

"모르지 뭐."

"간다 간다 안 갔으니 오늘도 안 갈 줄 알았겠지 뭐."

"선무당 멍석 깔면 그만 둔다는 꼴 같아……."

신호등이 켜져 차는 다시 움직이기 시작했다.

"어떻게 할까? 곧바로 집으로 데려다 줄까?"

동욱이 그녀에 물었다.

"여봐요. 금메달 씨. 배가 고픈데 우리 뭐 좀 먹어야 되는 것 아냐? 식사나 하고 집으로 데려다 주지. 아침도 못 먹었잖아. 말이 났으니 말이지 삼겹살이 먹고 싶은데. 솔직히 우리 좀 무리했잖아."

"그럴까. 그런데 말이지?"

"뭔데?"

"이제 우리 사이는 뭘까?"

"뭐기는 뭐래. 친구지."

"누가 그래? 친구라고?"

"친구라는 말 외에 달리 부를 말이 없잖아. 남편도 아니고. 모두들 그렇게 말해. 남자친구라고."

"친구 좋아하시네."

"다른 여자들도 다 그렇게 말한다니까. 친구라고. 연하의 남자친구는 금메달, 또래의 남자친구는 은메달, 연상의 남자친구는 동메달, 그도 저도 없으면 목매다는 목메달이라 한다잖아."

"참말로 웃겨."

"뭐가 웃겨?"

"안 웃겨? 친구? 섹스하는 친구?"

"아무튼 친구라면 됐지 뭐?"

"되기는 뭘 돼? 내 속이 뒤집어지는 줄도 모르고."

"왜? 속이 왜 뒤집어져? 뭐 잘못 먹었어?"

"그래 잘못 먹었다."

"뭐를 잘못 먹었는데?"

"뭐를 잘못 먹었는지 꼭 이야기해야 하나?"

"그럼. 이야기 해봐."

"거기 땅값 말이야. 똥값밖에 안 돼. 남편 명의로 몇 천 평 있으면 뭐해? 돈이 돼야지."

"그것하고 무슨 상관이야? 월척만 낚았으면 됐지. 월척만 낚으면 계획하는 부동산도 성공한다면서. 그 징크스가 해결됐으면 됐지 뭐."

"모르는 소리 마아."

"모르는 소리 말라니? 뭐를 몰라?"

"그만 둬. 말하고 싶지 않아."

"월척만 낚으면 부동산 투기는 성공한다며? 그런 징크스가 있다며? 결국 월척을 낚았잖아. 또 뭐가 부족해?"

"사실은 말이야. 그 징크스라는 것 한 번 지어내 본 소리야. 월척은 그게 아니었어."

"뭐라고?"

"그런데 어떻게 그렇게 셌냐? 나 꼬빡 죽었어. 월척은 바로 그 몸뚱이었거든. 늘씬하지, 미끈하지, 쭉 빠졌지, 미치도록 세지. 그게 바로 월척이었다고. 꿩 대신에 닭이었지. 남편이 가진 땅은 똥값이었으니까. 암, 그렇지, 맞아, 꿩 대신에 닭이었어."

"……."

미나의 머리에 현기증이 핑 돌았다.

"내가 겪은 여자 중에 가장 셌어."

"여봐요. 금메달 씨. 무슨 말을 그렇게 해? 꼭 사기꾼 같이?"

"사람들이 다 그래. 부동산 투기하는 사람보고 사기꾼이라고. 불륜 남자를 친구라고 하는 그 편법하고 같지 뭐."

"이 사람 정말 사기꾼 아냐?"

"알았으면 됐어. 이제 떠들어 봐야 소용없고."

"차 세워! 빨리 차 세워! 내리겠어."

"잘 생각했어. 내려."

차가 끼익 소리를 내며 전봇대에 바짝 붙여 급정거를 한다. 미나는 사실 내릴 생각이 없었다. 그의 이야기를 우스개로만 듣고 있었다. 그런데 억센 남자 힘에 억지로 떠밀려 차 바깥으로 떨어져서는 두어 걸음을 쓰러질 듯하다가 전봇대를 간신히 껴안았다. 그녀 머릿속이 빙글빙글 돌아간다.

"당신 남편 땅 사기 처먹을 놈 한 놈도 없어. 안심해. 마침 한 건 잘 걸리나 했더니 빵이야. 거기 땅값은 똥값이야. 그냥 줘도 가질 사람 없어. 아까 말했지? 꿩 대신에 닭이라고. 월척은 당신 몸뚱이었어. 늘씬하지, 미끈하지, 쭉 빠졌지, 미치도록 세지. 알았어?"

남자는 침을 퉤 뱉고 차 문을 쾅 닫는다.

미나는 자신도 모르게 전봇대를 더 힘주어 껴안았다. 그렇게 힘주어 껴안지 않으면 당장 그 자리에서 까무러칠 것이다.

(숏대문학 수록작품)

멀어져 가는 시절

1. 여자선생님

초등학교를 졸업하고 한 해를 쉬었다가 아버지의 반대를 물리치고 중학교에 입학을 했다. 왜 나는 중학교를 꼭 가야 하는가? 초등학교를 다니면서 운동회 때마다 받은 상처가 머릿속에 남아 있었기 때문이었다.

가을이면 해마다 하는 운동회는 나를 병신으로 만들었다. 달리기나 공굴리기 같은 시합에서 우리편을 지게 하는 패인이 되었다. 정말 어쩔 수 없는 일이었다. 달리기를 하면 누구와 부딪혔고 공 굴리기를 하면 공이 달아나서 보이지 않았다. 청백전의 모든 시합은 나로 인해 지고 말았다. 그 운동회를 마치고 나면 어머니는 나를 달랬다.

"그까짓 운동 잘해서 좋은 사람되는 거 아이다. 운동은 못해도 괜찮다. 공부만 잘하면 된다."

어머니의 말과 같이 공부를 한 번 잘해보고 싶어서 중학교를 꼭 가겠다고 고집을 부렸다. 어쩌면 내 자신에 대한 반항 같은 것이었는지도 모른다. 그러나 막상 중학교에 입학을 하고 보니 공부를 잘하기는커녕 뒤꽁무니를 따라잡기도 힘들었다. 선생님이 써놓은 칠판의 글씨는 삼분의 일도 노트에 옮겨 쓰지를 못 했는데도 벌써 지워졌고, 음악시간에는 악보와 가사가 함께 보이지 않아 입만 벌리는 흉내를 낸다. 영어 단어 하나를 암기하려 해도 한 눈에 들어오지 않으니 머릿속에서 혼란만 거듭된다. 공부를 잘해 보겠다던 내 생각은 욕심에 불과했다. 공부는 학급 중간치도 못 따라잡고 책가방만 들고서 그저 열심히 중학교를 왔다갔다 하는 꼴이 돼 있었다. 그래도 어머니는 이학년 여름방학이 끝나고서 또다시 나를 그 집으로 데리고 갔다.

그 집은 중학교와 가까운 거리에 있었고, 이학년 여름방학 전까지 내가 더부살이로 하숙해 온 집이었다.

여름방학을 하면서 나는 그 더부살이 하숙을 끝내고 소지품들을 말끔히 챙겨서 그 집을 아주 나오고 말았다. 주인집에서 그렇게 하기를 절실히 바라고 있었기 때문이었다.

어머니 친정으로 겨우 끈이 닿았던 더부살이 하숙은 사실 서로간에 얼마나 불편했는지 모른다. 필요 이외의 식솔을 아주 못마땅해 하는 주인집에서 나는 눈칫밥을 얻어먹으며 기를 푹 꺾고 죽어지냈다. 그런데도 어머니가 또다시 그 집을 찾지 않으면 안되었던 사정은 막상 여름방학이 끝나고 나니 내가 몸을 담고 있을 만한 곳이 없었다. 읍내에서 우리가 알 만한 집은 오로지 그 집밖에 없었고 학교와 거리가 가깝다는 이점도 곁들였다.

우선 학교 길이 멀면 어머니는 나를 위태위태한 언덕에 세워놓은 것과 같았다. 그 길이 한 걸음이라도 가까우면 어머니는 그만큼 마음이 놓였다. 그래서 다시 그 집을 찾아간 어머니는 아들의 안위를 위해 애원을 하다시피 했다.

"쪼매만 더 있그렇만 해주면 그 은혜는 두고두고 잊지 못 할거시더."

아들을 위해서라면 어머니는 어떠한 굴욕도 마다 안 할 각오가 돼 있었다.

"참말로 딱도 하구마아. 저번에도 그래 애원하디이만 또 그르은데이."

그 집주인은 아주 언짢아했다. 사실은 저번에도 어머니가 그렇게 애원을 해서 내가 더부살이나마 그 집 밥솥의 밥을 먹고 학교에 다닐 수 있었다. 그것이 모두 끝난 줄 믿었던 그 집은 여름방학이 끝나자 또다시 아들을 데리고 찾아온 우리 어머니가 애걸복걸을 하자 낭패감이 들었다.

"딸 혼사도 치러야 하는데, 보다시피 방은 비좁고……."

"제발 한번만 더 봐주소!"

어머니는 무조건 빌붙었다.

"어어 참……."

그 집은 어머니가 원망스럽기로 말하면 끝이 안보여도 끈끈한 친정의 끄나풀이랍시고 두 손을 비비다시피 간청하는 데는 차마 안면을 싹 몰수하지 못했다. 어쩔 수 없었던지라 나는 한 달에 쌀 서 말씩을 갖다 주기로 하고 또다시 그 집 밥솥에 얹히는 더부살이 식솔이 됐다. 그때부터 나는 그전보다 더한 눈칫밥을 먹기 시작한다.

나는 학교에서 돌아오면 책가방을 내려놓을 틈새도 없이 나무람부터 당했다.

"니는 나(이)가 고만하면 알아서 할 것이지 어찌 꼭 시켜야만 하노? 빨리 방 청소 하그라."

그래서 방 청소를 하면 곧잘 무엇들이 내 발길에 툭툭 걷어차여서 쏟아졌다. 방바닥에 놓인 물그릇, 반짇그릇이 정말 나도 몰래 발길에 차여 엎질러지는 것을 보면 벼락같은 질책이 떨어진다.

"니는 어째 조심성이 없노?"

나는 얼굴만 벌겋게 달아올랐다. 아무리 조심을 해도 아니 되었다. 사람의 손에 의해서 옮겨 다니는 물건들이 늘 한 자리에만 있을 수 없어 조심하는 걸로 해결될 일은 아니었다. 그것은 바로 내 시야(視野)의 문제였다. 내 시각은 바늘구멍처럼 좁았다. 밤에는 불이 없으면 전맹(全盲)으로 변했다. 물체를 바라보는 시각이 바늘구멍처럼 좁으니 그 바늘구멍 바깥은 보이지 않아서 일어나는 일이었다. 나의 이런 시야는 언제 어디서 어떻게 무엇을 발로 차는 사건을 제공해 줄지 모른다. 내가 바라보는 주위는 모두 그런 말썽꾸러기로 에워싸졌지만 주인아주머니가 시키는 일을 마다하지도 못하는 것이다. 안방, 마루, 중간방, 사랑방을 빗자루로 쓸어서 닦고 나면 또 엉뚱한 잔소리를 늘어놓았다.

"이게 쓸고 닦은 거가? 쓸지는 않고 도로 흩어놓았다만. 니는 어째 심술이 그래 많노? 새로 쓸고 닦아라."

사실 나도 빗자루를 들고 방을 쓸어 보면 쓴 데와 쓸지 않은 데가 구분이 명확하게 드러나지 않았다. 그런데도 그 집의 모든 청소는 내 몫이 되고 있었다. 심지어 화장실까지도 문지른다. 학교에서 돌아오는 시간이 좀 늦어도 엉뚱한 잔소리로 대했다.

"니이 청소하기 싫어서 이제 오제?"

그러나 나는 잘 참아 냈다. 참지 않으면 당장 갈 곳도 없지만 그보다는 어머니를 생각해서였다. 더부살이 하숙이지만 그 집에 나를 맡긴 어머니는 그래도 마음을 놓을 수 있었다. 어머니와 그 집과는 생면부지도 아니고, 학교와 아주 가까운 거리가 무엇보다도 어머니 마음에 들었다. 만약 내가 그 집에서 생활하기 싫다 우기면 어머니는 크게 실망을 하고 말 것이다.

나는 일요일 집에 가서도 어머니에 거짓말을 했다. 그 집에서 뭐 불편한 거 없느냐 물으면 없다는 대답을 했다.

"집 나가만 다 그른 기다. 불편해도 참아라."

어머니는 내 말을 믿었다. 그 집에 대한 어떤 의심도 없는 어머니를 보면 내 마음이 씁쓸했다. 더부살이 하숙을 하면서 내가 절실히 느낀 점이 있다면 가난에 쪼들려도 우리 집보다 더 좋은 곳은 이 세상 어디에도 없다는 것이었다. 한 번씩 일요일을 집에서 보내면 그보다 더 안온한 곳은 없었다. 기와지붕이 고래등같은 더부살이 그 하숙집보다 초가삼간이 금방 무너져 내릴 것 같은 우리 집이 훨씬 더 따뜻했다. 정말이지 일요일의 우리 집은 하루해가 너무 아쉬웠다. 협수룩한 초가지붕 밑이지만 우리 집은 온 가족이 내 보호막이 되어 빗자루 한 번 들리지 않는다. 그러나 일요일을 보내고 그 기와지붕 밑으로 들어가면 이 방 저 방 청소는 아예 내 몫으로 남아 있었다. 그러한 속에서도 내가 단 하나 얻을 수 있는 위안은 그 집 딸인 여자선생님의 천사 같은 모습이었다. 아니 나는 그녀를 천사처럼 생각하고 있었다. 그녀가 왜 그렇게 아름다운지 나도 모를 일이었다.

초등학교 그 여자선생님은 약혼한 상태에서 곧장 식을 올린다 했다. 그런 그녀가 내 마음을 매만져주고 있는 것이었다. 그녀에게서 나는 분명히 그런 느낌을 받고 있었다. 어쩌면 그녀는 나를 동정할지도 모른다는 혼자 생각을 하고 있었다. 아무튼 내 혼자 생각이라도 좋았다. 어쨌든 나는 그녀를 천사같이 바라보고 있었으니까.

갸름한 얼굴과 가느다란 몸매. 단정하게 차려입은 옷. 화장냄새는 여자의 향기를 내 코에 전달해주었다. 그녀가 선생님이기 때문에 존경심도 한몫을 했다. 그때만 해도 여자가 갖기 어려운 직업이었다. 그런 여자와 같은 지붕 밑에서 생활한다는 자체에 감동의 물결이 일었다. 그러나 직접 얼굴을 대하는 시간은 늘 밤이었다. 그녀는 아침 일찍 출근했다 저녁 늦게 돌아왔기 때문이었다. 내가 청소니 뭐니 부산하다가 귀가하는 그녀 얼굴을 보면 속에서 움트던 울분이 스르르 녹았다. 그것이 바로 그녀에 대한 나의 위안이었다.

정말이지, 주인집 인심이 나쁘다 생각되어도 그녀를 같이 묶고 싶지 않았다. 늘 나비 한 마리가 꽃에 사뿐히 내려앉는 느낌으로 나는 그녀를 바라봤다. 그녀 혼자 거처하는 중간방에 청소하러 들어가면 나는 그녀 냄새를 맡을 수 있어서 다른 방과 틀리 정성을 다했다. 한 번은 내 정성이 지나쳐서 그녀의 보지 못 할 것을 보았다. 옷장과 벽 사이에 빗자루를 넣어 먼지를 쓸다 무심코 걸려나온 천 조각은 그녀가 아침에 벗어 감추어둔 듯한 팬티였나. 서기에 뿌려진 붉은 반점은 무엇을 의미하는가? 나는 처음으로 여자의 비밀을 직접 확인하고 몸둘 바를 몰랐다. 아니 가슴 설렜다. 피묻은 천조각을 있던 제자리에 그대로 넣어두고도 얼마동안은 가슴이 뛰었다.

선생님이라는 존경심 뒤에는 역시 여자이기 때문에 비밀도 있구나 하는 그 이상한 두근거림……. 그런 그녀의 모든 것이 나를 위안하고 있었는지 모른다. 그렇게 지내면서 그 집에도 어느새 겨울이 들이닥쳤다.

날씨가 추워지자 나는 또 다른 걱정 하나가 생겼다. 잠잘 방이 마땅치 않았다.

그 동안 내 잠자리는 안방과 중간방 사이에 있는 마룻바닥이었다. 날씨가 춥지 않았을 때는 차라리 마룻바닥이 훨씬 더 편하게 느껴졌다. 혼자만이 누릴 수 있는 자유의 공간이기도 했다. 누구와 같이 잠을 잤으면 그 집에서 더 많은 미움의 대상이 됐을 건 뻔했다.

추운 겨울 날씨가 닥쳤으므로 어쩔 수 없이 어느 방이라도 들어가서 잠을 자야할 형편이 됐다. 어느 방에 들어가서 잠을 잘까? 나는 며칠 동안 그 생각을 골똘히 했다.

그 집의 방은 모두 세 개였다. 안방은 주인 내외 내실이었고, 중간방은 여자선생님 방으로 청소를 빼고 나면 내가 함부로 못 들어가는 방이었다. 나머지 하나는 고등학교 3학년인 그 집 아들 영철이 독점하는 방이었다.

방 셋 중에 나는 어디에도 들어가서 마음 놓고 잠자기는 마땅치 않았다. 그렇다고 점점 더 추워지는 겨울철로 접어드는데 계속 마룻바닥에서 고슴도치 모양 옴츠려 떨 수도 없었다. 나는 큰맘 먹고 주인 내외가 거처하는 안방 한쪽 구석에 잠자리를 펴고 잘 결심을 했다.

이 추운 겨울밤 내 작은 몸 하나 감추어 줄 방을 미리 정해 주지도 않은 집주인의 야속함을 참지 못해 스스로 안방을 찾아든 죄밑은 사실 오금이 저리고 쑤셨다. 대궐 같은 기와집이 쓰러져 가는 우리 집 초가삼간만도 못

하다 생각하면 집 떠난 슬픔이 눈물이라도 훔치고 싶었다. 잔뜩 위축되어 안방 한쪽 구석에 처음으로 이불을 펴 쥐 죽은 듯이 누웠는데 아니나 다를까? 주인아주머니 목소리가 겨울 날씨보다 더 차갑게 들렸다.

"넌, 나(이)가 고만한 것이 어떻게 철이 그래 없노?"

"……."

나는 입을 꾹 다물고 있었다.

"넌, 내실도 모르나?"

내실? 무슨 뜻으로 하는 말인지 내 귀가 이해를 못했다.

"영철이 방에 가서 자란 말이다. 하필이면 왜 이 방이냐? 영철이 혼자 자자나? 옆에 가서 조용히 자면 될 거 아이가. 이불 안고 영철이 방에 가그라. 혼자 자는 영철이 방에 가서 자면 될 거 가지고서 왜 안방에 기어드노? 나(이)가 고만한 게 그 생각도 못했나?"

그 생각을 못 하지는 않았다. 영철이 방으로 갈까를 놓고 몇 번을 망설이다가 안방을 선택한 것이다. 고3인 영철은 진작부터 나를 너무 무시했기 때문에 잠을 자면서까지 무시당하고 싶지 않았다. 그 말썽꾸러기와 같이 잠을 자면 느닷없이 쥐어 박히는 일이 얼마나 많을지 모른다. 지레 나는 영철에게 겁을 먹고 있었다.

"영철이 방에 가서 자란 말이다. 내 말 안 들리나?"

내실이라는 이유로 안방에서 떠밀려 나온 나는 어쩔 수 없이 잠자리를 영철이 방으로 옮기는 수밖에 다른 방법이 없었다. 그 영철이 달가워할 일은 본래 아니었다. 그러나 나는 꾹 참고 그 방에서 잠을 자기 시작했다. 그때부터 영철의 입은 말끝마다 이 새끼 저 새끼여서 내 이름 석 자가 아예

없어지고 말았다. 이유도 없이 주먹으로 한 대씩 올려붙일 때는 정신이 얼얼했다. 고양이 앞의 쥐새끼 모양 나는 옴츠리기만 해댔다. 그렇게 해서 영철과 같이 잠을 잔 날이 보름도 안 되는데 생판 엉뚱한 트집을 잡고 나섰다.

"야 이 새끼야 일어나 봐."

내뱉는 담배연기가 싫어서 나는 이불을 덮어쓰고 있었다.

"내 말 안 들려? 요런 맹랑한 녀석 봤나? 당장에……."

주먹이 금방 날아올 것 같은 느낌이었다. 나는 덮어쓰고 있던 이불을 한 아름 껴안으면서 마지못해 일어났다. 또 무슨 수작을 걸어올지 전혀 짐작도 가지 않는다.

"야 이 새끼야, 내 눈이 침침해 오고 있다 말이다."

"……."

나는 말뜻을 이해할 수 없었다.

"이 새끼가 갑자기 벙어리가 됐나? 내 말 안 들려?"

그 언성이 높았다.

"뭣 때문에?"

"이 새끼가 또 반말이야? 너 아직도 정신을 못 차렸어?"

그에게 깍듯이 "예" 하다가도 나도 모르는 사이에 반말이 종종 튀어나왔다.

"한번만 더 그따위 말버르장머리를 쓰면 참말로 그냥 두지 않을 거다. 알겠어? 어따 대고 반말이야? 새끼가 사람도 몰라보고서."

"예 알았어요."

"알았으면 그건 됐고……."

"……."

"너하고 같이 자고부터 내 눈이 침침해 오고 있다 말이다 이 새끼야."

"……."

그래도 나는 무슨 뜻으로 말하고 있는지 몰랐다.

"이 새끼야, 왜 아무 반응이 없어?"

"……."

"이 새끼가 이제는 귀까지 멀었구나."

"……."

"네 놈 어두운 눈병이 내게 옮았다 말이다. 밤눈 어두운 것은 말할 것도 없고, 물그릇을 툭툭 걷어차는 그 낮 눈까지도 말이다."

"……."

내 머릿속에는 아찔한 충격이 스치고 지나갔다. 글쎄, 나는 아직까지 이런 말은 들어보지 못했다. 전염성 눈병도 아니고 선천적으로 타고난 저 시력이 다른 사람에게 옮긴다면 우리 집 식구들은 모두가 전염돼 있어야 했다. 그러나 어머니도 아버지도, 위로 셋 누나도 나처럼 시력이 나쁘지는 않았다. 우리 가족 누구도 눈 나쁜 사람은 없었다. 오로지 나만이 눈이 나빴고 그 원인에 대해서는 모르고 있었다.

"이래도 내 말뜻을 못 알아 차려?"

그는 얼토당토 안한 트집을 내세워 그 방에서 쫓아낼 요량이었다.

"그렇지 않아!"

나는 억울했다.

"야 이 새끼야, 뭐가 그렇지 않다 말이고?"

"난 그냥 눈이 나쁠 뿐이지 누구에게 전염되는 그런 눈병은 아니라고 요."

"이 자식이 어따 대고 꼬빡꼬빡 말대꾸야? 그러면 그런 줄 알지."

"억울한 누명은 덮어씌우지 말라고요."

"내가 누명을 씌워?"

그의 얼굴이 일그러졌다.

"누명 아니면?"

"이 새끼야, 오늘 내가 학교에서 돌아오는 길에 길바닥에 박혀있는 돌 멩이를 못 보고 걷어차서 무릎을 깠단 말야. 전에는 그런 일이 한 번도 없 었거든."

"그게 나와 무슨 상관인데요?"

"네 놈이 노상 그러고 다니잖아."

"……."

"전에는 한 번도 그런 일이 없었거든. 네 놈한테서 옮은 거야. 네 놈의 눈이 나에게 어느새 전염되었다고. 앞으로 네 놈하고 같이 잤다가는 밤눈 어두운 것도 전염될지 몰라. 아무래도 내 눈이 자꾸 침침해 오는 것 같다 고 이 새끼야."

어처구니가 없었다. 자기 실수로 돌멩이를 차서 넘어진 것도 내 탓이었 다. 내 선천성 저시력이 전염됐다는 억지 생트집을 당하기는 정말 싫었다. 그와 같이 잠을 잤다가는 계속 그런 수모로 만신창이가 되고 말 것이다.

"에잇 씨발. 이 방에서 안 자."

나는 반항하듯 이불을 둘둘 뭉쳐 안고 그 방을 뛰쳐나왔다. 그렇다고 처음 쫓겨 나온 내실이라는 곳으로 들어갈 수도 없었다. 또 여자선생님이 쓰고 있는 중간방은 사실 나에게 금단의 방이다. 감히 여자선생님과 잠자리를 같이 한다는 생각은 상상도 못한다. 오직 여자선생님 방에서 내가 할 수 있는 일은 청소뿐이었다.

어떻게 하겠는가. 나는 또다시 마룻바닥에 이불을 펴고 고슴도치 모양 움츠려들고 있었다. 아무리 추운 겨울바람이 몰아쳐도 다른 방법은 없었다. 그렇게 이불을 덮어쓰고 마룻바닥에 누워있으려니 집 생각이 간절하다. 허물어져 가는 우리 집 초가지붕이 참말로 그립다. 대궐 같은 기와지붕이면 무얼 하겠는가? 내 작은 몸 하나 잠재울 곳도 없는데 말이다. 이런저런 생각으로 설움이 복받쳤다.

기왓장을 스치고 지나가는 바람이 이날따라 더 차갑게 느껴진다. 잠은 오지 않고 속으로 울고 있었다. 생각 같아서는 금방이라도 이 집을 뛰쳐나가고 싶지만 그것 또한 안 될 일이다. 내가 가면은 지금 어디를 가는가? 눈 나쁜 내 주제에 당초 아버지의 완고한 반대를 무릅쓰고 왜 읍내 중학교에 입학을 했는지 내 스스로에 대한 의문이 불쑥 솟았다. 지금의 형편대로라면 내가 일부러 사서 고생을 자초한 것이었다. 하지만 내 아집을 꺾지 못해서 중학교를 보내게 됐던 우리 집 식구들은 처음 생각과 다른 방향에서 이해 폭을 넓혀 오히려 대견해하는 눈치였다. 왜냐하면 내가 중학교를 다님으로써 다른 아이들과 동등한 위치를 유지한다는 확인을 했기 때문이었다. 그것은 우리 집의 고무적인 사실이었다. 그러기에 더부살이임에도 불구하고 허리띠를 졸라매 한 달에 쌀 서 말씩을 하숙비로 꼬박꼬박 갖다

바치는데 소홀하지 않았다. 봄만 되면 보릿고개가 밀어닥쳐도 우리 집에서는 하숙비와 학교 공납금의 납기는 아주 철저하게 지켜주었다. 이런저런 사정을 감안하면 지금은 내가 중학교를 포기하고 싶어도 우리 집안의 반대로 포기할 수 없는 입장이 돼버렸다. 이불을 덮어쓰고 찬바람이 스미는 마룻바닥에 움츠려 누워서 정말로 별별 생각을 다해 본다.

얼마나 시간이 흘렀을까? 마루로 터진 중간 방문이 열리고 여자선생님이 화장실을 가기 위하여 나왔다. 무심결에 방문을 나서던 그녀는 내가 덮어쓰고 있는 이불을 걷어차서 비틀하여 엉겁결에 내뱉었다.

"이게 뭐냐?"

"……."

나는 죽은 듯이 꼼짝하지 않았다.

"이게 뭐냐?"

그녀는 벽에 붙은 스위치를 누른 다음 내가 덮어쓰고 있는 이불을 잡아당겼다. 순간 나는 두 손으로 얼굴을 감쌌다.

"얘는? 왜 여기서 자아? 춥지도 않아?"

"……."

나는 두 손으로 얼굴을 더 힘있게 감쌌다. 무엇인지도 모르게 그녀를 대하기가 부끄럽다. 너무 초라해 있다는 생각 때문인지도 모른다.

그녀는 급한대로 화장실부터 갔다. 그 사이 나는 다시 이불을 덮어쓰고 화장실 간 그녀가 나오기를 막연하게 기다렸다. 왜 화장실에 들어간 여자선생님을 기다리는가? 구원을 요청하고 싶어서였는가……. 하여튼 그녀가 화장실에서 나오기를 기다렸다. 생각하면 이상한 일이었다. 아까는 초라한 모습을 보이기 싫어 두 손으로 얼굴을 감싸 쥐었는데 이제는 무슨 동정이라도 얻어내려는 기다림이 있었다.

화장실을 나온 그녀는 다시 마루로 올라섰다. 나는 또다시 아까처럼 이불 속에서 숨을 죽였다. 숨이 금방 끊어질 것 같은 긴장감이었다.

"애, 일어나? 감기 들면 어쩌라고 여기서 이래?"

"……."

나는 아무 말도 할 수 없었다. 그녀는 한참동안 내려다보는 듯했다.

"너도 참 보통 고집이 아니구나."

그 말이 나를 마룻바닥에서 일으켰다. 그녀의 눈에 고집불통으로 보이고 싶지 않았다. 정말 고집불통같이 보여지면 내 마음에 위안을 가져다주었던 유일한 대상을 잃는다.

"영철이가 같이 못 자게 하던?"

그녀의 차분한 음성은 이미 사태를 파악하고 있었다.

나는 고개를 푹 숙였다.

"그렇다고 여기서 자면 어쩌나?"

여기서 안자면 어디서 자요? 하는 반문을 꾹 깨물었다.

무엇을 망설이던 그녀는 내가 껴안고 있는 이불을 빼앗아 갔다.

"이리 들어와!"

그녀가 내 이불을 들고 자기 방으로 들어갔다. 차마 나는 그 방으로 들어설 엄두도 못 내고 마루에서 머뭇거렸다. 그때까지만 해도 내가 여선생님과 함께 잠을 자리라는 생각은 못했다. 여선생님은 어디까지나 내 마음 속에서만 있었다. 그 미모와 존경심이 선망의 대상으로 바라보이기만 했다. 그녀가 거처하는 방에서 잠을 같이 자도 좋을 만큼 자연스럽지는 않았다. 남자도 아닌 여자, 그것도 우러러 보이는 선생님이었기에 좁혀질 수 없는 엄연한 거리감이 내 앞에 놓여 있었다.

"얘는? 어서 들어오라니까 뭐해?"

차마 방문 안으로 들어가지를 못하고 머뭇거리기만 하는 나를 꾸짖었다. 나는 민망해하며 방안으로 발을 들여놓았다.

"문을 닫아야지."

방문을 닫았다.

"앉아."

하라는 대로 움직였다.

"오늘부터는 이 방에서 자라. 알았지?"

그 말을 듣는 순간 형용할 수 없는 감동이 가슴에 물결쳤다. 꿈을 꾸고 있는지도 모른다. 감히 여자선생님과 잠을 같이 자다니……. 믿어지지 않는다. 전율 같은 감동이 출렁거린다. 그녀만은 나를 미워하지 않는다는 증거이기도 했다. 가슴에 품었던 선망의 대상이 실재와 부합하는 감격이었다.

어쨌든 나는 여자선생님과 같은 방에서 잠을 잘 수 있는 계기를 맞았다. 그때부터 그 방에서 잠을 자며 그녀의 고마운 마음을 잊지 않으려 했고, 그녀만은 나를 동정하며 연민하고 있다는 믿음에 확신을 가졌다. 그러나 얼마나 많은 조바심이 생기고 있는지 모른다. 솔직히 나는 잠을 자면서 숨도 제대로 쉬지 못할 만큼 위축되었다. 아주 작은 불편도 건네주지 않으려 무진 노력했다. 그녀가 불편을 느끼면 나를 향했던 온정이 깨질 수 있다는 생각 때문에 얼마나 조심을 했으면 한 번 돌아눕기조차 내 스스로 거부했다. 벽에 바짝 붙어 그녀와 사이를 두고 이불을 덮어써 잠자리에 누우면 부스럭 소리라도 날까봐 꼼짝 안 했다가 아침에 살며시 일어나곤 했다. 잠이 오지 않아 답답해서 몸을 한 번 뒤채고 싶은 마음이 간절해도 끈질긴 인내와 싸움을 했다. 이렇게 조심성이 지나쳤던 내 행위가 그녀를 아주 방심하도록 풀어놓았다. 그녀는 내가 잠들면 정말 아무 것도 모르는 무의식의 시체로 생각을 했다.

"너는 잠버릇이 어떻게 그렇게도 곱냐? 누웠다 하면 꼼짝 않다가 아침에 일어나니 호랑이가 물어가도 모르겠다, 야아."

내가 의도적으로 얼마나 조심하고 있는지에 대해서 그녀는 깨닫지 못했다. 어떤 인내가 뒤따르고 있는지를 모르니 선생님도 어리석은 구석이 있는가 보았다.

"밤에 불을 끄면 전혀 안보여요. 그러니 깊은 잠을 자요. 밤눈 때문에 생긴 버릇이어요. 우리 집에서도 그랬어요. 아무 것도 안 보이는데 잠밖에 더 자겠어요. 잠들었다 하면 호랑이가 물어가도 모른다고 우리 집에서도 그랬어요."

나는 더 안심시키기 위한 말로 꾸며댔다. 여자선생님은 내 말을 참말로 믿는다. 얼마나 조심하고 있는지에 대해서는 알려고 하지 않았다.

성탄절을 며칠 앞두고 밤늦은 시간에 막차를 타고 그 집을 찾아온 손님이 있었다. 그 남자는 다른 사람도 아닌 바로 그녀의 약혼자였다. 이 밤늦은 시간에 하필이면 왜 막차를 타고 오는가 하고 부모는 의아한 표정이었지만 그녀는 은밀한 연락이 닿은 듯 기다렸다는 눈치였다.

거 참, 싱거운 사람 다 봤네. 지금 시간이 몇 시라고? 그녀 아버지는 막차를 타고서 이 밤늦은 시간에 불쑥 나타난 사윗감이 난감했다. 아직 보수적 성향이 짙은 안동 양반 체면이 구겨졌다. 사윗감이라도 예식을 올리기 전에 들락거리는 것은 별로 반갑지 않았다. 그렇다고 막차를 타고 온 사람을 되돌려 놓을 수도 없는 일……. 그래서 장인은 사위를 향하여 금을 그었다.

"자네는 영철이 방에서 자도록 하게나."

장인은 아직도 엄격한 격식에만 매달려 있었다. 사위는 꽃에서 자지 못하고 잎에서 자게 되어 섭섭해도 장인의 그 엄격한 격식을 받아들일 수밖에 없었다. 여선생 또한 마찬가지였으리라. 이미 두 사람 관계는 굳이 그럴 필요 없어도 아버지의 태도는 언제나 완고한 쪽에서 변함이 없었다. 대신에 나는 그녀 방에서 쫓겨날 위기를 모면했다. 그녀 아버지가 그토록 엄격하지 않으면 나는 여자선생님과 같이 거처하던 잠자리를 비켜 줄 수밖에 없었다. 그러나 내가 두 사람을 각각으로 갈라놓은 것 같아서 가시방석처럼 느껴졌다. 잔뜩 위축돼서 숨소리도 제대로 내지 못하다가 언제쯤 잠이 들었는지 모른다. 물론 그 약혼자도 장인어른 명령대로 영철이 방에 들어가서 잠을 잤던 것도 틀림없었다.

한밤중은 되었으리라. 아무 소리도 들리지 않았으면 나는 아침까지 꼼짝도 않고 잠들어 있었을 것이다. 잠을 깨운 것은 여선생의 흐느낌 때문이었다.

"으흐흐흠……."

분명한 여선생의 흐느낌이었다. 그 흐느낌을 듣는 순간 여선생이 갑자기 어디가 몹시도 아픈 줄 알았다.

"으음……."

나는 여선생의 갑작스런 통증을 집안에 알릴까 말까 하는 생각을 했다. 그런데 잇따른 남자 신음소리가 덮쳤다. 그 남자 신음소리를 못 들었으면 나는 여선생이 갑자기 병난 줄 알아 부모에 알렸을 것이다. 만약 그랬으면 어떻게 되었을까? 하지만 남자의 신음소리가 나를 꼼짝 못하게 묶었다. 그때부터 내 존재가 그들의 부담이 되지 않기 위해서 어떻게 처해 있어야 하는지 알고 있었다.

어떠한 일이 있어도 나는 죽은 시체가 되기로 결심했다. 만약 내 존재가 이 시간에 의식되면 여선생의 미움을 받아 마땅했다. 어떤 일이 있어도 여선생과 사이에 금이 생기는 일은 금물이었다. 그녀만은 나를 미워하지 않는다는 믿음이 추락하고 나면 더부살이 하숙에서 위안받을 곳은 정말 아무 데도 없었다. 때문에 오늘밤 무슨 일이 있어도 죽은 시체가 되어서 한 번 바스락 소리를 내서도 아니 되었다. 그러나 누워있는 바로 옆에서 이상한 소리가 들리는데 꼼짝 않고 버틴다는 자체는 보통 어려운 자기 억제와 싸움이 아니다. 정신이 깨어 있으면 행동도 깨어있기 마련. 말짱한 정신을 죽음으로 몰아가는데 얼마만한 고통이 뒤따르는지 식은땀이 다 솟는다.

아, 곁에서 들리는 저 흐느낌은 무엇이란 말인가? 그녀의 흐느낌은 더 높아가고, 남자의 신음 또한 무거운 짐을 진 듯했다. 아아, 저것은 과연 무엇인가? 내 몸의 피가 갑자기 역류한다. 남자와 여자가 함께 어울리는 실체, 그것도 바로 옆에서……. 그러나 사실 나는 눈을 떠도 볼 수는 없었다. 내가 아닌 다른 누구라면 실눈만 살며시 떠도 보일 것 아닌가. 나는 완전

한 야맹이었다. 밤에 불이 없으면 아무 것도 보이지 않는다. 암흑만이 전체를 감싸는 내 눈. 암흑의 바다에서 나는 눈을 떠도 그만 감아도 그만이었다. 그래 차라리 눈을 꼭 감고 있는 게 더 편했다. 그러나 호기심이 없는 건 아니다. 바로 내 옆에서 지금 무슨 일이 일어나고 있는지 상상해보면 눈으로 보는 이상의 실감을 나는 맛볼 수 있었다. 어떤 대상에 대해서 내 눈이 보이지 않았을 때 나타나는 머릿속의 밑그림은 절실한 것이었다. 머릿속으로 그려보는 상상력은 저절로 특출 날 수밖에 없었다. 상상은 보이지 않는데 대한 유일한 수단으로 쓰고 있기 때문이었다. 어릴 때 나는 밤하늘을 바라보며 별을 상상해 냈다. 하늘의 별이 보이지 않아도 은하수가 어떻게 흐르는지 알고 있었다. 내가 그렇게 머릿속으로 그리는 세계는 일반적이고 통념적인 상상이 아니었다. 보이지 않는 사물의 실체를 풀어내는 해답의 형성체로 아주 진솔한 것이다. 지금 여선생의 성애 역시도 마찬가지였다. 우리가 자고 있는 방에 남자가 숨어 들어와서 여선생 옷을 한 꺼풀씩 벗기는 상상은 이미 지나간 일로 제쳐두고라도 지금 그 알몸 위에 엎어져 흐느적거리고 있는 상상이야말로 눈으로 직접 확인하는 것보다 더 뚜렷한 형체로 머릿속에 남아서 언제라도 다시 살아날 수 있었다.

남녀의 흐느낌이 잠잠해지기 시작하더니 곧장 침묵이 흘렀다. 나는 이제 그것이 끝나는 걸로 생각했다. 하지만 머릿속에 복사된 내 상상은 언제라도 비상할 수 있었다. 내 머릿속에 감겨있는 필름은 너무나 또렷한 것이기 때문에 언제라도 다시 꺼내 들을 수도 볼 수도 있었다. 내가 지금 그 속에 침잠되어 있는 것이다. 그래서 나는 선망의 대상으로 우러러 보던 여자 선생님 몸이 다 허물어진데 허전함을 느꼈다.

침묵이 쌓이면서 여자선생님 그 고운 몸이 다 타버렸다 생각했는데, 이제는 모든 것이 끝났다 생각했는데 다시 가느다란 목소리가 들렸다.

"벌써 자요?"

"아니."

"벌써 자요?"

"아니."

똑같은 말이 오고갔다.

"한 번만 더……."

여자선생이 그런 말을 했다. 무엇이 한 번 더란 말인가?

"……."

남자는 대답이 없었다.

"한 번 더하면 안 되나?"

"아니."

"그러면?"

"……."

남자는 말을 아낀다.

"나 시시했어."

무엇이 시시했단 말인가? 그녀에게 시시한 것은 무엇이었을까? 그녀의 말이 내 귀에 여운으로 남아서 의문을 던졌다.

"한 번만 더 해."

"……."

남자는 말이 없었다.

"안 돼?"

"안될 거야 없지만……."

"그러면 한 번 더 해."

"저 새끼 깰까봐 그래?"

저 새끼란 바로 나를 두고 하는 말이었다.

"괜찮아."

"깨서 보면?"

"누가?"

"저 새끼."

"괜찮대두."

"중학생이면 다 안다고……."

여선생의 '한 번 더'라는 요구에 남자의 불안감은 옆에서 잠자는 나의 존재였다. 그렇지. 나는 아무 것도 모르는 어린애가 아니었다. 중학교 이학년이면 그 관계에 눈이 뜨이는 사춘기의 길목이었다. 조금 전 그녀의 흐느낌과 남자의 신음에서 처음으로 그 실체를 눈으로 보듯 체득했다. 바로 그렇게 하는 것이구나! 나는 궁금해 하던 것 하나를 해결한 셈이었다. 그렇지만 여자선생님은 상대방이 잔뜩 우려하는 나의 존재에 대해서는 아무렇지도 않게 무시를 해도 좋았던 모양이었다.

비록 내가 옆에 누워있지만 여선생에게는 있으나마나한 존재에 불과했다. 그녀는 결코 나를 두고 신경 쓸 일은 없었다. 나를 아주 무시해버려도 좋았던 것으로 생각했다. 그녀의 대화가 바로 그렇게 이어지고 있었다.

"그 애는 괜찮아. 안심해도 돼."

"왜?"

"밤눈이 어두워. 밤에는 아무 것도 보지 못해."

"밤눈이 어둡다고?"

"밤에는 무슨 일이 일어나도 모른다니까. 밤눈이 어두워 꼼짝 못하다보니까 호랑이가 물어가도 모를 정도로 잠자버려. 지금 우리가 무슨 짓을 해도 걔는 보지도 듣지도 못해. 그런 바보 같은 애야."

여선생의 그 말을 듣는 순간 나는 가슴이 철렁 내려앉았다. 그녀에 대해서 가졌던 선망의 깊은 뿌리가 송두리째 뽑혀 나가는 느낌이었다. 그녀만은 나를 동정하며 연민하고 있는 줄 알았던 내 믿음이 금방 무너져 내렸다. 그녀의 그 말은 나를 정말 비참하게 만들었다. 내 가슴에 영원히 새겨두고 싶었던 그 미모의 인상을 나는 당장 까뭉개버리고 싶었다. 그녀 역시도 나를 무시하고 있었구나……. 그녀에 대한 실망감이 너무 컸다. 그녀를 믿었던 모든 것들이 조각으로 찢어져 나가고 있었다.

그들 곁에서 부스럭 소리 하나 못 내면서 나는 울분을 삼켰다. 그녀와 같이 잠을 자면서 일부러 아주 깊이 잠든 척 했던 것은 그녀를 위해서였다. 아주 작은 불편도 주지 않으려 조심했기 때문에 한 번 잠자리에 눕기만 하면 호랑이가 물어가도 모를 숙면을 꾸미느라 숨소리조차도 죽여왔다. 그것이 그녀를 방심하게 만들 수는 있어도 밤눈이 어둡다고 해서 바로 옆의 그들이 무슨 짓을 하고 있는지도 모른다면 완전히 바보 취급을 하는 것이었다. 생각하면 여선생이야말로 참으로 어리석었다. 꼭 눈으로 직접 보는 확인만이 전부인가? 눈으로 직접 보지 않아도 의식의 깨달음이 있고, 미루어 무엇을 짐작하는 수도 있다. 더욱이 내 상상력은 누구보다도

더 민감한 작용을 한다. 내 상상은 지금 그녀의 알몸까지도 훤하게 들여다보고 있었다. 그녀는 지금 실오라기 하나도 걸치지 않고 있는 것이다. 그 상상이야말로 나를 미치게 만든다.

밤눈이 어두운데 대한 내 상상력은 일찍부터 시야의 일부분을 담당했기 때문에 바로 옆에 있었던 성애는 시각적인 실체보다 더 깊이 머리 속에 투영됐다. 실오라기 하나도 걸치지 않은 여선생 알몸은 언제라도 내 상상력만 동원하면 머릿속에서 훤히 바라보인다. 시각적인 실체는 목격의 순간으로 끝이 나지만 상상력의 투시는 머릿속 기억으로 남아 아주 오랫동안 보관될 수도 있었다. 그것도 모르고서 밤눈이 어둡다는 이유로 나를 아주 무시하고 바보 취급해서 무의 세계에 가두려는 얄팍한 생각을 가진 그녀가 어찌 선생이라 하겠는가? 그녀를 선망의 대상으로만 바라볼 줄 알았던 내 시야가 정말로 비좁은 저시력에 머물렀었다. 지금 내가 느끼는 분개라면 벌떡 일어나서 그들이 향유하는 정염을 박살내고 싶지만 차마 그러지도 못한다. 만약 그렇게 한다면 돌아오는 미움을 감당하지 못해 이 집을 뛰쳐나가야 한다. 어쩔 수 없어 나는 참고 견딘다. 생생하게 살았으면서도 죽은 듯이 꼬박 밤을 새우다가 새벽녘에 눈을 조금 붙였다.

일찍 일어났던 습성과 틀리 부산한 소리에 눈을 뜨니 어느새 아침이었고 집안의 모든 일들은 그전처럼 돌아가고 있었다. 아무런 일도 없는 여느 아침이었다. 그렇지, 지난밤의 비밀을 아는 사람은 나밖에 없으니까 여느 아침이나 다를 바 없었다.

그 당사자들도 아무 일 없었다는 듯 태연했다. 그녀가 남자에게 옷을 벗어주었던 흔적은 어디에도 없었다. 그 남자 역시도 언제 그랬느냐는 듯이 영철 방에서 잠을 잔 척 슬그머니 나왔다. 그런 그들의 모습을 보고는 내 얼굴이 붉어졌다. 어떻게 저토록 태연할 수 있을까? 지난밤의 상상력에 각인된 그녀의 나신이 보여서 나는 얼굴을 들 수 없는데 말이다. 내가 가졌던 그녀에 대한 좋은 인상은 지난밤에 다 소멸되었다. 여선생이 자꾸 다시 보이는 것이다. 부끄러운 그림자가 조금이라도 비쳤다면 그녀에 대한 작은 미련은 남았을 것이다. 그러나 그녀는 너무 태연했다. 그 모습에서 나는 어떤 온정도 느끼고 싶지가 않았다. 대신 상상의 그 알몸이 자꾸 떠올라 왔다. 여자의 알몸. 그것도 그녀의 알몸……. 아아 여자선생님의 알몸……. 내 상상의 세계여.

상상은 나를 괴롭히기 시작했다. 누구에게 말 할 수도 없다. 만약에 입 밖으로 엇비슷한 말이라도 비쳤다가 여선생의 귀에 들어가면 미움을 감당하지 못한다. 떠오르는 상상력을 쫓으려 애쓰지만 그녀를 대하고 나면 실오라기 하나 걸치지 않은 알몸이 머릿속에 비치는 것이다.

며칠을 두고 나는 그녀의 나신과 싸움을 하고 있었다. 학교 수업 시간에도 그녀의 알몸이 내 상상력을 헤집었다. 전에 느끼지 못했던 이상한 현상까지 나타났다. 나도 모르게 사타구니가 들먹거렸다. 어느새 나도 거기에 대한 눈이 트이는가……. 며칠 동안 나는 그 상상력과 싸우면서 어른스럽게 성장했는지 모른다.

내가 학교에서 돌아오는 길이었다. 대문을 막 들어서는데 영철이 앞을 가로막았다.

"야 이 새끼야, 이리 와봐."

영철은 나를 기다렸다는 듯 얼굴을 험악하게 찡그렸다. 까딱하면 트집

을 잡아 몰아붙이기 일쑤인 그가 또 무슨 건더기를 잡았는지 쏘아보는 눈길이 심상치 않았다.

나는 아무 잘못도 없으면서 가슴이 섬뜩했다. 책가방을 든 채로 대문간에서 머뭇댔다.

"내 말 안 들려?"

목소리가 사납다.

"왜요?"

"이 새끼가 왜 말이 많아? 오라면 오는 거지. 번번이 대꾸야?"

그를 따라 갔다. 방으로 들어서기 바쁘게 방문을 걸어 사람을 가둔다. 영문도 모르면서 나는 기가 팍 죽었다.

"거기 앉아."

그의 명령대로 움직였다. 다시 서라면 다시 설 준비도 돼있었다. 그 위세 앞에서는 꼼짝 못하는 고양이 앞의 쥐가 된다. 또 눈 나쁜 증상이 전염되었다고 퇴박을 놓으면 어쩌나? 나는 속으로 그것이 걱정이었다. 자기가 돌멩이를 차서 엎어진 것도 내 눈 나쁜 증상이 옮았다고 시비를 걸었으니 오늘 또 돌멩이를 차서 엎어졌는지 모를 일이었다. 아닌게 아니라 그 시력이 전보다 못한 것은 사실이었다. 수업시간에 칠판 글씨가 잘 보이지 않아 안경을 낄까 말까 하고 망설이는 중이었다. 그러나 그것은 흔히 나타나는 근시현상일 뿐 나와는 전혀 상관도 없었다.

"지금부터 내 묻는 말에 솔직히 대답하란 말이야? 알겠어? 우물쭈물하면 그냥 안 둘 테니 아주 단단히 각오를 하라고."

으름장을 놓았다.

"야 이 새끼야. 왜 반응이 없어? 내 말이 시시하게 들려?"

"뭐인데요?"

내 목소리는 기어들었다.

"그날 밤에 말이야……."

"예"

나는 영문도 모르면서 대답을 했다. 주먹이 금방 날아올 것 같았기 때문이었다.

"그날 밤에 말이야, 매형이 처음에는 분명히 나와 같이 잤는데 나중에 잠을 깨서 보니 행방불명이 되고 없더라 말이다."

"……."

당초 그것을 어쩌란 말인가. 나는 그날 밤에 있었던 일을 또 떠올렸다. 그의 매형은 곧 여자선생님의 남편 될 사람이다. 그 남자가 그와 같이 자다가 그 방에서 행방불명되지 않았다면 나는 그날 밤 여선생 성애 모습을 바로 옆에서 체득하지 못했을 것 아닌가. 결혼식까지 약속한 상태에서 그것이 꼭 허물로만 단정할 수는 없었다. 그때 아주 못 마땅해했던 심정은 바로 옆에 있는 나의 존재를 완전히 무시해버림으로써 내가 간직했던 선망이 무너지는 상실감의 아픔이었다. 그것도 최대 콤플렉스랄 수 있는 밤 눈 어둔 사실을 꼬집었기 때문에 그 상실감은 마음에 깊을 상처를 남겼다. 아직도 그 상처는 치유되지 않아 괴로워한다.

"그때 매형이 어디서 무슨 짓을 했는지 네 놈은 분명히 알 것 아냐?"

"내가 그걸 어떻게 알아요?"

내 대답은 당연히 비켜서야 했다. 왜 그걸 따지고 드는지도 모른다.

"야 이 새끼야, 참말로 몰라?"

당장 한 대 올려붙일 기세다.

"몰라요."

차마 어떻게 그 일을 함부로 발설하겠는가. 무조건 모른다는 대답을 해댔다.

"야 이 새끼야. 매형이 내 방에서 사라졌을 때는 어디 갔겠어? 한밤중에 하늘로 솟았겠어? 땅으로 꺼졌겠어? 매형이 찾아갈 곳은 누나 방밖에 더 있겠어? 이건 상식적인 이야기야. 그런데도 네 입에서 모르겠다는 대답이 나와? 누나와 같이 잠을 자지 않는다면 모르겠다는 대답이 나올 수도 있지만 네놈은 누나와 한방에서 잠을 자. 그래도 모른다는 대답이 나와?"

정말 알다가도 모를 일이었다. 왜 그 일을 동생이 들고 나오는가? 어쨌든 나는 그 일에 대해서 전혀 모른다고 완강하게 부인을 해야 하는 것이었다. 그래서,

"난 잠들면 아무 것도 몰라요."

"요런 맹랑한 놈 봤나? 넌 다 알고 있어 임마? 그날 밤 누나와 매형이 밤새도록 무슨 짓을 했는지 넌 다 알고 있어 임마."

"난 아무것도 몰라요."

"이 새끼가 모른다면 다냐? 왜 몰라? 옆에 같이 자고 있었으면서도 모른다고? 그 짓이 아무 소리도 안 나는 일인 줄 알아? 쥐 죽은 듯이 조용한 줄 알아 임마. 나도 해봤어 이 새끼야."

정말 영철이 그 짓을 해봤다고는 믿어지지 않는다. 막무가내로 해버린 말일지 모른다. 아니 어쩌면 그 불량한 기질이 벌써 해봤을 수도 있었다.

"정말 모른다니까요?"

어쨌든 난 딱 잡아뗐다. 내가 할 대답은 그것밖에 없었다. 영철은 왜 굳이 다른 사람도 아닌 자기 누나의 수치스러운 부분을 파헤치려 드는가. 그걸 파헤쳐서 지금 무엇을 어쩌자는 건가. 무슨 꿍꿍이 수작이 있기도 한 것 같은데 그 속심을 알 도리가 없었다. 하지만 어떠한 일이 있어도 여선생의 그 수치가 내 입을 통해 흘러나오는 일은 없어야 했다. 그녀를 위해서도 그렇고 내 자신을 위해서도 그렇다. 만약 그 일이 내 입에서 터지면 이 집에서 쫓겨날 각오도 해야 했다.

"이 새끼야? 얻어터지기 전에 실토를 하라고. 얻어터지고 불면 괜히 너만 손핸 거야. 누나와 매형이 그날 밤 이거 하는 거 너 들었지?"

그는 손가락으로 동그라미를 그려서 다른 쪽 손가락 하나를 꽂아 보였다. 그 제스처가 가관이어서 나도 모르게 피식 피식 웃고 있었다.

"웃어?"

눈 깜짝할 사이에 주먹이 내 가슴팍을 때린다. 나는 웃다 말고 비명을 질렀고, 두 번째 주먹에는 엄살을 보태 방바닥에 뒹굴었다. 그가 벌떡 일어서더니 어깨를 짓밟는다. 아픈 것은 고사하고 정신이 얼얼하다.

"이 새끼야. 이미 내가 다 알고 있는 사실을 가지고 네놈에게 확인하려는 것뿐인데 자꾸 모른다는 대답이겠다? 아직 정신을 못 차렸군 그래. 야이 새끼야, 정신을 차리게 해 주마. 어쭈 아파? 엄살 떨지마아. 네놈이 정신을 차리려면 아직 멀었어."

이쯤 되면 더 버틸 용기는 없었다. 그는 잔뜩 밀던 차에 무슨 분풀이라도 실컷 하고 싶어했다. 나는 도저히 더 이상 참을 수 없었다. 맞아죽을 것

같은 살벌한 분위기에는 꼭 지키고 싶었던 비밀 하나도 한낱 물거품에 지나지 않았다.

"했어요. 했어……."

나는 그만 엉겁결에 내뱉고 말았다.

"이 새끼야, 뭐를 했단 말이고?"

"그거……."

"그거이 뭐인데 이 새끼야?"

"쓰을……."

"그럼 이 자식아. 진작 그렇게 말했으면 됐을 것 아이가. 꼭 한 대씩 얻어터지고서 불면 낫냐 이 새끼야."

"……."

"네놈 입으로 틀림없이 누나가 그것을 했다고 말을 했다아, 알았지?"

"……."

"이 새끼, 또 대답 안 해?"

"예."

"다시!"

"예."

"네놈 입으로 틀림없이 그것을 했다고 말을 했다아, 알았지?"

"예."

"그럼 됐어. 이제는 써억 꺼져."

나는 걷어차이면서 방을 뛰쳐나왔다. 그러나 금방 후회가 막급하다. 비밀을 끝까지 지켜주지 못했으니 앞으로 여선생을 대할 면목은 정말 없었다. 뿐만 아니라 무슨 음모가 내 앞으로 한 걸음씩 다가오는 것 같은 예감이 들었다.

나는 불안하고 초조했다. 아니, 무엇보다도 궁금한 것은 영철이 왜 다른 사람도 아닌 자기 누나의 수치스런 부분을 집요하게 물고 늘어지냐 말이다? 그날 밤의 일이 절대 부정한 행위였다면 몰라도 이미 약혼한 사이에서 가능한 일로 이해를 보태주면 무방했다. 그런데 그걸 가지고 영철이 무엇을 어떻게 할 작정으로 굳이 확인하고 싶었는지의 해답은 그날 밤이 되면서 풀리게 됐다.

나는 잠잘 준비를 하고 있었다. 여선생을 대하면 비밀을 불어버린 죄책감이 앞서고 두려웠다. 두근거리는 가슴을 부둥켜안고 일찌감치 이불을 덮어쓰고 누울 참이었다. 물론 그녀는 아직 무엇 알 바 없이 책상 앞에 앉아서 책을 읽고 있었다.

영철이 방문을 열고 들어섰다. 그를 보기만 해도 나는 몸이 뻣뻣하게 굳어졌다.

"누나? 나 돈 오만 원만 줘."

동생이 불쑥 내뱉는 말에 그녀는 귀도 기울이지 않았다. 왜냐하면 그때의 돈 오만 원은 한 달 월급과 맞먹는 액수의 큰돈이었다. 한두 푼도 아닌 한 달치의 월급을 이유 없이 불쑥 달라는 말이 진담으로 들릴 리 없었다. 하지만 나는 그 말의 파장이 전달되고 있었다. 보이지 않는 음모의 올가미 하나가 내 앞으로 다가오는 느낌이었다.

"누나. 내 말 안 들려?"

누나가 들은 척 만 척도 않자 영철이 아예 주리를 틀고 앉는다.

"누나, 내 말 안 들리느냐고?"

"너하고 지금 우스개 할 시간 없으니 네 방에 가서 공부나 해."

"누나?"

"독서 중이야 시끄러워."

"누나?"

"너 대학 시험이 얼마 남았는지 알기나 해? 정신 차려, 정신. 이 농땡 이야."

누나는 동생을 꾸짖었다.

"누나. 걱정해 주는 것은 고맙지만 삼류로 결정했으니까 떨어질 염려는 없어. 미달이거든."

영철의 입에서 묘한 미소가 지나갔다.

"그건 아버지가 허락을 안 해."

"실력이 그것밖에 안 되는걸 뭐?"

"그러니 어서 가서 공부하라는 것 아냐?"

"돈 오만 원만 주면 간다니까."

"정말 얘가?"

그녀는 여전히 우스개로만 듣고 있었다.

"누나. 우스개 아니야?"

"우스개 아니면? 돈 오만 원이 애 이름이냐?"

"오만 원 안 주고 못 배길 걸."

영철이 피식피식 비웃음을 흘리기 시작했다. 본론의 이야기를 꺼낼 모 양이었다.

"누나, 쓸데없는 수작이 아니야. 누나한테는 지금 한 달치 월급이 문제가 아니야. 그 돈을 주느냐 못 주느냐에 따라서 누나의 수치가 가려질 수도 있고 훤하게 밖으로 드러날 수도 있어."

이제 나는 그 음모 속에 갇히는 힘없는 한 마리 어린양이 되어 울부짖게 되는 것이다. 이미 내 얼굴은 창백하다 못해 죽어 있었다.

"너 지금 무슨 소리를 하는 거야?"

그녀의 신경이 금방 날카로워졌다. 읽던 책을 덮으며 몸을 홱 돌린다.

"누나. 나는 다 알고 있거든."

"알기는 뭘 알아?"

"매형이 온 날 밤 이 방에서 무슨 일이 벌어졌는지 나는 다 알고 있다고. 누나가 돈 오만 원으로 내 입을 막지 못하면 그날 밤의 일이 아버지 귀에 흘러들어 갈 수도 있어. 아버지가 그걸 알면 누나 입장이 얼마나 난처해질까? 하하, 참 재미있다."

영철은 일부러 능청을 떨어댄다.

"너 지금 무슨 소릴 하고 있어?"

어선생의 얼굴이 달아오른다.

"누나, 그르지 말고 돈 오만 원으로 흥정을 하는 것이 어때?"

"누가 그따위 소릴 해?"

"얘가 다 봤다 잖아. 바로 옆에서……."

영철은 드디어 나를 난도질하기 위해 도마 위에 올렸다. 그리고 비웃음까지 친다. 순간 어선생의 눈초리가 찬바람을 일으키며 나를 할퀴었다. 나는 쥐구멍이라도 파고 들어가고 싶었다.

"분명히 얘가 말했어. 그날 밤 누나와 매형이 밤새도록 붙었다고. 누구보다도 고풍스런 양반만 찾아대는 아버지가 그것을 알았을 때 누나 입장은 과연 얼마나 난처할까? 그날 밤 아버지는 분명히 매형더러 내 방에서 자라했어. 아버지는 아직 결혼식을 올리지 않았다는데 더 집착하시는 분이셔. 우리 아버지는 원래 그런 분이셔. 누나 결혼도 사실은 아버지가 반대를 했다가 어쩌지 못해 오케이 했잖아. 아버지는 아직도 무엇인가를 못마땅해 하셔. 그런 걸 생각하면 누나는 지금 돈 오만 원이 문제가 아니지. 오만 원만 주면 내 입이 굳게 다물어져서 비밀이 지켜지겠지만, 누나가 오만 원을 못 주겠다 버티면 아버지 귀에 슬그머니……."

나는 이제 어떤 변명도 용납하지 못하게 됐다. 앞으로 여선생의 미움을 어떻게 감당할 것인가? 고개도 바로 못 들고 벽을 향하여 몸을 돌려 앉았는데 어깨 위에 떨어지는 그녀의 시선이 칼날 같이 매섭게 느껴졌다.

"누나, 그 애를 잡아먹을 듯이 노려본다고 해결될 일은 아니야. 해결의 실마리는 오만 원이야. 이제 그만 오만 원으로 흥정하지. 방법은 그것밖에 없어."

나는 숨을 멈춰 질식이라도 하고 싶은 심정이었다. 여선생의 얼굴이 얼마나 무섭게 변해 있다는 걸 돌아보지 않아도 알만 했다.

결국 그녀는 돈 오만 원을 내준다. 똥이 무서워서 피해 가는 것이 아니라 더러워서 피해 가는 것이었다. 그녀는 차라리 그것이 현명했다. 섣불리 물러설 동생이 아니라 그 이야기가 길면 길어질수록 수치심만 더해갔다.

"누나, 고마워. 내 누구에게도 말 안 해. 비밀은 절대 보장될 테니 걱정마. 사실은 누나와 매형 사이에 충분히 있을 수 있는 일 아냐. 괜히 아버지가 자꾸 양반을 찾아서 못마땅해 하니 그렇지. 어이구 원 참 안동 양반들 고리타분해서."

영철이 방을 나간 다음에는 내가 당할 차례였다.

"네 눈깔에 뭐가 보여? 눈뜨고도 못 보는 주제가. 전깃불만 끄면 아무 것도 보이지 않아 쩔쩔 매면서 보긴 뭘 봤다고 함부로 씨부렁거려. 남들처럼 제대로 보이기나 하나? 엉. 보이지도 않는 눈깔 가지고 뭘 봤다고 그따위 소리를 함부로 해대? 너 정말 봤어? 엉?'

나는 벽을 안고 입을 굳게 다물었다. 눈물이 고인다. 어찌 눈으로 꼭 확인하는 것만 보는 것인가? 바로 옆에서 느끼며 체득하는 의식의 세계는 아무 것도 아니란 말인가? 그것이 원통해서 눈물이 고이는지 모른다.

"앞으로 내 방에서 자지 마. 당장 나가아!'

나는 또다시 추녀 밑을 떠도는 한 마리 새가 되었다. 작목(雀目)의 눈을 가진 한 마리의 작은 새여! 이제 어디로 날아갈 것인가…….

2. 자취방 세레나데

해가 뉘엿뉘엿 넘어갈 무렵 자취방에 도착해서 보따리를 풀고 있는데 활이 녀석이 시큰둥한 모습으로 찾아와서 무엇이 못마땅한지 코를 실룩거리기 시작했다.

"왜 그래? 앉아."

활이 들은 척도 않고 두 손을 허리에 얹고는 한참동안 천장을 쳐다본다. 파리똥이 낀 천장은 군데군데 구멍이 나 있었다. 언제 도배를 했는지 볼썽 사납다. 집주인은 우리 자취방에 대해 조그마한 관심도 없었다. 천장 속에는 쥐구멍이 몇 개나 나 있는지 밤낮으로 거슬리는 소리가 났다.

"왜 그래? 뭐 기분 나빠 보이는데?"

나는 활이를 찬찬히 살펴보았다. 이웃에 있는 그는 재미로 시간만 있으면 우리 자취방을 들락거렸다.

"이 새끼 어데 갔어?"

활이는 택용이를 찾았다.

"몰라."

"오늘 하마 몇 번째 와 보는데 코빼기도 안 보여. 당초 어디 갔어?"

"나야 모르지. 집에 갔다가 이제 왔는데."

택용이 이놈은 또 어딜 싸돌아다니는 모양이었다. 이놈의 행동이 요즘 부쩍 이상했다. 일요일은 아예 자취방에 붙어 있지를 않았다. 일요일이 아니라도 저녁 되면 아무 말 없이 슬그머니 나갔다가는 통행금지 시간이 다 돼서 돌아온다. 어디 갔다 오느냐 물으면 늘 바람 좀 쐬고 온다는 것이다.

택용은 일요일에도 집에 갈 필요가 없었다. 나는 일주일 동안 살아갈 양식을 직접 나르지만 이놈은 호강에 빠져서 자기 어머니가 다 챙겨다 주고 있었다. 이놈과 같이 자취를 하고서 아직 한 번도 집에 가는 걸 보지 못했다. 예천 용궁에 있는 집은 아주 거리를 두다시피 무심했다.

나는 일요일에 한 번이라도 가지 않으면 어머니 얼굴이 보고 싶고, 아버지의 잔소리가 듣고 싶어졌다. 만약 집에 가서 아버지의 잔소리를 듣지 않으면 차라리 섭섭하고 말 것이다.

활이는 다른 무슨 말도 하지 않고 시무룩한 채로 자취방을 나가버린다. 등 뒤에다 대고 "가아?" 소리쳤지만 돌아보지도 않았다. 싱거운 자식, 아주 기분 나쁜 무슨 일이 있는 것 같았다.

활이는 우리 자취방을 쉬임 없이 드나들면서 못할 말 없이 지내는 놈이다. 택용이와 내가 쌀낱이 씹히는 밥솥을 그대로 방안에 들여놓고 간장 하나로 숟가락질을 하고 있으려면 그 특유의 휘파람을 휘휘 불고 나타나서야 이 새끼들아, 이제 밥 처먹어? 그걸 밥이라고 처먹어? 너네 새끼들 보면 참말로 처량하다 어이 하고는 휑하니 나갔다. 그리고 한참 있으면 또 그 특유의 휘파람소리로 나타나서, 너네 새끼들 이웃에 두었다가 마음 쓰여 살겠나? 이거나 처먹어라 하며 자기네 집에서 먹다 남은 반찬을 갖다 주곤 반드시 한마디를 덧붙인다.

"처먹고는 그릇이나 깨끗이 씻어줘라. 갖다 주는 거 처먹었으면 그릇 정도는 씻어줄 줄 알아야지 새끼들아."

자취를 하며 솔직히 그릇들을 씻는 설거지가 제일 싫었다. 때문에 그릇 같은 것은 아예 사용하지를 않았다. 방바닥에 종이 한 장을 깔고는 작은 양은밥솥을 그대로 들고 와서 설된 밥을 그냥 먹었다.

오늘도 택용이 자식을 기다리다가는 내가 저녁밥을 굶을지도 모른다. 이 자식은 약속을 저버렸다. 교대로 식순이를 맡아서 하는 룰은 벌써 깨졌다. 요즘은 아예 밥 지을 생각도 않았다. 이놈을 믿었다가는 내가 굶고 만다. 그렇다고 제 놈이 굶을 리는 없었다. 혼자 무엇을 사먹으며 돌아다녔

다. 나와 비교하면 확실히 호강에 빠져 있는 놈이었다.

택용은 전에 어머니와 같이 살았다. 어머니가 지어 주는 밥을 먹으면서 학교를 다녔다. 어머니가 더 이상 아들을 위하여 밥을 할 수 없는 형편이 되자 같이 자취할 마땅한 학생을 찾고 있었다. 그 말을 들은 나는 주저할 틈도 없었다. 추녀 밑을 떠도는 한 마리 새의 신세를 못 면하고 더부살이 하숙집에서 오늘 쫓겨날까 내일 쫓겨날까 전전긍긍하며 있는데 무엇을 주저하겠는가. 나는 미련 없이 그 더부살이 하숙집을 뛰쳐나왔다.

택용의 어머니는 나를 반겼다. 우리가 자취를 하고 그녀는 용궁으로 돌아갔지만 아들이 못 미더워서 한 달에 한두 번 꼴로 찾아와서 밑반찬들을 장만해 놓고 가는데 나는 얹혀있었다. 그러한 연유로 말미암아 불공평한 식순이에도 사실 별로 할 말은 없었다. 그래, 그것까지는 좋은데 가장 못마땅한 것은 이 자식이 물을 길어 올 줄 모른다. 매일 내가 나서서 서두르지 않으면 밥솥에 부을 물도 떨어진다.

사오십 년 전으로 세월을 돌리면 수도가 집집마다 있지 않아 아침에 물바게스를 들고 공동수도로 가면 새벽부터 부녀자들이 줄을 서고 있었다. 물과의 전쟁에서 나는 골치가 아팠다. 수도가 있는 집에서 자취하고 싶은 희망사항이 뼈에 사무쳤다.

공동수도에서 물이 나오는 시간도 정해져 있는데 그 수도꼭지에서 떨어지는 모양새 역시 오줌줄기를 닮고 있었다. 새벽에 물바게스를 미리 갖다놓고서 잠시 비운 사이에 새치기를 당했다고 싸우는 틈바구니에 느지막이 눈을 비비고 나간 자취생 차례는 세월이 없었다. 그 물과의 전쟁만 없어도 마음의 금이 빨리 생기지는 않았다. 정말 이놈 택용은 물을 길어

볼 생각을 하지 않았다. 자취를 하면서도 여전히 자기 어머니와 같이 생활하는 줄 아는 타성에 젖은 놈이었다. 그래도 나는 잘 참았다. 참지 않으면 갈 곳이 없었다. 솔직히 그 더부살이 하숙을 할 때보다는 내 마음이 편했다.

활이가 다녀간 뒤에 나는 아궁이 앞에서 눈물을 닦았다. 좀처럼 불기운은 보이지 않고 꾸역꾸역 연기만 난다. 제재소에서 통나무를 제재하다 버려지는 것들을 파는 나무 한 단을 사오면 물에 젖은 토막이 더 많아서 때마다 이 꼴이었다. 말이 밥이지 쌀알이 뜨거운 물에 퉁퉁 불은 생밥을 보통으로 먹는다. 눈물을 짜면서 저녁밥을 짓고 있는데 활이 또 찾아와서 택용을 찾는다. 아까 왔다가고 삼십 분도 안 됐다.

"이 새끼 아직도 안 왔어?"

활이는 택용을 찾으면서 엉뚱한 나에게 불퉁거린다.

"안 왔어."

"이 새끼는 당초 어데 싸돌아다니는 거냐? 대가리에 쇠똥도 덜 벗어진 놈의 새끼가."

웃음이 나왔다. 택용이 대가리에 쇠똥도 덜 벗어졌으면 그 자신도 나이 차이 없으니 마찬가지였다.

얼마 후 설익은 밥을 퍼먹고 있는데 그는 또 찾아왔다. 내 입안에서는 낱알들이 한창 씹히고 있었다.

"이 새끼야, 차라리 생쌀을 처먹어라 처먹어."

"생쌀이라도 처먹어야 살지."

"그나저나 이 새끼는 어디 갔을까?"

활이 코가 한 자나 빠져서 택용을 자꾸 찾아대는 게 무슨 못마땅한 일이 있긴 있는 모양인데 내용을 모르겠다.

"이 새끼 오기만 와봐라. 내 그냥 두는강."

"뭔데?"

"창피해서 말 안 해."

활이 또 그냥 나가버린다. 싱겁긴? 나는 고개를 갸우뚱했다.

택용은 열한 시나 돼서 들어왔다. 놈의 건방떠는 모습을 보노라면 요사이 속이 매스껍다. 이놈이 언제부터 그렇게 건방이 들었는지 모를 일이었다. 방구석에 들어오기 바쁘게 거울부터 들여다본다.

"내 얼굴이 어때?"

"어떻기는 뭐가 어때? 늘 고 모양이지."

"잘 생겼지?"

"야아, 시건방 떨지 마."

"하아 고놈의 계집애들……. 미치고 환장하겠더라. 뒤를 따라다니면 참 재미있다. 한 번 따라다녀 봐라. 얼마나 재미있는지 모른다. 밤새도록 따라다니고 싶은데 망할 통금시간 때문에."

택용이 돌아다니는 이유가 그거였다. 주제에 벌써 여학생 뒤를 좇아 다닌다. 자취를 시작하고는 어머니와 함께 생활하던 고삐가 풀어져서 제멋대로 놀아나고 있었다.

"새끼, 활이가 와서 대가리에 쇠똥도 덜 벗겨졌다고 했다."

"그 새끼, 안 미쳤나."

그의 어머니는 한 번씩 여기 오면 나에게 부탁을 하고 갔다.

"학생은 우리 택용이보다 철이 들어서 믿음직스러워. 우리 택용이는 아무 것도 몰라. 아직 어린애하고 한가지야. 언제 철이 들지. 우리 택용이 좀 잘 봐줘."

그녀는 내 이름을 섣불리 부르지 않고 학생이라고 애칭 했다. 나는 그녀가 마음에 들었다. 나를 칭찬해서가 아니라 얼굴이 예뻤기 때문이었다. 우리 어머니와 비교하면 그녀는 신식여성이었다. 물론 나이도 우리 어머니보다 훨씬 젊다. 마흔을 바라보는 미모의 얼굴을 대할 때마다 일자무식의 촌부에 불과한 우리 어머니가 속으로 부끄럽게 여겨지기도 했다. 그렇지만 그건 내 열등의식이었다. 우리 어머니만큼 나를 사랑하는 사람이 이 세상에 또 어디 있겠는가. 그걸 몰라서가 아니라 내 열등의식이 두 사람을 자꾸 견주게 만든다. 그녀는 택용이를 유복자로 낳았다고 했다. 그 말을 들었을 때 비운의 여자를 보는 것 같았다. 택용이나 나, 둘 다 귀한 자식이라고 그녀는 말했다. 어쩌다 똑같은 외아들 끼리로 만났다는 것이었다. 나는 위로 누나가 셋이 있는 외아들이었고 택용은 단독일신으로 태어난 외아들이었다.

택용이는 어머니와 떨어져 살아본 적이 없었다고 했다. 그러나 이번에는 어쩔 수 없이 떨어져 살지 않으면 안 되는 사연이 있었다.

그의 어머니는 전에 예천 용궁에서 떠돌이 미용사 일을 했다고 한다. 택용이가 용궁 아닌 안동중학교에 입학을 하자 밥을 해주기 위해서 미용사 일을 그만두었다. 삼 년 가까이 미용 일을 하지 않았으니 앞으로의 생활이 막막해 가고 있었다. 어쩔 수 없이 예천 용궁으로 다시 돌아가 미용기구를 들고 떠돌아다니면서 그전처럼 일을 하기로 결심을 굳히고서 아들과 같

이 자취할 학생을 수소문한 끝에 나를 들여놓기로 했다. 그리고 보면 아이러니 하게 나는 더부살이 하숙집을 뛰쳐나오긴 했지만 이 자취방 역시도 더부살이에 불과하다. 왜냐하면 그들이 생활하던 셋방에 아무 취사도구도 필요 없어 책가방만 들고 들어와서는 매주 먹을 쌀만 집에서 가져오면 되었으니까.

그때만 해도 시대가 시대인 만큼 시골 아녀자들은 겨우 파마머리라는 데에 접근하고 있었다. 비녀 꽂은 머리를 미련 없이 가위로 싹둑 잘라버린 다음 고대기로 곱슬머리를 만들어 놓으면 시아버지가 보기도 싫다며 돌아앉아 두고두고 잔소리를 퍼댔다. 택용이 어머니는 바로 그 떠돌이 미용사였다. 그녀가 한 번씩 자취방에 나타나면 번번이 나에게 택용이를 잘 부탁한다는 말을 잊지 않고 남기고 갔다. 하지만 택용은 그녀가 생각하는 그런 어린애가 아니었다. 놈은 나와 똑같은 삼학년이었고 잠을 같이 자다보면 곱게 자지 않는 버릇이 언제부터인지 생겨 있었다. 새벽녘이 되면 손장난을 하는 놈이었다.

"활이 왜 자꾸 너를 찾냐? 뭐 잘못한 일이라도 있어? 아주 못마땅한 눈치던데? 몇 번을 왔다 갔는지 몰라."

"글쎄. 왜 찾을까? 어제 여기서 자고 갔는데. 아침에 나갈 때도 아무 말 없이 나갔는데?"

일요일을 맞아 내가 집에 가고 없으면 활이는 우리 자취방에 와서 자고 가는 날이 더러 있었다. 어젯밤에도 여기서 택용과 같이 자고 간 모양이었다. 그런데 활이 불쑥 방안에 모습을 드러냈다. 몇 번을 허탕 치더니 망을 보듯 발자국 소리를 죽여 방문을 열고 들어섰던 것이다.

"야 이 새끼야. 내가 얼마나 찾았는지 알아? 어디를 그렇게 쏘다녀? 당장 죽여 버릴라."

활이는 금방 한 대 쥐어박을 자세였다. 나는 둘을 번갈아 보았다.

"자아식, 남이야 어디를 다니든지 웬 참견이야. 자아식 못 먹을 걸 처먹고 체했나? 왜 갑자기 남 참견이야."

택용이 도리어 나무란다.

"이 새끼 말하는 것 봐라? 야 이 새끼야, 내가 왜 이러는지 몰라서 물어? 뭐? 참견을 한다고? 내가 앞으로 너 같은 놈하고 같이 자면 개만도 못한 놈이다 이 새끼야. 내 빤쓰에 풀칠은 왜 했어? 이 새끼야. 이 새끼야, 왜 내 빤쓰에 대고 싸 붙였느냐 말이다. 야 이 죽일 놈의 새끼야."

"히하하하."

나는 우스워서 배꼽을 틀어쥐었다.

"아 그거? 난 또 뭐라고? 그걸 가지고 그래? 사나이끼리 잠자다 그럴 수도 있지 뭐. 이 새끼야."

"이 새끼를 당장에, 말하는 것 보래이."

"난 또 뭔 일이 있다고? 아무 것도 아닌 걸 가지고서."

택용은 별일 아니게 말했다.

"어이구, 이걸 당장에⋯⋯. 이놈의 새끼를 때려죽일 수도 없고⋯⋯."

활이는 아침에 자고 가면서 그 사실을 몰랐다고 했다. 자고 일어나서 무엇이 좀 칙칙해도 별로 신경 쓰지 않았다고 했다. 집으로 돌아가서 한나절이 되도록 계속 무엇이 찜찜해 변소로 가 바지를 내려보는 순간 이놈의 새끼를 당장에 때려죽이고 싶었단다. 물총을 싸도 이만저만 싸댄 것이 아니

란다. 한 바가지를 덮어씌운 듯 얼룩으로 더덕더덕 말라붙어 있어 당장 주먹을 불끈 쥐고 때려죽일 생각으로 우리 자취방을 찾았지만 택용은 벌써 나가고 코빼기도 보이지 않았다는 것이다.

나는 한참을 웃어댔다. 활이 신경 쓰이는 것은 빨래하는 사람이 바로 형수라는데 있었다. 갓 시집 온 형수가 손빨래를 한다. 세탁기가 없던 시절 옷 한 가지도 이리저리 펼쳐가며 비누칠을 해야 하는 형수의 시선이 더덕더덕 말라붙은 얼룩을 보고는 무슨 생각을 하겠는가. 활이는 안 그래도 갓 시집온 형수가 빨래하고부터는 속옷을 곱게 입으려 특별히 신경써왔는데 개자식만도 못한 놈이 바가지로 풀칠을 해서 요상한 그림을 그려놓았으니 화도 날만큼 돼 있었다.

"야 이 새끼야. 다른 사람이 빨래할 것 같으면 말도 안 한다. 형수 앞에서 내가 어떻게 얼굴을 드노? 우리 형수 내게 무척 잘해 준다. 삼 일이 멀다 하고 속옷 벗어내라 한다. 그런 형수한테 야 이 새끼야 어째 이 풀 범벅을 벗어 던지노 이 새끼야? 틀림없이 내가 그랬다고 생각할 거 아니가. 이 새끼야? 네놈 보면 때려죽일라 캤다. 이 새끼야."

택용의 옆구리를 한 대 지른다.

"이 새끼가 참말로, 니는 어예 형수가 다 있노 이 새끼야? 형수 없는 사람 서러워 살라?"

"이 새끼, 말하는 거 좀 보래이. 밉다는데 업어 달라 칸데이."

분위기가 엄청 험악해지고 있었다. 나는 급히 둘 사이를 가로막아 섰다.

"앞으로 니눔하고 말도 안 한다. 말하면 내가 개만도 못한 놈이다 야 이 새끼야. 니눔 말하는 거 보니 너 어마이 속곳에도 싸 붙일 놈이구나. 니눔 낳고 너 어마이 그래도 미역국 처먹었제. 니같은 놈을 낳느니 차라리 호박이나 한덩거리 낳을기제. 니눔 낳고 그래도 미역국 처먹었을 것 아이가. 니눔 보이 너 어마이 속곳에도 만판 싸 붙일 놈이다. 에이 더러운 자식아. 너 어마이 하고 같이 잘 때 안 싸 붙였나? 이 새끼야……."

내가 사이에 끼어서 주먹질은 못하고 입으로 싸운다. 활이 입에 거품을 물어 악담을 퍼붓고는 꼴도 보기 싫다는 듯 문을 발로 차고 나갔다. 문살이 안 부러져 다행이었다.

"야 씨발눔의 새끼야, 야 이 새끼야. 말만 하만 다 인줄 아나? 니나 그래라 이 새끼야. 니나 너 어마이 속곳에 대고 싸붙여라 이 새끼야."

택용도 같은 악담을 퍼 댔지만 활이는 이미 사라지고 없었다. 말이 났으니 말이지 그가 어머니와 같이 잠을 잤을 때는 어떻게 조용히 있을 수 있었는지 그게 궁금하다. 내가 새벽에 잠이 깨이는 이유도 그것 때문이다. 이불이 그냥 있지 않고 들썩거리는 바람에 눈이 뜨인다. 모르는 척 살며시 돌아누우면 잠시 조용하다가 다시 시작한다. 활이 말마따나 그 어머니와 단 둘이 잠잔 것도 엊그제 같은데 그때는 어떻게 얌전할 수 있었는지 궁금했다. 그나저나 놈의 속옷은 얼마나 얼룩이 져 있으며, 한 달에 한두 번씩 와서 벗어놓은 빨래를 하는 그 어머니는 무슨 생각을 했을 것인가? 그래도 그의 어머니는 여기에 오기만 하면 우리 택용이는 아무 것도 모른다면서 철부지로 취급하여 나에게 부탁하는 말을 남겼다. 그 빨래를 하는 어머니는 아들의 손장난을 대충 짐작하면서도 일부러 어린애 취급을 했는지 모른다. 어쩌면 그녀는 아들을 영원히 어린애로 보고 싶었는지 모른다. 그녀는 유복자란 한(恨)이 남아서 어린애로 보는 모정을 버리면 아주 큰 고

독과 싸워야 하기 때문에 그것이 두려워서 부쩍 성장한 사춘기도 무시하고 늘 똑같은 어린아이로 품에 안고 있는지도 모를 일이었다.

택용은 얼마동안 아무 말도 하지 않았다. 내가 눈치를 살피다가 말을 슬쩍 꼬았다.

"화를 낼만도 하지."

"쳇, 똥 뀐 놈이 성낸다지. 내 그 새끼한테서 배웠다. 우리 엄마와 같이 잘 때는 얌전했다. 새끼가 먼저 그 짓을 하더라. 한 번 해보라고 권한 놈이다. 똥 뀐 놈이 성낸다고 먼저 한 놈이 누군데?"

그랬구나. 일요일에 내가 집에 가고 나면 활이 여기 와서 자는 것도 그 때문이었는지 모른다는 생각이 스쳤다. 활이 집에서는 아버지와 함께 잠을 잔다고 했다. 그래서 내가 집에 가는 걸 보면 반겨서 비시시 웃었는가?

나는 잠을 자려고 이불을 깔고 누웠다.

"전깃불 꺼. 그만 자."

잠자리를 재촉하자 택용이 신경질을 낸다.

"밤눈이 씨발 불은 대개 일찍이 끌라 하네. 불만 끄면 아무 것도 안 보인다면서?"

"눈이 부셔."

"아 알았어."

택용은 불을 껐다. 자리에 눕는 그에게 한 마디 더했다.

"만약에 내한테 대고 쌌다가는 그냥 안 둔다. 알지?"

그리고는 사이를 둬 돌아누웠다.

"그 새끼가 참말로……."

"……."

나는 침묵을 삼켰다. 놈과 대화하고 싶지 않았다.

"자냐?"

"……."

"난 말이야, 계집애하고 더도 말고 꼭 한 번만 해봤으면 좋겠다. 너는 그런 생각 안 해봤어?"

"야 이 새끼야……."

"계집애 빤쓰를 꺼어 내리고 내가 올라탄다. 그리고 내 X를 거기다가……. 그때 그 기분이 어떤지 생각만 해도 가슴이 떨려. 꼭 그렇게 한 번만 해 봤으면 소원이 없겠다 아아."

"지랄 마라 이 자식아."

"아니면 그걸 하는 거라도 한 번 봤으면 좋겠다 아아."

보자 하니 이 새끼가 참말로 내 마음을 혼란스럽게 건드린다. 이 새끼는 자기 손장난이나 겨우 할 줄 아는 놈이지 그것은 구경도 못해봤다. 진짜 그것에 대해서는 나보다 한참이나 아래이면서 엉뚱한 수작을 건다. 나는 더부살이 하숙집에서 여자선생님이 하는 것을 보았다. 택용에게 그 이야기를 해주려다 말을 꿀떡 삼켰다. 지금도 나는 거기에 각인된 상상의 날개만 펼치면 가슴이 펄떡거려진다. 그 상상의 세계는 어지간해서 내 머릿속을 떠나지 않을 것이었다. 그 여자선생님은 지금 어떻게 되었을까? 그 일로 미움을 사서 더부살이 하숙집을 뛰쳐나와 생겨나아 처음으로 자취생활을 시작했다. 이 자취방을 찾지 못했으면 아직도 그 더부살이 하숙집에서 미움으로 몸서리치고 있을지 모른다. 자취생활이 처량하지만 그때보

다 마음은 편하니 어지간한 고생도 버틴다.

"계집애 그것만이라도 한 번 봤으면……. 털은 얼마나 나고……. 내 눈으로 한 번 보기만 해도 덜 궁금하겠는데 말이야."

사실은 난들 왜 궁금하지 않겠는가? 하지만 이 새끼 같이 함부로 중얼거리기는 싫었다. 내 입이 이 새끼처럼 가벼웠다면 벌써 그 여자선생님 이야기를 했을 것이다. 이야기를 하고 싶어도 나는 일부러 참는다. 이 새끼의 추잡한 사고력을 보면 이야기를 해주고 싶어도 못해주는 것이다.

"야, 그만 못 해. 어서 자고, 내일 아침 일찍 일어나서 물 한 바게스 들어놔. 알았지? 내일 아침에 내 물 안 받는다. 넌 왜 아침 물 받아올 생각을 안 해? 앞으로 하루씩 교대로 물 받기 해. 내일 아침은 니놈 차례다."

"아아 알았어."

그는 듣기 싫다는 투로 대답했다. 나는 곧장 잠이 들었다.

이튿날 아침 일어나 보니 이미 때는 늦었다. 물 한 바게스를 받으려면 새벽같이 설쳐댄 아주머니들 뒤꽁무니였다. 그래도 이 새끼 택용은 코를 곤다. 이런 빌어 처먹을 새끼를 당장에 어떻게 하면 좋단 말인가……. 어젯밤 잠들기 전 그만큼 타일렀는데도 들은 척 만 척이었다. 내가 놈을 믿은 게 잘못이었다.

"야 이 새끼야."

하고 흔들어도 굼벵이 한 마리가 꿈지럭거린다.

개새끼. 죽일 놈의 새끼……. 나는 욕을 퍼부으며 물바게스를 찾아 공동수도로 갔다. 아주머니들이 길게 줄을 서서 하나같이 물 타령을 한다. 수도꼭지에서는 오줌 줄기가 쩔쩔거린다. 지대가 높아서 물이 올라오는 시간도 늦고 일찍이 끊어진다. 시간대 제한급수만 아니라도 이렇지는 않다. 작은 물줄기라도 계속 흘러만 주면 한꺼번에 물바게스가 몰리는 일은 없었을 것이다. 나는 바게스를 맨 끝자리에 놓고서 멍청히 서있기만 했다. 누가 좀 양보해 주면 안 되나? 그것은 내 생각이고 차례를 지키는 표정들이 하나같이 바빴다. 차라리 냉엄한 얼굴이었다. 나에게 누가 미덕을 베풀고 싶어도 베풀지 못하는 형편이 엄연한 현실과 맞물려 있었다. 한 사람이 새치기를 하면 줄을 서있는 모두에게 같은 결과를 가져다주는 이 냉엄한 물과의 전쟁. 콧잔등에 찍어 바를 물은 고사하고 작은 밥솥에 부을 물도 구하지 못할 지경이었다. 하기야 자취를 하면서 아침 굶는 일은 흔히 있었다. 물이 있으면 엉뚱하게도 아궁이에 불이 붙지 않아 눈물만 흘려놓고 밥이 되지 않아서 굶는다.

물 한 바게스를 얻으려고 꼴찌로 버티고 서 있는 내 모습이란 참으로 한심한 노릇이었다. 그때 순옥이 나를 훔쳐보며 지나갔다. 그녀의 손에는 아침 반찬거리로 두부 두어 모가 신문지에 싸여 있었다. 아마 심부름으로 가게에 갔다 오는 모양이었다.

우리 자취방에서 셋 집 건너에 살고 있는 순옥을 보기만 하면 나는 부끄러워서 고개를 숙였다. 열등감으로 말하면 그녀는 우상과 같은 여고생이었다. 초라한 촌놈이 눈물을 흘리며 자취하는 자체가 그녀 앞에서는 창피한 모습이 되어 마땅했다.

순옥이라는 이름을 안 것도 활이의 입을 통해서였다. 활이야 뭐 이 동네에서 오랫동안 살았으니 모를 만한 사람이 없었다. 특히 여학생이라면 이름 나이 학교 학년을 줄줄 외우고 다녔다. 그 활이의 입을 빌리면 순옥의

집은 동네에서 열 손가락 안에 드는 부자였다. 그 이야기를 듣고부터는 보기만 해도 내 모습이 초라해져갔다.

물바게스를 앞에 놓고 꼴찌에 서 있는 내 곁을 스치듯 지나칠 때는 쥐구멍이라도 찾고 싶었다. 내 꼴이 뭐냐? 치마 두른 여자들이 줄을 선 그 마지막 꼬리에 선머슴아 하나가 물 한 바게스를 얻으려 발을 구르는 주변머리가 그녀 눈에 어떻게 비쳤을까?

순옥은 몇 걸음 더 나가더니 몸을 돌렸다. 동시에 시선이 나에게 떨어졌다. 순간 나는 반사적으로 고개를 돌렸다. 또다시 쥐구멍이라도 파고 싶은 심정이 되었다. 그런데 순옥이 다가왔다.

"차례가 너무 멀잖아. 그래가지고 물을 언제 받아? 우리 집에 수도 있어. 가."

"……."

나는 홍당무가 돼버렸다.

"우리 집 수도에 가서 받아."

"예?"

"우리 집 수도에 가서 받으라니까?"

"예?"

나는 너무 당황했다. 어떻게 해야 할지 몰라 어물쩍거리는데 그녀가 먼저 내 앞에 있는 물바게스를 들고 걷기 시작했다. 나는 어쩔 수 없이 그 뒤를 쑥스럽게 따라가고만 있었다.

"거기서 언제 물 한 바게스를 받겠어? 그 물 받아 밥 해 먹고 학교 가겠어?"

순옥이 뒤를 돌아다보며 말했다. 분명히 나에게 동정 어린 눈길을 보내고 있었다.

"……."

왜 나는 할 말이 없는가? 가슴은 또 왜 이렇게 두근거리는가. 나는 마주치기만 하면 고개를 숙여 부끄러워할 줄만 알았는데 그녀 먼저 아는 체로 말을 건네 친절을 베푼다. 그것이 동정심의 발로에서 비롯됐더라도 가슴 두근거리는 파장이 있었다.

"우리 집에 수도가 있으니 오늘처럼 어려울 때는 받아 가."

"미안해서요."

내 입이 억지로 떨어졌다.

"미안하긴?"

"……."

"전에는 우리도 공동수도에서 물을 받았는데 얼마나 애가 탔는지 몰라. 지대가 높아서 물이 잘 나오지도 않는데 차례를 기다리려니 참말로 못할 짓이었어. 그 심정 내 잘 알지. 어머니가 바게스를 갖다 놓으면 나는 차례를 지켰거든."

개인 집에 수도가 들어오려면 여간 어려운 일이 아니었다. 돈도 돈이지만 빽이 없으면 대문 안으로 수도관을 연결할 생각은 꿈도 못꿨다. 그걸 보면 그녀 집은 분명히 권위 있는 집이었다.

대문 바깥에서 나는 발걸음을 멈추었다. 차마 그녀를 따라서 대문 안으로 들어갈 용기가 없었다. 거기까지 발걸음도 마지못해 따라갔다.

순옥은 금방 물 한 바게스를 들고 나왔다. 나는 황송한 마음으로 고개를

숙여 물바게스를 받아들었다.

"미안해 할 것 없어."

그녀는 미소를 머금고 있었다.

"고마워요."

"고맙긴? 물 받기 힘들 때는 우리 집으로 와. 알았지?"

그 말을 남기고 대문 안으로 들어가 버린다. 순간 나는 가슴이 텅 비는
듯했다. 부끄러워하면서도 더 마주 서 있고 싶었던 것은 왜였을까? 그녀
하고 나눈 대화는 두어 마디밖에 아니었다. 그런데 더 마주 서있고 싶었던
심정은 뭘까? 그 물 한 바게스를 들고 자취방으로 돌아오는데 가슴이 뛰
는 소리를 냈다. 순옥, 순옥, 속으로 그녀 이름까지 불러댔다.

이날은 하루 종일 마음이 설렜다. 학교 수업시간에도 마음 설레고 자취방
에 돌아와서도 설렜다. 그날 밤 나는 아무도 몰래 연상인 순옥이를 머릿속
에 그려가며 택용이가 즐기는 그 손장난 경지에 처음 입성했다.

날이 가면 갈수록 순옥에 대한 생각이 짙어 오고 있었다. 그러나 순옥에
게 가까이 다가설 수가 없었다. 학교에서 돌아오는 골목길에 그녀 모습이
나타나면 초라한 내 행색이 부끄러워 뒷걸음질을 쳤다. 시각이 10° 미만
인 지독한 약시에다가 야맹증(夜盲症)의 눈까지 가졌다는 걸 그녀가 알면
거들떠보기나 하겠는가. 나는 그렇게 자꾸 작아지기만 했다.

그녀 앞으로 다가설 용기도 없으면서 왜 학교에서 돌아오는 골목길이
궁금해지는가? 나는 그녀 발자국이 묻은 골목길을 좋아했다. 중학교 삼학
년인 남학생이 고등학교 이학년인 여학생을 마음속으로 좋아하면 안 되
는가. 차라리 누나라 하면 어떨까? 그러나 누나는 하고 싶지 않았다. 누나

보다 더 친한 사이를 그림으로 그려보았다. 나도 이제 이성을 생각하는 사춘기의 깊은 계절에 성큼 다가서 있었다.

순옥의 얼굴이 보고 싶어져 아침 물 길어 가는 일도 싫지 않아졌다. 물 긷지 않는 택용을 원망하기보다 일찍 물바게스를 들고 공동수도에 가 기다리면 그때처럼 순옥이 스스로 다가올 것 같은 망상에 젖었다.

"거기서 언제 물 한 바게스를 받겠어? 그 물 받아 밥 해 먹고 학교 가겠어? 우리 집에 가서 받아."

공동수도에 줄을 서서 차례를 기다리면 그때 그 목소리가 금방 들리는 것 같았다. 그러나 정신을 차려보면 환청에 불과하고 순옥의 그림자는 보이지 않았다. 그때처럼 가게에 나가서 아침 반찬거리를 사 가지고 가는 일도 없었다. 그렇다고 내 용기가 물바게스를 들고 그 집을 찾을 만큼 대담하지도 못했다. 그녀 모습이 그리워 내가 아침마다 물을 길어 오니 택용은 꾸역꾸역 늦잠만 자댔다. 이놈은 아직도 자취한다는 사실을 잊고서 그전에 어머니가 밥을 지어 주던 태만에 빠져 있었다. 이놈이 요사이는 자고 일어나면 제일 먼저 찾는 게 어머니였다.

"아이 씨발 우리 엄마는 왜 아직 안 오지?"

요즘 들어서는 자기 어머니를 무척 더 기다렸다. 한 달에 한두 번 꼴로 다녀가던 어머니가 이번에는 두 달이 다 돼 가는데도 오지 않았다. 일요일에 어머니가 있는 예천 용궁에 한 번 가볼 생각은 않고 자취방에 앉아서 그저 어머니가 직접 와서 무엇을 다 해주기를 눈이 빠지도록 기다려댄다. 놈이 지금 가장 다급한 것은 갈아입을 속옷이었다. 아침에 자고 일어나면 새벽에 저지른 손버릇으로 말미암아 속옷이 축축해서 갈아입기를 자주

하다가 그만 바닥이 났다. 어머니가 그전처럼 와서 빨래를 해주지 못 해서 마지막으로 갈아입은 빤쓰는 벌써 열흘이 넘게 다리 사이에 걸려서 꺼림칙했다. 그것을 벗으면 전에 없이 풀 범벅으로 얼룩졌을 것인데 나중에 어머니가 빨래거리를 챙겨보고서 무슨 생각을 할까? 그래도 아들을 매번 어린아이 취급만 할 것인가?

그 어머니가 이번에는 왜 오는 날짜가 늦어지고만 있는지 아리송하다. 무언가 나는 느낌이 좋지 않았다. 왜냐하면 그녀는 아직도 너무 젊어 있었다. 나는 촌부인 우리 어머니와 비교하는 버릇이 있어 그녀는 나이보다 아주 젊어 보이고, 미용사라는 직업 역시도 여자머리 모양을 새롭게 바꾸어서 젊어 보이도록 다듬어 주기 때문에 더 젊다는 생각을 했다. 택용이가 어머니를 애타게 기다리는데도 그런 불안요인은 있었다. 더욱이 미용실을 차려서 한 자리에 앉아 영업을 하는 것도 아니고 이곳저곳을 찾아다니는 떠돌이 미용사였다. 사실 택용이 예천 용궁을 가도 어머니를 만난다는 보장이 없었다. 그래서 놈은 일요일도 여기에 머물러 있는 것이다. 그 택용의 신경을 더 예민하게 건드리는 것은 역시 활이였다.

활이는 택용이가 쏟아서 얼룩진 빤쓰를 벗어 갓 시집온 형수의 빨래거리로 어떻게 맡길 수 있었는지 궁금하다. 그 일로 벌쭉한 활이 택용을 향하여 악담 퍼붓기 아주 좋을 만했다.

"야 이 새끼야, 너 어마이 바람났다, 이 새끼야. 바람 안 났으면 왜 안 오지? 너 어마이 언놈하고 붙었다, 이 새끼야. 네 놈이 그 모양이니 네 에민들 어디 안 붙고 배기나. 야 이 새끼야. 너 어마이 기다려본들 말짱 헛일이다. 언놈하고 붙어서 도망갔다. 이 새끼야 알기나 알고 네 에미 기다려라.

네놈이 아무 데나 싸재키니 그 에민들 어찌 바람 안 나고 배기겠냐?'

그 말을 들으면 택용은 분통이 터진다.

"야 이 새끼야. 불난 집에 부채질 하나? 내 저놈의 새끼를 당장에 어예 뿌만 좋노? 당장 때려죽여도 시원찮다. 이놈의 새끼야. 함부로 말만 하면 다냐?'

둘 사이는 좀처럼 수그러들 기미가 보이지 않았다. 그 둘이 으르렁대는 걸 보면 이제는 마주칠까 겁이 났다. 내가 없는 날이면 자취방에 와서 자던 그전의 활이가 아니었다. 그 사건이 있고 자취방에 와서 자는 일은 아직 한 번도 없었다.

그날은 갑자기 날씨가 흐려지더니 빗방울이 떨어지기 시작했다. 두 시간 수업을 마치고 나는 갑자기 몸이 오들오들 떨렸다. 전날부터 감기 기운이 와서 정상의 몸은 아니었지만 이렇게 악화될 줄은 몰랐다. 어쩔 수 없이 나는 조퇴를 맡았다.

책가방을 들고 학교를 나오니 다행히 빗방울은 흐지부지해진다. 내일은 국경일이고 다음은 일요일이었다. 나는 오늘 집으로 가면 이틀을 온전히 쉴 수 있었다. 자취방으로 가서 좀 쉬었다가 기차역으로 갈 작정이었다. 집에 간다는 생각을 하니 몸은 아파도 마음은 들뜬다. 자취를 하다 보니 집에 가는 일보다 더 기쁜 일은 없었다.

자취방 대문을 들어서면서도 계속 집에 간다는 생각만 하고 있었다. 기차를 타면 두 역을 가 내려서 또 시오리를 걷는다. 이 걷는 시간이 애를 먹인다. 하지만 벌써 아버지와 어머니 모습이 떠오른다. 아무리 잔소리 많은 아버지라도 피는 물보다 진하다는 이 사실……. 그러니 택용인 혼자밖에

없는 어머니 왜 보고 싶지 않겠는가. 어머니를 기다리는 그의 심정을 충분히 이해할 수 있었다.

대문을 들어서서 몇 걸음을 더 걸어 자취하는 방문 고리를 잡아당기는데 포개진 두 벌거숭이가 방안에서 이상한 소리를 내고 있었다. 나는 눈을 의심하며 굳어진 듯 문고리를 잡고 서 있었다. 어떻게 할지 몰라서 뒤로 물러서지도 못했다. 가뜩이나 불확실한 시력이 너무 황당해서 사뭇 내 눈만 의심을 하고 서있었다. 그렇지 않았으면 문을 급히 닫아 뒤로 물러서기 바빴을 것 아닌가. 그 자리에 굳어진 듯 한참 서서 누구인지 확인하고 있었다.

낯선 남자가 벌떡 일어나는 것을 보았고 다음에는 택용이 어머니의 알몸을 보았다. 그때서야 정신이 바로 들어 방문 고리를 놓고 대문 밖으로 뛰쳐나갔다. 자취방에서 보지 말아야 할 장면이 벌어지고 있었다는 놀라움이 가슴을 펄떡거리게 만들었다. 어처구니없이 늦었던 내 동작과 행동을 후회한다. 나는 모든 것이 왜 그렇게 느려빠졌는가? 사실 그건 내 저시력 탓이었다. 하지만 믿어지지 않았다. 어찌 그럴 수가? 그러나 안 믿을 수도 없었다. 비록 약시이긴 하나 분명히 내 눈으로 확인을 했다.

자취방에는 들어가 보지도 못하고 나는 기차역으로 향했다. 발걸음이 후들후들 떨렸다. 앞으로 나는 어떻게 해야만 하는가? 당장 내 입장이 난처해지고 있었다. 기차 시간을 기다리는데 발가벗은 그녀의 알몸이 자꾸 떠오른다. 여자의 그런 알몸을 처음 보았다. 아니 실제 그 모습을 내 눈으로 확인했다. 이건 상상이 아니었다. 더부살이하숙집에서의 여자선생님 성애는 한밤중에 이루어져서 밤눈 어둔 시야로는 볼 수가 없었다. 그때는 의식만 깨고서 옆에 숨죽여 누워서 귀로 들리는 소리만 가지고서 상상을 했다. 이번에는 그와 같은 캄캄한 밤도 아닌 벌건 대낮에 우리 자취방에서 일어난 일이었다. 내 시야가 아무리 불투명해도 방문 고리를 잡고 한참이나 서 있었는데 눈으로 못 보았다면 거짓말이었다.

그녀가 그런 여자일 줄은 꿈에도 생각 못했다. 택용과 감정이 상해서 앞뒤 사정 두지 않고 마구 퍼붓던 활이 악담이 사실로 나타났다.

"이 새끼야, 너 어마이 바람났다 이 새끼야. 바람 안 났으면 왜 안 오지? 너 어마이 언놈하고 붙었다 이 새끼야. 네 놈이 그 모양이니 네 에민들 어디 안 붙고 배기나. 야 이 새끼야. 너 어마이 기다려본들 말짱 헛일이다. 언놈하고 붙어서 도망갔다. 이 새끼야, 알기나 알고 네 에미 기다려라. 네놈이 아무데나 싸재키니 그 에민들 어찌 바람 안 나고 배기겠냐……."

하고 마구 씨부렁대던 활이 악담이 한 마디도 틀리지 않았다.

앞으로 그녀를 어떻게 대할지 나는 그게 더 걱정이었다. 집에 가서 이틀 밤을 자고 나면 나는 다시 그 자취방으로 돌아갈 수밖에 없었다. 그 사이에 그녀가 자취방을 떠나고 없으면 그보다 다행한 일은 없지만 이번에는 오랜만에 온데다가 택용이 미루어놓은 빨래거리가 많아 금방 떠나가기는 쉽지 않았다. 때문에 그녀 얼굴 대할 일이 큰 걱정거리로 남았다. 그녀가 한 번씩 와서 만들어놓은 밑반찬을 축내왔던 것도 사실이고, 그녀가 담근 장독이 있어서 자취를 하며 나는 쌀만 가져오는 덕을 입어 고마운 마음으로 자취를 했던 내 입장이 얼굴을 바로 들 수 없을 만큼 난처해지고 있었다. 택용에 대한 불만이 어지간히 커도 나는 그녀의 고마움 때문에 참고 있었다. 그녀가 한 번씩 와서 며칠을 두고 생활하면 나는 더부살이자취를

136 씨알

실감하는 것이다. 그녀가 지어주는 밥을 먹을 때는 우리 어머니 같은 생각도 들었다. 그러나 보이지 않는 거리감은 여전히 있었다. 택용을 사이에 두고 잠을 자면 그녀와 나는 각각 다른 벽을 껴안고 돌아누워 있었다. 보이지 않는 그 거리감은 어쩔 수 없었다. 그런데 일이 이렇게 되어 나는 그때 그 더부살이하숙집처럼 또 이 더부살이자취방도 쫓겨날지 모른다. 묘하게도 이유는 똑같았다. 어떻게 저시력인 내 눈에 그 일만 띄는가…….내 몫에 해당한 방세는 주지만 그들이 생활하던 자리에 끼어들었기 때문에 그녀가 나가라면 나는 별로 할 말이 없어 또다시 추녀 밑을 떠도는 한 마리 새가 되고 마는 것이다.

어쨌든 나는 집에서 이틀을 보내고 자취방으로 다시 돌아갔다.

내 생각대로 그녀는 가지 않고 자취방에 머물러 있었다. 그녀를 보는 내 얼굴은 벌겋게 달아올랐다. 아무 잘못도 없는 내 얼굴이 왜 달아오르는가? 나는 못 볼 것을 보았다는 죄책감에 기가 팍 죽었다.

그녀는 나를 보고 말했다.

"학생 집에 다녀와?"

"예. 택용이는요?"

나는 택용이를 찾았다.

"조금 전에 나갔어."

"어디요?"

"바람쐬러……."

나는 고개를 들 수 없다. 하지만 그녀는 아무렇지도 않았다. 원래 그 일은 아무렇지 않아 보여야 하는가 보았다. 전에 더부살이하숙집의 여자선생님도 아무렇지 않아 보였다. 택용이 어머니 또한 그렇다. 그리고 나도 무조건 잠자코 있어야 하는 것이다. 그 일에는 모두가 아무렇지 않게 눈감아 주는 예의를 지킬 줄 안다. 그런데 나는 불안해지기 시작했다. 그녀가 나에게 하고 싶은 말은 무엇일까? 분명히 나에게 하고 싶은 말이 있는 것 같았다. 그 비밀을 지켜달라? 그거라면 나는 얼마라도 지켜줄 수 있었다. 그런데 그 이야기를 하기가 그렇게 어려운가? 나는 자리를 피하려고 일어섰다.

"저어 학생……."

"예?"

나는 멈칫했다.

"앉지."

엉거주춤 다시 앉았다.

"편하게 앉아."

몸을 움직였다. 그러나 여전히 불편한 자세에서는 빠져 나올 수 없다. 가시방석에 앉아있는 느낌이었다.

"저어 내 이런 이야기하면 어떻게 들을지 모르는데……."

"……."

나는 고개를 떨구었다.

"택용이 옷을 빨아보니 그전 같지 않아. 전에는 안 그랬거든. 속옷이 형편없어. 내 가슴이 철렁 했어. 전에 나하고 잘 때는 그런 일이 없었는데."

"……."

가슴이 철렁한 것은 바로 나였다. 아들의 자위를 나에게 덮어씌우다

니……. 어쩌면 의도적인지 모른다. 나는 아니라는 말이 입에서 나오지 않았다.

"그래서 내가 여기에 다시 들어와 살까 해. 그렇다고 당장 나가라는 말이 아니고. 시간을 줄 테니 방을 알아보라고."

아들을 계속 어린애 취급만 하다 그것을 알아서 충격은 받았을지 모른다. 그러나 그것은 빌미였다. 그녀는 내 시야에서 완전히 벗어나고 싶었을 것이다. 나를 계속 자취방에 두면 민망하고 난처한 입장에서 벗어나지 못한다. 내 입이 무거워 비밀은 지켜진다 해도 부끄러움은 남아있어 아예 안 보는 방법이 능사였을 것이다.

더부살이 하숙집에서 쫓겨났던 일처럼 더부살이자취방에서도 쫓겨날 몸이 됐다. 쫓겨나는 이유도 똑 같았다. 똑같은 장면의 목격자였기 때문이었다. 과연 그것이 무엇이기에 번번이 나를 방문 밖으로 추방하는가. 나가라면 나갈 수밖에 없지만 순옥의 얼굴을 보기가 아주 힘들어진다. 아니 영영 못 볼지도 모른다. 나는 문득 그 생각이 떠올라 가슴이 아렸다.

순옥의 집 곁에서 자취하는 것이 좋았다. 학교에서 돌아오는 모습을 먼 발치로 바라보며 가슴 두근거려 했다. 그 순옥의 집 곁을 떠나는 아픔이 쫓겨나는 아픔보다 더 크다. 추녀 밑을 떠도는 한 마리 작은 새여…….

3. 절방 아리랑

절 밥을 먹는다?

새로운 자취방을 물색하던 중 절에서 학생들 하숙을 친다는 소문을 들었다. 나는 처음엔 거짓인 줄 알았다. 아무렴 절에서 무슨 하숙을 치겠는가 했는데 사실이었다. 헛일 치고 절을 찾아가 보았을 때 이미 몇몇 학생이 절 밥을 먹으며 학교를 다니고 있었다. 물론 그들은 시골 학생이었다. 아하 이런 곳도 있었구나, 주저 없이 택용과 결별을 하고 보따리를 쌌다.

택용은 헤어지는 이유를 까맣게 모른다. 나는 그에게 어떤 언질도 주지 않았다. 자기 어머니에게 정부가 생겼는지도 모르는 놈은 도리어 은근히 원망하는 눈치였다. 그러나 그의 어머니는 이제 마음 놓고 그 자취방으로 남자를 불러들일 수 있게 됐다. 그 자취방은 낮에 무슨 일이 일어나도 모를 만큼 본채와 등을 지고 으슥하게 떨어져 있었다

절은 하숙비가 저렴했다. 보통 하숙이라면 한 달에 쌀 서 말은 줘야 하는데 절에서는 두 말밖에 받지 않았다. 자취를 해도 잡다한 비용을 계산하면 거의 그 정도는 들어갔다. 그렇다고 가난한 학생을 돕기 위하여 자선을 베풀기 위한 목적은 아닌 듯했다.

절의 형편이 아주 어려워서 그나마 조그마한 보탬이라도 될까 싶어 시작한 스님의 묘책이었다. 해마다 봄만 되면 보릿고개는 여지없이 닥쳤고 동족의 피를 흘린 전쟁의 상흔은 십여 년이 지나도록 아물지 않아 모두가 어렵게 살다보니 불자도 별로 없고 제단에 선금을 얹어놓고 발원을 비는 사람도 없었다.

전에는 스님이 바랑을 메고 여염집 대문간을 기웃거리면서 목탁을 두드려 염불하며 쌀 한 줌씩을 구걸하다시피 얻어 절을 꾸렸으나 학생들을 끌어 모으고는 시주 전곡을 위해 나설 필요는 없어졌다. 한 달에 쌀 두 말 받는 하숙비를 어떤 방법으로 사용하든 절을 지키는 데는 보탬이 되고 있었다.

절이 학교 뒷산 중턱에 자리 잡고 있어서 거리도 가까웠다. 점심시간에 급히 뛰어올라 밥을 먹고 와도 되는 거리였다. 하지만 아직 전기가 들어오지 않아 밤이면 촛불 밑에서 생활을 한다. 그게 나는 몹시 불편했다. 전기가 들어오자면 전봇대 몇 개를 더 세우는 공사를 해야 했다. 그때는 대개가 다 그랬다. 같은 입지라도 변두리가 되면 전기가 들어오지 않았다.

절에 전기가 들어오지 않아 내 행동반경은 자취할 때보다 더 좁아졌다. 자취할 때는 방안에 켜 둔 전깃불이 바깥으로 넘쳤다. 그 공간 내에서는 야맹(夜盲)이라도 불편이 감해졌다. 그러다가도 흘러나오는 불빛이 없어지면 암흑의 바다가 되는 게 내 눈의 망막이었다. 자취방의 전깃불 밑에서 생활을 하다가 촛불을 켜고 생활을 해보니 야간의 활동력이 절반에도 못 미쳤다. 하기야 우리 집에 가면 촛불도 아닌 호롱불을 켠다. 호롱불에 비하면 촛불은 훨훨 타오르는 횃불에 버금가도 우리 집과 객지는 엄연한 차이가 있었다. 우리 집에는 보호막이 되는 식구들이 있지만 절에서는 무엇이든 내 스스로 해결하지 않으면 안 되는 어려운 문제들이 기다리고 있었다.

우선 밤엔 변소를 못 간다. 변소간이 숙소와 거리가 한참 떨어진 데다 길도 평탄하지 않아 꼬불꼬불 줄타기하는 멀찍한 딴채의 공동변소를 사용했다. 그때는 화장실이란 명칭도 없었고 학교나 관청 같은 데도 변소라 써 붙였다. 그것도 유식어로 통해서 보통 입은 뒷간이나 통시라 불렀다.

해가 지고 어두워지면 나는 배설을 참고 견딜 각오를 미리 했다. 암흑의 바다인 눈으로는 변소를 찾아갈 자신이 없었다. 차라리 똥을 쌌으면 쌌지 밤중에 변소 가겠다는 생각은 말았다. 사실 다른 학생들도 무서워서 못 간다며 투덜댔다. 그래서 아침에 자고 일어나면 범칙이 곧잘 눈에 띄었다. 내려다보면 아래 마을의 전기 불빛은 지척지간인데도 불구하고 절은 역시 산에 있어서, 정적이 감도는 변소간은 귀신이라도 나올 것 같이 으슥했다. 때문에 아침에 자고 일어나면 지린내가 절간을 적신다.

한밤중이 되면 교대로 문 여닫는 소리가 났고 그 뜰 밑으로 낙수가 주르륵거렸다. 일부러 갖다놓은 오줌통에 누지 않는다고 스님에게 매번 당하면서도 뜰을 내려서기가 귀찮아 방문만 열고 시원스레 내쏘기 바쁘다. 솔직히 자다가 일어나서 문 열면 바깥이 산인데 굳이 오줌통을 찾을 필요가 없었다. 스님의 잔소리는 입만 수다스럽지 누구도 귀담아 듣지 않았다. 그 지린내는 대웅전까지 스미지만 염불하는 스님의 코는 무심한 모양 새벽 독경 소리는 여전히 우렁차다.

어쩌면 스님은 똥 구린내나 오줌지린내에 무감각해 있을지도 모른다. 왜냐하면 본분이 절실한 스님이라기보다 시골의 한 가난한 농사꾼에 불과할 만큼 똥오줌에 대한 애착이 강했다. 그 냄새 같은 것은 저 멀리 가라 었다.

이 절에 들어오면 당장 눈에 띄는 경고문이 하나 있다. 절마당에 들어서기만 하면 그것부터 먼저 읽게 된다.

변소간 흙벽에 검은 먹물로 커다랗게 써 놓은 여덟 글자가 그것이었다. 면이 고르지 못한 담벼락에 먹물로 어떻게 그런 글자모양을 제대로 그릴 수 있었는지 보통 재주가 아니었다. 절마당에 발걸음만 들여놓았다면 읽지 않고 지나칠 수 없었다. 그만큼 경고문은 시선을 집중시켰다.

-똥을 퍼가지 마시오-

변소에 있는 똥을 못 퍼가게 하는 경고 문구였다. 나는 처음 절에 들어가서 그것을 이해할 수 없었다. 산중 절 변소에 누가 와서 똥을 퍼 가며, 또 퍼간들 무슨 상관이냐? 사실 절에서 하숙하는 학생들이 싸는 똥만 해도 수월찮다. 아침에 변소를 가면 차례가 있어 발을 구른다. 먼저 들어가 걸터앉은 학생은 뒤에서 기다리는 차례에 대해 무시를 했다. 빨리 나오라 소리쳐도 안에서 끙끙 소리만 냈다.

똥과 밥 어느 쪽이 더 중요한가? 자고 일어나면 밥보다 한 걸음 더 먼저 다가서는 것이 바로 똥이었다. 절 변소를 한 칸 더 늘리지 않으면 문제는 심각했다. 차례 기다리기 정 힘들면 노천 터를 잡는 일밖에 없었다. 절 주위 나무 밑에 똥 무더기가 한두 군데씩 느는 이유를 두고 결코 누구를 따질 일이 아니었다. 스님도 이미 그것을 다 알고 있으면서 변소를 한 칸 더 지을 생각은 없는 것 같았다.

똥을 퍼 가지 마시오? 그 똥을 삶아먹을 일도 없고……. 나는 그 이유를 한참 지나서야 알았다.

어느 날 일찍이 일어나서 바깥으로 나갔다. 먼동이 겨우 트는 아침이었다. 큰 호흡을 하며 나는 절 아래쪽 어느 방향으로 발걸음을 한참동안 옮겼다. 그랬더니 거기에는 손바닥 같은 밭뙈기들이 계단으로 다닥다닥 올라붙어 있었다. 바로 그 밭뙈기에서 한 농군이 분전을 한다. 똥장구를 져다 놓고 밭에 똥물을 퍼붓고 있는 모습은 분명한 농사꾼 행색이었다. 얼마나 부지런히 퍼붓고 있는지 옆도 한 번 돌아보지 않았다. 머리에 흰 수건을 두른 것만 봐도 진배없는 농사꾼이지 스님이라 할 사람은 없었다. 그러나 알고 보니 조금 전까지 법당에서 정구업진언 수리수리 마하수리 수수리 사바하……하며 장삼을 걸치고 목탁을 두드리던 스님이었다. 언제 그 옷을 갈아입고서 변소간 똥물을 퍼 똥 장구를 지고 다닥다닥한 계단식 밭뙈기까지 왔는지 의문이었다. 그 이후로 나는 일부러 스님을 살폈다. 스님은 아침마다 그렇게 분전을 해서 절터에 보리농사를 짓고 채소도 가꾸었다. 스님과 농군을 오가며 한참도 쉴 틈 없는 생활을 하고 있었다.

그 시절의 농법은 분전이 유일한 수단이었다. 몇 십 리 밖에서도 달구지에 똥통을 얹어 읍내에 와서 똥물을 퍼갔다. 똥통 실은 달구지가 줄을 서서 지나갈 때는 향기롭지 못한 냄새가 코를 찔렀다. 절터 뙈기밭에 채소를 가꾸고 보리농사도 지으려면 스님인들 별 수 있었겠나…….

절에서 내가 거처하는 방은 변소와 가까워 똥 구린내가 다른 방보다 더 심하게 났다. 날씨라도 흐리면 그 냄새는 더 진했다. 그러나 독방을 차지하고 있어서 그 정도의 구린내는 참을 만했다. 다른 방보다 구린 향기가 얼추 더 심해도 독방 차지는 자유를 구속하지 않아 좋았다. 하지만 스님은 학생을 내 방에도 더 들여 다른 방처럼 세네 명이 머리를 맞대 싸우도록 할 요량을 갖고 있었다. 어느 학생이 내 방에 들어오게 될지 나는 걱정되었다. 누구에게도 간섭받지 않고 마음대로 행동할 수 있어서 구린내 정도는 양념이었는데 두세 명이 더 들어와서 고독한 분위기를 깨게 되면 내 정

서만 무너지고 코에는 똥냄새가 피어오른다.

스님이 생각하는 방 한 칸의 정원은 세 명이었다. 두 개의 방은 이미 정원이 차고 내 방만은 아직 정원부족으로 하숙생을 찾고 있었다. 그런데 지금까지 중학생은 나밖에 없어 거리감도 생기지만 야맹증이라는 장애가 더 큰 요인이라 밤만 되면 나는 방에 갇혀 꼼짝 안 했다. 산속 으슥한 절이 밤에는 내 자신을 방안에 아주 붙잡아 맨다. 방안에 켜둔 촛불이 문살을 통해 바깥으로 비취는 밝기가 별로 없어 방문만 나서면 앞이 금방 어둠으로 가로막혀 두어 걸음도 옮기기 곤란했다. 어디를 조금 걸을 일이 생기면 땅바닥을 발로 더듬는데 시간을 다 허비했다. 때문에 내 방에는 언제나 불이 일찍이 꺼졌다. 밤눈이 어두워 바깥을 마음대로 다니지 못하니까 일찍 잠드는 버릇은 절에 와서도 마찬가지일 수밖에 없었다.

막 촛불을 끄고 자려던 참이었다.

"참말로 개만도 못한 놈들이구나. 오줌통은 뭣 때문에 갖다놓았노? 문 열고 아무 데나 싸라고 갖다놓았나? 한 걸음만 나서면 오줌통인데 눈이 까졌나? 그저 문만 열고 철철……. 에잇 빌어먹을 것들……."

예의 그 꾸짖는 소리가 문 밖에서 커렁커렁 났다. 스님이 또 학생방을 한 바퀴 돌아본다. 학생들을 꾸짖을 때는 사정을 두지 않고 말을 함부로 해댔다. 새벽마다 독경을 외는 입 같지 않았다. 그렇게 아무리 꾸짖어본들 다 허사였다. 옆방 고등학생들도 문만 열어 철철 쏟아놓기 바쁜데 내 같이 눈 나쁜 사람이야 말해본들 무엇 하겠는가……. 잔소리하는 입만 괜히 수다스럽다. 그러나 스님은 지린내를 오줌으로 생각하지 않는다. 스님은 지리고 구린 오줌똥을 냄새나는 한갓 분뇨의 개념으로 생각하지 않고 오금과 같은 숭상의 대상으로 소중히 여긴다.

스님의 입이 한참동안 떠들썩하다가 내 방문이 덜컥 열렸다.

"이놈은 공부도 안하고 벌써 자나?"

"안자요."

나는 일어나며 엉겁결에 대답했다.

스님이 방문만 열어보고 그냥 닫을 줄 알았는데 방안으로 들어섰다. 나는 어리둥절해서 손을 더듬어 촛불을 밝혔다. 책상다리를 하고 앉는 스님의 민대가리가 번쩍거리는 것 같았다.

"자고 몇 시에 일어나느냐?"

스님이 물었다.

"잠은 새벽 되면 깨요."

스님의 새벽 독경소리에 잠을 깨고서도 나는 일어나지를 못한다. 잠만 깨었을 뿐이었지 바깥이 캄캄해서 어떤 활동도 못하고 누운 채로 어물쩍거리다가 문살이 미명에서 드러나면 털고 일어났다. 새벽의 스님 독경소리는 나를 귀찮게만 했다. 옴 난다난다 나지나지 난다바리 사바하…… 하는 목소리에 잠이 깼다. 그 소리만 아니면 문살이 밝을 때까지 편안하게 잠들어 있을 것 같은 아쉬움을 매번 느낀다. 왜 하필 꼭 그 목소리에 깨는지 모를 일이었다. 옴 난다난다 나지나지 난다바리 사바하…… 하는 목소리가 유독 더 우렁차지도 않은 것 같은데 꼭 그 대목에서 잠이 깼다. 그 대목은 같은 말이 세 번이나 되풀이된다. 그리고 또 무엇을 지루하게 외우지만 기억에 남는 소리는 잠을 깨우는 옴 난다난다 나지나지 난다바리 사바하…… 하는 외침이었다. 나는 그 소리가 무슨 뜻인지 알 바 없지만 스님

독경은 절정의 경지인 듯했다.

"그래?"

내 잠이 새벽에 깼다니까 스님은 무엇을 반기는 듯했다.

"새벽 예불 소리 때문에 깨요. 옴 난다난다 나지나지 난다바리 사바하 그 소리 때문에 깨요. 그 세 번 외는 소리 때문에 그만 깨요. 왜 그 소리를 세 번이나 질러대지요?"

"질러대다니? 이놈이 참. 허 그놈 참⋯⋯. 아무튼 그것 잘 됐다."

스님이 빙그레 웃었다.

"뭐가요?"

"네가 똥 지킴이를 좀 해 줘야겠다."

"예?"

"똥을 좀 지켜달라 이거야."

"똥을요? 그게 뭔 말이래요?"

"그놈 자식, 똥도 몰라⋯⋯."

인근에서 농사지으며 사는 사람들이 새벽으로 절간 변소에 와서 똥을 자꾸 퍼간다는 것이다. 스님이 변소 벽에 똥을 퍼 가지 마시오 하는 경고문을 커다랗게 써놓았는데도 소용이 없었다. 그것도 꼭 새벽 예불 시간에 와서 퍼가기 때문에 스님으로서는 도저히 막는 방법이 없었다. 그렇지, 스님이 새벽에 부처님 앞에서 올리는 불전을 포기하고 변소간에나 나가서 똥 푸는 사람을 막을 수 있겠는가⋯⋯. 바로 그 시간에 다른 사람도 아닌 나를 내세워서 똥장구 지고 오는 사람이 있으면 절똥을 함부로 못 퍼 가게 막아보겠다는 생각이었다.

"이 방이 변소와 제일 가까운 거리고……."

비단 그 이유만도 아니다. 다른 학생들은 고분고분하지 않은 고등학생들이다. 변소를 지키라는 말이 그들에게는 통할 리 없었다. 오줌은 오줌통에 누라 당부를 그렇게 하는데도 들은 척도 않고 문만 열어 한밤중 소나기 쏟아지는 소리를 내는데 똥을 지키라면 말의 씨라도 먹히겠는가. 아무리 스님이지만 그들에게는 어림없는 수작이었다. 스님은 오직 나만이 그 일을 할 수 있을 것으로 생각했다. 그만큼 순진하게만 보았다. 밤눈이 어두워서 해 빠지면 방구석에 처박혀 있는 줄은 모르고 얌전한 데만 초점을 맞추었다.

"너는 충분히 잘 할 수 있을 거야."

"……."

"며칠만 막아주면 안 와. 다 알거든."

스님은 빙그레 미소지었다.

내가 밤눈이 어둡다는 고백만 했으면 스님은 난감해서 포기하고 돌아갔을지 모르는데 그 말은 차마 하기 싫어 딴 말로 빈정거렸다.

"그까짓 더러운 절똥 언놈 좀 퍼 가면 어때요?"

말이 떨어지기도 전에 스님의 입에서 벼락치는 소리가 났다.

"야아 이놈! 뭣이? 그까짓 더러운 절똥? 더러운 절똥이라 했나? 엉?"

스님이 서릿발 같이 대노했다. 내 고막에서 찡하는 소리가 났다. 그렇게 화내는 스님 모습은 처음 보았다. 어떤 고뇌도 없어 보이던 얼굴에 불길이 훨훨 타오른다. 저 분노하는 모습을 보고 누가 스님이라 하겠는가? 나는 간이 콩알만 해졌다.

"당장 이 절에서 나가거라. 너 같은 놈에게 밥을 먹이다니? 에잇 불쌍한 놈. 뭣이라고? 더러운 절똥?"

더러운 절똥이란 말만 쓰지 않았어도 스님은 그토록 화를 내지 않았을 것이다. 스님을 아주 화나게 만든 것은 '더러운 절똥'으로 표현한 어휘였다. 나도 모르게 빈정거린 말이 스님을 향하여 치명타를 날린 것 같았다.

"똥이 더러우면 밥도 처먹지 말아야. 네 놈의 뱃속에는 뭐가 들어있지?"

나는 아무 말도 못한 채로 얼마동안 고개를 푹 숙였다.

"똥은 보배야. 똥보다 더 소중한 건 없어. 네 뱃속에 똥이 없으면 어떻게 되는 줄 알기나 아나? 네 뱃속에 똥이 들었기 때문에 살아서 숨을 쉬고 있는 줄도 모르고, 뭐 똥이 더러워?"

"……."

나는 얼굴이 벌겋게 달아올랐다.

"똥 아까운 줄 모르면 밥도 먹지 말아야지. 배가 쫄쫄 고파봐야 똥 아까운 줄 알지. 네 놈은 아직 배가 불러서 그래. 배가 불러서……."

"스님!"

스님이 워낙 노해서 나는 무릎이라도 꿇고 싶었다.

"이놈이 참말로 말버릇 하나는 고약하구나. 뭐 더러운 절똥이라고? 그럼 절밥도 처먹지 말아야지."

"제가 잘못했습니다. 용서해주십시오!"

나는 빌었다. 사실 나도 그런 말이 튀어나올 줄은 몰랐다. 무심코 해버린 말이었다.

"용서를 해달라? 잘못을 알기는 아느냐?"

"예."

"진심이냐?"

"예."

"허어 그놈 참."

"스님 시키는 대로 하겠습니다. 똥 푸러 오는 사람 막겠습니다."

스님이 하도 대노하기 때문에 나는 임시방편으로 말했다.

"허어 그놈 참. 이제 제 정신을 차리는구나. 야 이놈아. 똥이 보약이다. 똥이 보약이라고. 네 놈 뱃속에 똥 없어 봐라. 네 놈이 살아있는가?"

"스님 말씀이 맞아요. 똥 없으면 죽어요."

"그래. 똥 장구를 막겠다고?"

"예."

본의가 아니었다. 더러운 절똥이란 말도 본의 아니었고 똥 푸러 오는 사람을 막는다는 말도 본의가 아니었다. 스님의 화를 풀어주기 위해서였다. 그러나 스님은 내 말을 믿는 눈치였다.

"허어 그놈 참……."

스님 이마의 노기가 식었다.

"스님 말씀이 다 맞아요. 우리 아버지도 아침마다 똥을 퍼서 보리밭에 갖다 뿌려요."

"그것 봐라. 똥이 밥이지. 똥 안 퍼붓고 뭐가 되나? 똥물 준 보리하고 안 준 보리하고는 밭고랑에서부터 차이 나. 똥물 먹은 보리싹은 성큼성큼 자라고 똥물 못 얻어먹은 보리싹은 밭고랑에 딱 들러붙어서 자랄 생각을 안

해. 똥물을 푹 주고 나면 나중에 보리밥도 구수하지. 솥뚜껑 열면 삼 이웃에 구수한 보리밥 냄새가 풍겨. 그렇지만 똥물 한 바가지 못 얻어먹고 자란 보리쌀은 잘 퍼지지도 않아. 오돌토돌한 것이 솥뚜껑 열어서 구수하기는커녕 코만 맨송맨송하다니까. 여름에 보리밥은 솥뚜껑 열어 김이 물씬 올라 삼 이웃이 구수해야 하는데 그게 바로 똥 맛이라는 거야. 보리밭에 똥 안주면 그 밥이 어디 구수해야지? 똥이 바로 그 구수한 맛을 내는 거라고. 똥 먹은 보리쌀하고 똥 못 먹은 보리쌀하고 밥해 보면 당장 그래 차이 난다고. 그래서 보리밥은 똥 맛이야 똥맛. 구수한 똥 맛이지."

똥 철학을 설파하는 스님은 언제 노했느냐 싶게 화색이 짙었다. 번들번들한 민대가리가 웃는 듯했다. 그 똥 철학까지 설파했으니 스님은 다시 나를 곱게 볼 수 있었다. 뿐만 아니라 내 입으로 똥을 지키겠다했으니 변소 파수꾼 노릇도 잘 할 줄로 믿어 방을 나가면서 당부 말까지 남긴다.

"절대로 똥을 더럽게 생각하지 마라."

"예. 잘 알겠습니다."

나는 대답도 공손했지만 곧장 스님에게 당할 것은 뻔했다. 뭐 내가 새벽에 변소간 파수꾼을 해? 어림도 없는 수작이었다. 스님께서 아무리 똥 철학을 설파해 본들 밤눈이 어두워서 마려운 내 똥도 참고 있다 날이 밝아서 눈다. 그러나 스님의 똥 철학만은 정말 대단한 느낌이었다. 아무렴 그렇지, 주위 사람들이 똥을 퍼간다 해서 어떻게 파수꾼까지 세워 지킬 요량을 다 하는가 말이다. 그것도 절을 찾는 여러 사람이 눈 절똥을……. 주위의 농사짓는 사람들이 절똥을 탐내는 이유도 공동변소나 다름없어서였다.

그 이튿날 새벽 나는 또 그 소리에 잠이 깼다.

옴 난다난다 나지나지 난다바리 사바하

옴 난다난다 나지나지 난다바리 사바하

옴 난다난다 나지나지 난다바리 사바하

처음에는 꿈속에서 그 소리가 들렸다. 그 소리가 세 번 거듭되면 꿈을 깨운다. 잠을 깨고서 몇 번 뒤치락거리는데 바깥에서 똥 푸는 소리가 들리는 듯했다. 이미 내 귀는 그렇게 예민해져 있었다. 나는 어젯저녁 스님과 한 약속 때문에 어떻게 할까 망설이다 이불을 도로 덮어쓰고 말았다. 바깥은 아직 캄캄한 어둠 속이고 법당에서는 염불도 절정에 달해 징 소리까지 울려 퍼졌다.

날이 밝아서 슬며시 변소로 가보니 누가 똥을 퍼갔다는 어떤 표시는 남아 있지 않았다. 늘 그랬다. 똥을 퍼 가도 스님 이외에 알만한 사람은 아무도 없었다. 스님은 똥 철학이 워낙 철두철미한지라 누가 한 단지만 퍼가도 단번에 알아차렸다. 스님이야말로 변소의 절대적인 파수꾼 자격을 갖추고 있었다.

스님이 똥 장구를 지고 나와서 나를 보고 혀부터 차댔다.

"똥도 못 지켜 이놈아? 잠시 나와 보면 될 걸 가지고서 그걸 하기 싫어서 쯔쯔쯔."

"……."

나는 얼굴이 붉어졌다.

'네 놈을 얌전하게 보고서 똥값이나 할 줄 알았는데 매 마찬가지구나. 하나 같이 밥 처먹고 똥값도 못하는 놈들이로다. 똥값도 못해. 이 불쌍한 중생들아."

나는 그만 스님 앞에서 뒷걸음질을 쳤다. 야단을 맞을 줄 알았는데 똥값으로 계산하여 웃음이 나왔다. 물론 그 이튿날도, 또 그 이튿날도 나는 똥을 지키지 못했다. 아니 애초부터 지킬 수 없었던 약속이었다. 스님께 솔직히 미안했다. 절에 와서는 그래도 무엇인가를 마음속에 담으며 의지한다는 믿음을 가졌던 터라 곱게 보던 스님의 시선이 떠나게 되면 내가 위안받고 싶었던 자리에 허기가 찾아온다.

스님의 말처럼 똥값도 못하고 열흘 정도를 보냈다. 똥값을 하려면 변소를 지켜야 하는데 그 일에 대해서 어느새 나는 생각을 지우고 있었다. 스님도 더 이상 말하지 않았다. 스님이 나를 다른 학생과 똑같이 취급하고서 두 번 다시 말해본들 매 그 나물에 그 밥이라 포기했는지 모른다.

그날 학교에서 돌아오는 길인데 스님이 변소 담벼락에 붙어서 무슨 일을 열심히 하고 있었다. 하필이면 변소 담벼락과 마주 붙어서 하는 일이 무엇인지 궁금도 하여 슬그머니 곁으로 가보았다.

세숫대야에 먹물을, 먹물인지 무슨 다른 물감인지 자세히는 모르겠으나, 하여튼 검은 물을 가득 담고서 굵직한 몽당붓으로 변소 담벼락에다 글자를 그리고 있었다. 나는 스님 뒤에 서서 얼마동안 보기만 했다.

스님은 몽당붓에 먹물을 꾹 찍어서 글자의 모양을 먼저 그리고 난 다음에 다시 그 위에 여러 번 덧칠하는 방법으로 글자 한 자를 또록하게 만들어냈다. 그 스님의 손끝에 의하여 검은 색의 큼지막한 글자가 한 자 한 자 이어져 갔다. 결코 쉬운 일이 아니어서 스님 이마는 땀에 젖었다. 나는 스님 등 뒤에서 끝까지 기다렸다. 드디어 스님이 그 일을 다 마치고는 희열을 느끼는 듯 미소를 머금었다.

"아하하하……."

나도 몰래 크게 웃었다.

"허어 그놈 참, 웃긴? 어데서 쓸개빠진 놈이 왔나?"

"으 아하하하……."

나는 더 큰 소리로 웃었다. 누구도 스님이 쓴 글씨를 처음 읽으면 웃지 않고 못 배길 익살스런 뜻이었다.

-똥을 퍼가지 마시오-

-똥 도적놈보다 더 더러운 도적놈은 없소-

하여튼 변소 한쪽 벽은 글자로 가득했다. 멀리서 봐도 눈에 금방 쏙 들어온다. 가까운 곳에서는 봉사 아니면 억지로라도 읽으며 웃을 난센스 같았다.

"이놈이 자꾸 웃어?"

꾸짖는 말은 아니다. 스님 자신도 막상 그렇게 써놓고 보니 웃음이 나오는 모양이었다. 입이 반쯤 헤헤 벌어지다가 감추어진다.

"네 놈이 똥값을 못하는 데서야 방법이 없지."

스님은 혼잣말처럼 했다. 그 말이라면 스님께는 무조건 미안하다. 내가 굳이 하기 싫어서 안 한 일은 아니고 밤눈이 어두워 캄캄한 바깥을 나다닐 수 없어 변소 파수꾼 노릇은 처음부터 불가능했으면서도 할 것 같이 스님을 속인 잘못은 죄책감이 되었다. 스님은 그 대역으로 웃기는 글자를 벽에다 쓴 것이다. 참으로 똥 철학이라면 스님 따라갈 사람이 어디 있는가. 그러나 읽으면 읽을수록 자꾸 웃음이 나온다.

"읽어보니 뭐가 좀 이상한데요?"

나는 웃음을 억지로 죽이고 번쩍거리는 스님 이마를 쳐다보았다.

"무엇이 이놈아 이상해?"

"처음에는 그냥 우스워서 웃었는데요. 지금은 그게 아니라니까요?"

"그게 아니면 이놈아 또 뭔데?"

"스님의 깊으신 말씀하고는 틀리잖아요?"

"그놈 참. 뭐가 어떻다는 거냐?"

"한번 읽어보세요? 똥 도적놈보다 더 더러운 도적놈은 없소. 맨 똥은 더럽다는 뜻 아니어요? 스님께서는 똥이 안 더럽다 말씀하셨잖아요? 똥이 더러우면 밥도 먹지 마라 하셔놓고요? 똥 도적놈보다 더 더러운 도적놈은 없소 하면 맨 똥도 더럽다는 뜻인 걸요? 더러우니까 그보다 더 더럽다는 뜻 아닌가요?"

스님 얼굴이 좀 침울하다 곧장 목청을 돋운다.

"야 이놈아. 본래 똥은 안 더러워. 도적놈이 퍼 갈 때만 더러워. 도적놈이 퍼 갈 때만…… 도적놈이 안 퍼 가면 왜 더러워? 도적맞는 똥이 더럽지 본래 똥은 안 더러워 이놈아, 고얀놈 같이."

"……"

나는 말이 꽉 막혀버렸다. 역시 스님의 똥 철학에 따라갈 사람은 없다. 잘못 한 마디 더 걸쳤다는 본전도 못 찾는다.

"이제 더는 똥 퍼갈 사람이 없겠지. 똥 장구 지고 왔다가 이걸 읽어보면 돌아가고 말겠지. 이래도 안 되면 더는 방법이 없어. 더는…… 네놈에게 똥 지킴이를 부탁했던 것은 내 실수였어. 그 일은 없었던 걸로 잊어버려. 미안해 할 것도 없어."

"스님, 정말 죄송해요. 하기 싫어서 안 한 게 아니고요……."

"알고 있어. 들으니 네놈이 작목(雀目)이라고? 난 몰랐지. 며칠 전에 들어 알았어. 진작에 알았으면 그런 부탁을 안 했지. 쯔쯔 어쩌다가 작목으로 태어났나? 안 됐군 그래."

스님이 내 눈을 빤히 들여다보는 듯했다.

"작목이 뭔데요?"

"작목도 몰라. 새눈 말이다. 새눈……. 새가 밤에 날아다니던? 새가 밤눈이 어두워서 못 날아. 밤눈 어두운 사람을 작목이라고 해."

내가 초등학교 사 학년일 때 아버지는 참새 머릿피를 눈에 넣으면 밤눈이 밝아진다는 말을 듣고서 초가처마를 뒤져 잠자는 참새를 하룻밤에 대여섯 마리나 잡았다. 일자무식인 아버지는 작목(雀目)의 작자도 모른다. 순전히 어디서 들었고, 아들의 눈이 새눈을 타고나서 그렇다고 하니 그럴 듯 해 보였다. 나중에 알고 보니 가정보감이라는 책에 그런 기록이 있었다. 누가 그것을 읽고 이야기했을 뿐인데 아버지는 실제로 참새 머릿피를 구하러 나섰다. 그러나 결과는 황당했다. 참새머리에는 피가 없었다. 참새를 잡아서 머리를 홀랑 다 벗겨도 피는 나오지 않았다. 빨간 실핏줄만 나타나 있을 뿐 눈에 넣을 피는 고사하고 손가락 끝에 묻어나는 피도 없었다. 그때 아버지는 우리 집 전 재산을 다 주어도 참새 머릿피는 구하지 못한다는 사실을 알았고 그전대로 아들의 눈은 못 고치는 걸로 다시 포기를 했다. 그 후로 아버지는 누구노 내 눈을 새의 눈에 비유하여 작목(雀目)이라 하면 아주 듣기 싫어했다. 아무리 밤눈이 어둡지만 아들 눈은 분명히 사람 눈이고 새의 눈은 아니기 때문이었다.

"작목 작목 하지 말아요. 내 눈은 사람 눈인 걸요."

"그놈 참. 누가 사람 눈 아니래?"

"그럼 작목은 뭔데요?"

"병 이름이야, 병명. 동의보감에도 밤눈 어두운 것을 작목이라 했다 이 놈아. 새 눈을 닮았다는 뜻이지."

"내 눈은 새 눈을 닮지 않았어요. 사람 눈을 닮았어요."

"허어 그놈 참 웃기는 놈이구나. 그래 그건 그렇고 말이다?"

"뭐인데요?"

"곧장 네 방에 학생 하나가 더 들어올 것이다. 그래 알아라."

"누군데요?"

"고등학교 삼학년 학생이다."

"……."

"불편하겠지만 같이 자도록 해라."

"혹시 나쁜 놈 아닌가요?"

"그놈의 자식, 나쁜 놈은 왜 나쁜 놈이야."

스님은 먹물이 시커멓게 묻은 세숫대야를 들고 걷기 시작했다. 나는 돌 계단을 오르는 스님의 민대가리를 멍청히 바라보며 서 있었다. 그 민대가리만 보면 우리 아버지 생각이 나는 것이다. 아버지는 배코 치는데 선수였다. 아버지 자신의 머리도 누구의 도움 하나 없이 그 예리한 배코갈로 빡 빡 밀어 제쳤다. 보이지도 않는 뒤쪽 머리를 어림짐작만 가져 상처 없이 반들반들 깎는다는 것은 보통 재주를 뛰어넘어 기예(技藝)에 가까웠다.

스님이 거처하는 방은 학생들 방과 거리가 한참 떨어진다. 한밤중에 학생 방에서 무슨 일이 일어나도 스님이 직접 와 보지 않으면 잘 모른다. 하숙생은 밥 먹을 시간에만 스님이 거처하는 별채로 다투어 올라갔다. 대처승인 스님의 식구는 다섯이나 되었다. 아들이 둘이고 딸이 하나인 스님의 사는 모습은 어느 여염집과 조금도 다를 바 없었다. 말이 주지스님이지 하숙을 치기 전에는 공양미 시주걸립만 가지고는 식솔들 밥 먹이기도 바빴다. 하숙생 밥을 도맡아서 짓고 있는 스님 부인을 보면 골몰이 우리 어머니처럼 뚝뚝 떨어졌다. 누가 주지스님 대처라 하겠는가. 모두가 하나 같이 가난하게만 살아가는 세상이었다. 학생들에게 한 달에 쌀 두 말을 받아서 밥을 해주면 굶지 않은 입치레는 되어 그전처럼 시주걸립은 안 나서도 되는 것만은 확실했다.

스님의 말과 같이 결국 나도 독방을 내주게 됐다. 고등학생 하나가 내 방에 들어와서 같이 생활하게 됐다. 그런데 학생들 평이 아주 좋지 않은 학교를 다니고 있었다. 나는 그 학교 학생만 마주쳐도 겁을 먹었다. 시험도 치지 않고 아무나 입학금만 내면 들어간다는 신설학교였다. 그래서 질 나쁜 학생들이 우글거린 모양이었다. 엄숙한 절에 그런 학교 학생을 하숙생으로 받아들이는 스님이야말로 눈이 어두워 있었다. 똥 철학이 철두철미한 스님이 그만 하숙치기에 더 눈이 멀어져 가는가? 그것도 하필이면 내 방에 들여놓아 못마땅하기로 말하면 스님의 그 똥 철학도 허울 좋은 개살구 같았다.

바로 그 고등학생 재철은 내 방에 들어오던 날부터 본성을 드러냈다. 저녁 먹고 나면 온다간다 말도 없이 어디 훌쩍 사라졌다 통금시간에 딱 맞추어서 들어왔다. 매일 어디를 그렇게 쏘다니는지? 그렇게 방에 있지 않고

쏘다니면 나의 불편은 덜어주나 스님이 속아 넘어갔다.

눈길도 마주치기 싫어서 그가 돌아오기 전에 나는 일부러 잠을 청한다. 밖에서 그의 발자국 소리가 나면 아예 깊이 잠들어버린 척 했다. 그는 방문을 열고 들어와서 담배부터 피운다. 담배연기가 금방 방안을 가득 채운다. 목구멍이 따갑고 기침이 나와도 억지로 참고 모르는 체했다.

그가 피우는 담배연기는 정말 맡기 싫었다. 왜 유독 그의 담배연기가 맡기 싫은지? 집에 가면 아버지는 밤잠을 설쳐가며 대꼬바리 담배를 떨고 넣었다. 아버지가 피우는 담배연기는 아주 매캐해도 당연한 것처럼 느껴져서 코가 따가운 줄 몰랐다. 아버지의 그 대꼬바리 담배연기에 비하면 재철이 피우는 파랑새 궐련 연기는 순한 편이지만 미움이 쌓여 매캐한 독기로 변했다.

재철과 생활한 지 한 달이 다 돼 가도 책 한 번 펼치는 구경을 못 했다. 말로는 고등학교 삼 학년이지만 사실은 학교를 제대로 오갈 놈도 아니었다.

스님은 하숙생을 하나라도 더 보탤 생각만 하고 관리하는 데는 신경이 무디어 갔다. 정말 스님은 하숙치기에만 눈이 멀어지는가. 아니지. 스님의 그 똥 철학만은 적중했다. 똥 도적놈보다 더 더러운 도적놈은 없소 라는 경고문을 쓴 다음에는 새벽바람에 똥 푸러 오는 발길이 뚝 끊겼졌는가 하면 하숙생이 하나 더해진 만큼 똥도 늘어났다. 뿐만 아니라 똥 푸러 오는 똥 도적놈이 없어졌으니 마음놓고 새벽 예불을 올릴 수 있어서 일거양득이었다.

재철이를 증오하게 된 가장 큰 이유는 밤눈 어두운 것을 알아 내 이름을 부르지 않고 "밤눈"이라 불러 심정이 상한데 있었다. 사람 아픈 구석을 찔러 이름 대신으로 불러 고소해하는 악질이었다. 당장 때려죽여도 시원치 않을 만큼 나는 분을 삭였다.

"야 밤눈."

재철이 방문을 열고 또 그렇게 불렀다. 오늘 저녁은 전보다 일찍 들어왔다. 전 같으면 아직 돌아올 시간이 아니었다. 때문에 나는 잠자리에 눕지 않고 책장을 넘기고 있었다. 놈의 부르는 소리를 듣고서 나는 신경질적으로 책을 덮었다. 그는 방문만 열고 들어올 생각 없이 밖에 서 있었다.

"야 밤눈."

거듭 불러도 나는 대답하지 않았다. 이름을 불러도 대답할까 말까였는데 밤눈이라고 무조건 폄훼를 했다.

"귓구멍이 멀었나?"

"왜 씨이."

참다못해 억지로 투덜댔다. 재철은 문 밖에 서서 여전히 들어올 생각이 없었다. 그 행동도 미심쩍었다.

"미안하지만 너 방 좀 비켜 줘야겠어."

"왜 씨이."

"야, 쪼그마한 것이 시키면 시키는 대로 해. 저쪽 방에 좀 가 있어."

"싫어 씨이."

"이 자식이 참말로 말을 안 들어."

성질을 낸다.

"왜 씨이."

"그럴 이유가 있어."

"……."

나는 이상한 낌새를 차렸다. 문 밖에는 재철이 말고 다른 사람도 있었다. 누굴까? 금방 눈치를 챘다. 계집애 하나를 꾀어왔다. 그가 밤마다 나돌아 다닌 이유도 바로 그 때문이었다. 그는 며칠 전에도 그런 아쉬움을 토로했다. "여기까지 다 와서 가버리잖아." 그때는 끝을 맺지 못해서 아쉬워했다. 이 절방으로 어떻게 하든 계집애 하나를 끌어들이는 데 골똘했던 놈이었다.

"야 한 번만 봐 주라."

내가 고분고분하지 않자 달랬다. 다된 밥에 콧물 떨어뜨리지 말라는 뜻이기도 했다. 못 비켜 준다며 고집스럽게 버티면 어떻게 될까? 정말로 다된 밥에 콧물 떨어뜨리는 격이 되겠지. 그리고 나중에 나를 그냥 두지 않을 것이다. 나중에 얻어맞을 일이 겁나서 나는 못 이기는 척 일어섰다.

나는 마주 편문을 열고 나갔다. 방을 나와서 다른 방으로 가기 위하여 손으로 벽을 잡고 발을 끌었다. 발을 천천히 끌고 있는데 어서 들어와 하는 말소리가 들렸다. 다른 방으로 향하던 내 발걸음이 그만 멈추어졌다. 그들이 방안에서 무엇을 할지 궁금했다. 또한 다른 방 학생들은 공부하고 있을 것이다. 그들 방에 멋쩍게 들어가서 공부에 방해도 되고 싶지 않았다. 중간고사도 며칠 남지 않아 하숙생들은 그런 대로 향학열에 불타는 분위기였다. 오로지 재철만 농땡이로 미꾸라지 한 마리가 뛰어들어서 흙탕물을 일으켰다. 남들이 공부하는 방을 별 볼일 없이 드나들기도 싫고 계집애를 방안으로 끌어들인 재철의 의도가 무엇인지도 궁금해서 나는 그만 그 자리에 숨을 죽여 주저앉아 엿듣고 싶은 호기심에서 벗어나지를 못했다.

방안에서는 얼마동안 무슨 이야기가 오고 갔다. 무슨 이야기를 하는 것일까? 귀가 자꾸 쫑긋거려 문 쪽으로 바짝 다가앉았다. 문 하나를 사이에 두고 나는 몸을 바짝 옴츠렸다.

방안에서는 처음에 계집애가 순순히 말을 듣지 않았다. 그러나 결국······.

내가 가는 집에는 왜 자꾸 이런 일만 벌어지는가. 더부살이 하숙집에서 여자선생님도, 자취방에서 택용이 어머니도, 또 숙연한 이 절 방에서는 재철이란 놈도······. 내가 전전하는 방은 우연하게 남녀관계라는 그 행위로 얼룩이 지고 있었다. 어쩌다 나는 똑 같은 일을 세 번이나 보게 됐다. 그게 나와 무슨 연관성이라도 있단 말인가. 불 꺼진 절 방에서 새어나오는 저 숨가쁜 소리. 어느새 내 몸이 불덩이처럼 달아올랐다.

계집애를 꾀어와도 설마 거기까지 갈 줄은 생각지 않았다. 그것도 이 신성한 절간에서······. 스님은 어쩌자고 저런 놈을 하숙생으로 불러들였는가?

재철이도 재철이지만 계집애도 똑 같았다. 마음에 없었다면 저렇게 쉽사리 내줄 수 있을까. 말은 안 들어주는 척 하면서 스스로 무너뜨렸다. 어떤 계집앤지는 몰라도 단단히 잘못 걸려들었다. 재철이 아주 질 나쁜 농땡이인지도 모르고 거기까지 가고 말았으니 참말로 한심했다.

방안을 탐색하며 한자리에 주저앉아 있으려니 내 오금이 저렸다. 어떻게 움직여 자리를 옮길까 생각하는데 방안에 불이 켜진다. 그 자리에서 나

는 좀더 기다렸다.

방문 열리는 소리가 났다. 들어왔던 그쪽 문으로 나가는 모양이었다. 나는 일어섰다. 방문을 열었을 때 그쪽 문에는 사람의 그림자가 사라지고 없었다.

나는 방안으로 들어가서 휘휘 둘러보았다. 무슨 흔적은 남아 있지 않다. 그러나 내 눈에는 무엇이 자꾸 얼른거린다. 얼마 후에 재철이 피식 웃으며 들어왔다. 그녀를 산 아래까지 바래다주고 오는 모양이었다.

"야 이 새끼야. 사람 첨 봤나? 보기는 왜 자꾸 보노? 내 얼굴에 똥이라도 묻었나?"

재철은 할 말이 없어서 일부러 빌미를 잡는다.

"누구야?"

내가 물었다.

"자식, 알면 뭐해? 너 같은 놈이? 넌 아직 몰라도 돼. 대가리에 쇠똥도 덜 벗겨진 놈이."

어이가 없었다. 내가 왜 그걸 모른다 말이냐? 더부살이 하숙에서 여자 선생님이 하는 걸 보았고, 택용이 어머니는 빨간 대낮에 자취방에서 했다. 이제는 또 재철이까지……. 그것이라면 실제 경험은 없어도 너무 잘 알게 됐다. 내 나이 또한 열일곱 살로 새벽 되면 꼿꼿하고 순옥 얼굴이 떠올랐다. 아, 그 순옥은 지금 무얼하고 있는지? 순옥이 보고 싶었다.

재철의 일에 대해서 아는 사람은 오직 나뿐이었다. 나만 입을 열지 않으면 더부살이 하숙집에서 여자선생님처럼, 자취방에서 택용이 어머니처럼 재철이도 비밀에 묻히고 마는데 도리어 재철이 자기 입으로 떠들고 나서 우쭐대는 꼴이 가관이었다. 바로 그 이튿날 저녁 폼을 재면서 다른 방 학생들을 전부 불러들인다. 우리 방이 꽉 들어찼다. 모두가 무슨 영문인지 몰라 어리둥절한데 재철이 목청을 돋우어 자랑하기 시작했다.

"니들 어젯밤에 이 방에서 무슨 일이 있었는지 모르지?"

하고 재철은 히죽히죽 웃었다.

"왜? 무슨 일이 있었나?"

"암."

"무슨 일?"

"이 방에서 큰 잔치를 했다."

"그게 무슨 말인데?"

"아 잔치도 몰라? 잔치? 여자 남자 이거 하는 거."

엄지손가락을 두 손가락 사이에 넣고서 주먹을 꼭 쥐어 보인다.

"누가?"

"내가."

"정말?"

"그래. 참말로 했다."

"거짓말?"

"내 어젯밤에 여기서 계집애 안 따먹었으면 개만도 못한 놈이다. 참말로 따먹었다. 아 아리랑고개 넘어가던 그 기분. 너들은 모르지? 아리랑고개 한번 넘어가 봐라. 그 기분이 어떤지. 정말 환장을 한다. 아리랑 아리랑 아라리요 아리랑고개로 날 넘겨주소. 그 고개를 넘어갈 때는 아이고, 뭐라고 말하면 좋노. 미치제 미쳐."

모두 재철의 입만 바라보고 있었다.

"난 벌써 세 번짼데, 계집애들이란 처음에는 다 잘 안 줄라 캐."

"그런데?"

"순옥이 이 계집애도 마찬가지였어."

순간 나는 가슴이 철렁했다. 순옥이? 아니야. 아니야. 그 순옥이는 아니야. 내가 아는 순옥은 절대 그럴 여자가 아니야. 그러나 가슴에서는 계속 쿵쿵하는 소리를 낸다.

"그런데 어떻게 따먹었어?"

"처음에 가슴을 슬슬 만지고 나서……. 손을 서서히 아래로……. 아래에 손이 닿으면 어쩌는 줄 알아? 꿈틀거려. 사실은 계집애도 못 참는 거지. 그리고……. 그리고……. 그리고……. 어제 순옥이도 처음은 아닌 것 같더라. 내가 구멍을 못 찾아 자꾸 미끄러지는데 손이 와서 살짝 받쳐주더라. 처음이면 그러겠어? 벌써 요령을 알아. 그 다음은 아리랑 아리랑 아라리요. 아리랑고개로 날 넘겨주소……."

모두의 입이 한 발이나 헤헤 벌어져 있었다. 그런데 갑자기 방문이 덜컥 열리면서 민대가리가 촛불에 번쩍 빛났다.

스님은 방안에 발을 들여놓기 바쁘게 재철의 멱살을 잡아서 낚아챘다.

"당장 나가. 이놈 당장 나가. 나가지 못해."

스님의 팔 힘이 얼마나 억셌던지 제철이 당장에 문 밖으로 나가떨어졌다.

"두 번 다시 절에 발걸음 했다가는 다리몽뎅이를 분질러놓을 테다. 이놈의 새끼."

그리고는 방안에 있는 재철의 책과 옷가지를 사정없이 문 밖으로 냅다 던졌다. 워낙 갑작스럽게 닥친 날벼락에 재철은 어이없어 말을 못하고 나가떨어진 마당 가운데서 뒷걸음으로 주춤 주춤 물러서기만 했다.

"당장 내 앞에서 썩 꺼져. 네놈 꼴도 보기 싫어."

스님의 분노는 하늘로 치솟는다. 이 엄숙한 절에서 감히 있을 수 있는 일이냐? 하숙생 끌어 모으기에 눈이 멀다 싶더니 결국 불미스런 일이 터지고 말았다. 스님 스스로 자초한 일이기도 했다.

재철은 땅바닥에 흩어진 책과 옷가지를 주섬주섬 주워서 한아름 안는다. 이 밤중에 절을 나가지 않으면 안되다는 판단을 한 것 같다. 눈 깜짝할 사이에 쫓겨나는 신세가 딴에는 처량했는지도 모른다. 그 발걸음이 저만큼 멀어지다가 갑자기 무슨 생각이 떠올랐는지 뒤를 돌아본다.

"야 이 똥 도적놈아."

재철의 입이 스님을 향하여 큰소리로 외쳤다.

"저 저 저놈의 자식을……."

"야 이 똥 도적놈아."

재철이 한 번 더 외치고는 어둠 속을 뛴다.

스님은 급히 막대기를 찾아들었으나 재철은 사정없이 뛰어가고 있었다. 스님은 닭쫓던 개가 담 쳐다보는 격이었다. 재철은 쫓겨나면서 변소간 벽에 써놓은 바로 그 경고문이 떠올랐는지 모른다. 그래서 스님에게 화풀이로 외쳤는지 모른다.

재철이 쫓겨나고 나는 며칠동안 잠을 못 잤다. 잠이 오지 않는다. 재철이 입에 올렸던 순옥이 이름 때문이었다. 순옥이 이름이 자꾸 머릿속을 파

고들었다. 순옥이……. 그 순옥이는 아닐 거야. 그 순옥이 절대 그럴 학생은 아니야. 그러나 순옥이라는 이름이 재철이 입에 오른 자체만으로도 내 신경을 예민하게 만들었다. 사뭇 안심이 안 되는 것은 그날 밤 재철이 뒤에 서있던 계집애 얼굴을 밤눈이 어두워서 확인을 못한 불확실성 때문이었다. 방안에서 새어나오던 신음도 순옥 음성 같은 착각을 낳는다. "거기서 언제 물 한 바게스를 받겠어? 그 물 받아 밥 해 먹고 학교 가겠어?" 하던 그 음성이 재철에게 짓눌리면서 아픔으로 변했을지 모른다는 어처구니없는 망상을 했다.

"안 돼. 순옥이는 절대 안 돼. 그놈하고 순옥이는 절대 안 돼."

나는 갈수록 무엇이 더욱 혼란스러워지고 있었다. 그래서 결심하고 그전 자취하던 곳으로 발걸음을 옮겨놓았다. 이상하게 요즘은 택용이 얼굴도 볼 수 없었다. 이놈은 벌써 며칠째 결석을 하고 있었다. 그렇다고 그놈이 궁금해서 찾아가는 발걸음은 아니었다.

순옥을 생각하여 찾아갔으나 사실 나는 막연했다. 순옥이 학교 다니던 골목길을 얼마동안 어정거리고 있는데 뒤에서 누가 내 어깨를 툭 쳤다. 깜짝 놀라 뒤돌아보니 활이였다.

"야 이 새끼야, 어쩐 일이냐?"

활이의 시선이 아래위로 나를 훑었다.

"아아 궁금해서 그냥 한 번……."

나는 얼버무렸다.

"택용이 만나러 왔어?"

활이는 그렇게 짐작을 했다.

"응 그래. 요새 안보여."

"자식. 아주 캄캄 소식이네. 택용이 갔어 임마."

"가다니? 어디 가?"

"택용이 엄마 바람 났는 거 몰라? 언놈하고 붙어서 도망갔어 임마. 택용이는 큰아버지가 데리고 갔고. 에미가 바람나 언놈하고 붙어 도망을 가버렸으니 택용이 그 자식 갈 데는 자기 큰집밖에 더 있나. 별 볼일 없는 놈 됐지. 그 자식 멋도 모르고 거들먹거리는 게 무슨 일 낼 것 같더라니 결국 그렇게 되고 말았어. 솔직히 택용이 그 자식 안됐다. 내가 택용이한테 너무 심했어. 결과가 그렇게 될 줄 알았으면 막말은 않았을 것인데 말이야."

활이 쓸쓸해했다. 그렇게 됐구나. 나도 안쓰러운 마음이 들었다. 그의 어머니 정사장면을 목격하지 않았으면 아직도 여기서 자취를 하고 있었을지 모른다.

활이는 자기 집에나 가자고 했다. 나는 뿌리쳤다. 여기 온 목적은 순옥이었다. 순옥이, 순옥이, 재철에게 당한 순옥이가 아니기를 바라는 마음에서 여기까지 찾아왔다. 나는 그것을 확인하고 싶을 뿐이었다. 그런데 활이가 먼저 소식을 전한다.

"야 이 새끼야. 순옥이 알지? 서울로 이사 갔다. 걔네 아버지 직장을 서울로 옮겨서 이사간 지 한 달도 넘는다. 순옥이 서울학생 됐다 이 새끼야. 네놈 속으로 순옥이 좋아한 거 내 모를 줄 아나? 누나 맺고 싶어 했지? 이 새끼야, 헛물켜지 마라. 서울로 이사 갔는데 누나고 나발이고 없다 이 새끼야."

활이 말을 듣고는 목에 걸렸던 가시가 내려갔다. 그렇지. 그렇지. 내가

생각하는 순옥이는 절대 그런 순옥이 아니었지. 내가 괜한 걱정을 하였구나.

순옥에 대한 내 마음은 안심이 되었다. 그러나 서글프다. 순옥은 이 안동 땅을 아주 떠나갔다. 내가 두 번 다시 얼굴을 볼 수 없는 아주 먼 곳으로 떠나갔다. 그것이 나를 서글프게 만들었다. 순옥이 떠나간 북쪽 하늘을 쓸쓸히 바라보다 활이와 헤어져 힘없는 발걸음을 터벅터벅 옮긴다.

(제15회 대한민국 장애인문학상 수상작품)

씨 알

1.

1950년 6월 25일. 동족의 피가 뿌려지기 시작했다. 그리고 한 달쯤 지나서 삼밭골마을은 인민군 치하에 들어갔다.

물론 피난을 나간 사람들도 있다. 그러나 시기를 놓치면서 피난봇짐을 싸지 못한 사람들이 더 많다. 전쟁은 그렇게 급하게 삼밭골마을을 덮쳤던 것이다. 그리고 또 두어 달이 지나간다.

아마 지금쯤은 전쟁이 대구를 사수하기 위한 왜관쯤에서 접전이 한창일 터이다. 얼마나 많은 사람들이 거기서 피를 뿌리며 죽어 가는지 삼밭골 사람들은 알 길이 없다. 아니 삼밭골마을은 의외로 조용하고 평온하다. 그것도 그럴 것이 듣지 못하고 보지 못한다.

삼밭골 시오리 밖에 있는 면사무소는 인민군이 배치돼서 지역을 관할한다. 그들은 주민들을 감시 감독하다 젊은 사나이가 눈에 띄면 의용군

으로 끌고 갔다. 아마 그게 주목적인 것 같았다. 하지만 삼밭골에는 의용
군으로 끌고 갈 젊은이가 없었다. 우연하게도 끌고 갈만한 사람은 피난
을 다 나갔다. 그들이 피난길에서 붙잡혔을지는 모르나 삼밭골에 남아
있지 않아 우선은 다행이었다. 그래 삼밭골마을은 의외로 평온한 분위기
였다. 불시에 인민군이 마을을 돌아도 끌려갈 사람이 없어 불안하지 않
았다.

논밭에는 전쟁이 터지기 전에 뿌려놓은 곡식이 여전히 잘 자랐다. 피난
못 간 사람은 예전과 다름없이 농사일을 했다. 그렇게 삼밭골에 남아서 논
밭을 매는 사람들은 피난간 사람들을 걱정했다. 얼마나 굶주림에 지쳐있
을까? 혹시 죽어서 까마귀밥은 되지 않았을까……. 또 전쟁은 언제 끝이
나서 그들이 돌아와 서로 만날 수 있을까……. 그 누구도 무엇 때문에 전
쟁을 하고 있는지 모른다. 또 어느 쪽이 이기고 져야 하는지도 모른다. 오
직 막연한 생각만 할 뿐이었다.

점둘이도 슬슬 집문 밖을 나가서 돌아다녔다. 처녀가 처음에는 간이 콩
알만 해서 방구석에만 처박혀 있었다. 시오리 밖 면사무소를 지키는 인민
군이 따웃고개를 넘어와서 마을을 한 바퀴 돌아가도 점둘이 이제는 겁낼
일이 아니었다. 인민군은 생각보다 좋은 사람이었다. 왜냐하면 의용군으
로 묶어갈 사람이 없어 누굴 억압하거나 해칠 꼬투리가 없어 무던했다. 한
번씩 마을을 염탐해도 피해를 남기지 않고 사라졌다. 따웃고개는 삼박골
로 통하는 유일한 길목이었다. 그 고개를 넘지 않으면 인민군도 아주 먼
길을 돌아오는 수밖에 없었다. 그 고개를 헐떡거려 넘어와서 마을을 염탐
하는 인민군을 보면 몹시 지쳐있었다. 나무그늘에 멍청히 앉았다가 돌아

가는 모습은 패잔병 같았다.

점둘은 고추밭엘 갔다. 인민군이 넘나드는 따웃고개 밑이라서 조금은 으슥한 느낌이 들어도 별일 없을 것으로 믿었다. 무심코 인민군과 마주치는 일이 있을 때도 별일 없이 서로 비켜서 다녔다. 어깨에 멘 따발총이 걸을 때마다 철거덕 소리를 내고 허리에 두른 탄띠에 총알이 촘촘히 꽂혀 있어도 무고한 사람을 향하여 사용하는 무기는 아니었다. 전쟁터에서야 피를 흘릴망정 그 전쟁이 지나간 다음에는 인민을 위해서 무슨 일을 하는 것 같이 보였다.

한 물 늦추어버린 고추밭은 너무 빨갛게 물들어 있었다. 다래끼를 허리에 찬 점둘은 정신없이 고추를 따댔다. 다래끼 무게가 무주룩하면서 허리가 조여들었다. 어느새 해는 뉘엿뉘엿 서산 그늘을 지우기 시작한다.

점둘이 다래끼를 풀어 허리를 펴서 먼 산을 바라보는데 밭고랑 사이로 인민군의 군화발 소리가 성큼 다가섰다. 점둘의 눈에 별로 낯설지 않은 얼굴이었다. 며칠에 한 번씩 마을을 염탐하고 돌아가던 그 인민군이었다. 그러나 점둘은 정신이 까마득했다. 인민군이 한 걸음 더 다가서면서 점둘은 저항 없이 쓰러졌다. 정신을 차렸을 때는 밭고랑 사이에서 당하고 난 뒤였다. 벗겨진 아랫도리에서는 고추색 물감이 칙칙하게 번지고 있었다. 그 통증이 정신을 일깨웠는지 모른다. 그 점둘 앞에서 인민군은 군복바지를 추슬러 탄띠를 허리에 두른 다음 철거덕거려 따발총을 어깨에 멘다.

"우리 또 만나갔어라우."

점둘은 그 말밖에 듣지 못했다. 아랫도리 아픔을 참느라 고추밭고랑에 주저앉아만 있었다. 겨우 몸을 움직여 일어서 보았을 때 인민군은 이미 따웃고개를 넘고 있었다. 그 뒷모습이 눈에 가물거려 아주 사라진다.

점둘은 눈물을 흘렸다. 아주까리가 밭 둘레에서 무성한 잎으로 잘 자라 누가 지나가도 밭고랑 안에서 일어나는 일은 보이지 않는다. 본 사람은 없지만 인민군에게 당한 잘못은 으슥한 골짝 밭에 무서운 줄 모르고 혼자 있었기 때문이었다. 하지만 누가 이렇게 될 줄 알았는가……. 날이 어두워 점둘은 아무 일도 없는 듯이 집으로 돌아갔다.

며칠이 지나서 점둘은 다시 고추밭으로 갔다. 이번에는 그 인민군이 궁금해서였다. 이유야 어떻든 처음 받은 남자가 바로 그 인민군이었다. 그녀 나이 스무 살. 마음속으로 기다렸던 남자는 푸른 제복에 따발총을 어깨에 멘 인민군이 되고 말았다. 그 첫 남자를 궁금증에서 지우지 못했다. "우리 또 만나갔어라우." 하던 말소리는 계속 귀에 남아 있었다. 그 약속처럼 인민군은 고추밭에 꼭 저번처럼 나타났다. 점둘은 별로 두렵지 않았다. 밭고랑에 누워 포획된 한 마리 새 모양으로 그냥 팔딱거렸다.

인민군이 입을 열었다.

"내래 인민군이라 겁내지 말라우. 마음놓으라우."

"……."

"여자가 그리웠어라우. 고향에 두고 온 꽃분이 생각이 났어라우."

"……."

"처녀래 얼굴이 꽃분이로 보이더라우."

"……."

그는 벌떡 일어나서 따발총을 어깨에 메고는 고추밭을 헤쳐 나간다. 그녀는 사라지는 인민군 뒷모습을 정신나간 사람처럼 멍청히 바라보고만

있었다.

점둘은 이제 그 인민군이 정말로 그리웠다. 처녀 몸을 두 번이나 할퀴고 가서 그리웠다. 스무 해를 지켜온 순결을 인민군에 빼앗겨 그만 그리움으로 변했다. 그 다음부터는 일부러 고추밭에 가서 그 인민군을 기다렸다. 그래서 세 번째는 아예 내맡겼다. 그 세 번째 날의 인민군은 몹시 서둘렀다.

"지금 내래 급하게 됐어라우."

"급하다니요?"

점둘은 물었다.

"명령이 떨어졌어라우."

"무슨 명령요?"

"철수하랬어라우."

점둘이 그 말뜻을 알 리 없었다. 그의 얼굴을 바라봤다.

"후퇴 명령이 떨어졌어라우. 우리 인민군 전세가 불리해졌어라우. 인천이 무너졌어라우. 갈 길이 바빠졌어라우."

"……."

점둘은 아무 말도 못했다.

"전쟁 끝나면 찾아오겠어라우. 기다리라우. 이놈 전쟁이 언제 끝날지 모르겠어라우. 정말 전쟁이 싫어졌어라우. 지긋지긋해졌어라우. 누구를 위해 총을 쏘는지 의문이었어라우. 차라리 패잔병으로 여기 남을 수 있다면 좋겠어라우."

점둘 귀에는 아무 것도 들어오지 않았다. 혼란할 뿐이었다.

"내 이름은 정팔광이라우. 기다리라우. 부탁이라우. 이 정팔광이 죽었으면 잊으라우."

점둘 귀에 그 이름 석 자만 맴돌았다. 정팔광 정팔광……. 그는 벌써 저만큼 걸어가고 있었다. 점둘이 꿈인 것 같았다. 얼마동안 따웃고개만 망연히 쳐다보았다. 바로 이날 밤 총소리도 없이 국군이 들이닥쳐 삼밭골마을을 수색했다. 정말 한 방의 총소리도 들리지 않았다. 아무 저항도 없이 물러간 인민군. 삼밭골마을은 겨우 두 달 남짓 인민군에게 감금당했다 별 고통 없이 풀려났다. 며칠 뒤에는 피난 갔던 사람들이 허기져 지친 모습으로 돌아오고 있었다.

2.

밤이 한참 깊다. 방에는 불도 꺼져 있다.

김칠성 내외는 하마 며칠째 잠을 못 이루었다. 보통 심란한 일이 아니었다. 이 웬수 같은 딸년을 어떻게 할지 모른다. 집구석에 망조가 씌어도 보통 씌운 것이 아니다. 함부로 입 밖에 낼 수도 없다. 시집도 안 간 딸년이 임신했다면 말이나 되는가 말이다. 그것도 하필이면 인민군놈 새끼라니……. 피난 못 가서도 눈총거리인데 점둘이 인민군새끼까지 밴 거 알면 동네 우세는 고사하고 지서에 잡혀가서 문초를 받아 마땅했다. 낮말은 새가 듣고 밤 말은 쥐가 들어 내외끼리도 머리를 맞대 한 번 터놓고 궁리하

176 씨알

기 어렵다.

"이 웬수년을 어쩌면 좋담? 죽이지도 살리지도 못하고⋯⋯."

그 어미 허말년은 한숨을 푹 내리 깔았다.

"뒈질라고 작정을 했으면 참말로 뒈질 것이지 왜 하필이면 썩은 가지에 목을 매서 사람 속을 이리도 뒤집어놓노. 참말로 뒈져버렸으면 지 한 목숨으로 끝날 거 아이가. 쯔쯔쯔⋯⋯."

그 아비 김칠성은 울분이 터져 자기도 몰래 목소리를 높였다.

"쉿, 누가 듣는다만. 누가 들어 알까 가슴이 콩알만 하다만."

허말년은 목소리가 바깥으로 새어날까 지레 겁을 먹어 있었다.

"이 무슨 놈의 꼬락서니고? 그년을 당장 죽여도 시원치 않은데 마음 놓고 말도 못 하이 복장 터질 일 아이가?"

"난들 복장 안 터져 참는 줄 아나? 말이 바깥에 샐까 그렇제. 남들 알아봐라. 머릇카겠노?"

"까짓 남들이야 뭐 겁나노? 지서에 알아봐라, 집구석이 어예 되겠노?"

"내 말이 그말 아이가. 그르으니 말조심하라 안카나."

"에잇 쯔쯔⋯⋯. 목을 매려면 한 번인 딴아 옳게 맬 것이지 왜 하필이면 썩은 가지에 매노?"

김칠성이 오죽 답답했으면 그 말이 나왔겠는가⋯⋯.

"그르으마 참말로 점둘이 죽기를 바랬나?"

"쯔쯔⋯⋯."

"지년 심정도 어떡했으면 목매 죽을라 했겠노? 어지간한 결심 가주고 목을 매겠나? 죽을 결심을 했제만은 못 죽은 거다. 그것만은 하늘이 도운

거다. 아무럼 생목숨 끊어서야?'

점둘이 감나무에 목을 매지 않았으면 그들 부모는 아직 모를 일이었
다.

매달 어김없이 흐르던 그 귀찮은 출혈이 멈추어지자 점둘은 가슴이 섬
뜩했다. 고추밭에서 당했던 인민군 흔적이 뱃속에 나타나고 있었다. 이 일
을 어쩌면 좋담? 점둘은 그 인민군 모습이 되살아났다. 솔직히 그립기도
했다. 나의 아주 중요한 알맹이를 뺏어간 남자였다. 그러나 어쩌겠는가?
그 인민군은 쫓겨 갔다. 피난 나갔던 사람들이 되돌아와서는 인심을 껄끄
럽게 만든다. 피난 안 나간 사람의 꼬투리를 잡아 부역자로 고발을 했다.
점둘이야말로 그 비밀이 드러나면 고발감이 되고도 남았다.

점둘은 일찌감치 자기 한 목숨 죽는 길밖에 없다는 생각을 했다. 한밤중
에 뒤란에 있는 감나무 가지에 스스로 목을 맸다. 그 어두운 그믐밤. 고목
이 된 감나무는 점둘의 목을 매달고서 스산한 바람을 일으켰다. 물론 점둘
은 그것이 썩은 감 나뭇가지라고는 생각하지 않았다. 내 한 목숨 죽기 위
해 목만 매달았을 뿐이었다. 그러나 숨이 조이기도 전에 썩은 가지는 뿌드
득 힘없이 부러졌다. 죽으려 결심했던 몸뚱이는 땅바닥에 엉덩방아 찧는
소리만 냈다. 밧줄에 묶인 목울대에서는 첫닭울음 소리 같이 끄으윽 끼이,
끄으윽 끼이……. 잠이 깬 김칠성 내외는 무슨 일인가 싶어 밖으로 뛰쳐나
와 소리나는 뒤란 감나무 밑으로 갔다.

"이게 뭐고?"

처음에는 첫닭울음 소리가 점둘 모가지에서 나오는 줄 몰랐다. 점둘이
그렇게 목매 있을 줄 누가 짐작이라도 했겠는가. 그러나 자세히 보니 점둘

이었다. 점둘 모가지에는 밧줄이 감겼고 그 목구멍에서 괴상한 소리가 흘렀다.

"어그매, 이게 누고? 점 점둘이 아이가?"

허말년은 놀라자빠질 뻔했다. 김칠성이 목에 밧줄을 풀어 안아 방으로 들어갈 때도 점둘의 사지는 축 처져있었다. 그 몸뚱이가 죽은 시체로 착각할 만했다. 저녁 잘 먹은 년이 목을 매 죽다니……. 김칠성 내외는 꼼짝없이 죽은 줄 알아 망연자실해 정신을 놓았다.

"야 이년아, 야 이년아, 니가 왜 이카노? 뭐 때문에 죽노? 죽어도 영문은 알아야제?"

허말년이 눈물을 한 바가지나 쏟은 다음에 점둘이 꿈을 깨듯이 일어나 앉는다. 일이 이쯤 되면 점둘이 이제 무엇을 숨길 재간이 없었다. 죽기로 결심하고 감나무에 목을 매달았는데 멀쩡하게 살아 있어 속일 수 없게 돼 버렸다.

"뭐 때문에 목을 맸노?"

"아를 뱄다."

"뭐라고? 아를 뱄어? 처녀가 아를 뱄어? 누구 아를 뱄노?"

"말 못한다."

"말 못해? 이년아."

"못한다."

"뭐이라, 이년아. 애비가 누구고? 말해라? 말 안하만 애미가 목을 맬끼다. 아 애비 이름이 뭐고?"

"팔광이다. 정팔광이."

"그게 누구고? 뉘집 자손이고?"

"뉘집 자손인지는 나도 모른다."

"그라만 그게 누구고?"

"인민군이다."

"어매……. 인민군 새끼를 뺐단 말가? 어매……."

"그 때문에 말 못한다 안카다."

"당했나?"

"당했다."

"몇 번이나 당했노?"

"세 번 당했다."

"야 이년아, 이 죽일 년아, 세 번이나 벌려줬단 말이가? 세 번이나? 그르이 아가 들어서지. 뭐를 믿고 이년이 세 번이나 벌려주노?"

"벌려주고 싶어 벌려줬나? 총 멨는데 무슨 방법 있노?"

"아이구 내 못 산데이. 이일을 어쩌노?

모녀끼리 주고받는 말을 듣고는 김칠성이 몽둥이를 찾아들어 딸년을 패 죽이려 달려들었다. 허말년이 중간에 서서 거품을 물며 막으며,

"이 분란 담 넘으면 안 된다. 왜 이카노? 남의 귀가 겁도 안나나? 제발 참아주소 엉? 참말로 이카만 안 된데이. 이카만 참말로 안 된데이. 집구석이 왁자지껄 분주하면 남이 알아뿐데이. 이런 일은 조용해야 된다 말 아이가. 제발 좀 떠들지 말제이. 떠들수록 불난 집에 부채질한데이."

김칠성 성질이야 딸년을 당장 패 죽여도 시원치 않았다. 두 팔을 벌려 가로막아 입에 거품을 내무는 여편네를 보아 물러섰다.

이런 일이 생기고 집구석은 삭풍이 지나간 것보다 더 싸늘했다. 점둘은 방구석에서 두문불출이고, 김칠성 내외는 말을 잃은 채 속으로만 끙끙 앓는다. 밤은 얼마나 깊었을까? 바람소리가 지나가도 가슴이 조여들었다.

"시집을 퍼떡 보내쁠만 어뜰꼬?"

김칠성이 불쑥 내뱉은 말이었다.

"시집을?"

허말년도 그 생각을 해보았다.

"세상에는 팔푼이도 있고, 칠삭둥이도 있는데, 지금 시집 가만 팔푼밖에 더 되나?"

"시집만 간다면서야 칠푼 되든 팔푼 되든 알게 뭐고?"

"쯔쯔. 에미가 돼서 딸년 하나도 간수를 못해 놓고, 쯔쯔, 이래 속을 썩이노."

"아이구 시상에, 저 말 하는 거 보래이? 점둘이 내가 그래 만들었나? 어찌 내 탓만 하노?"

"그라만 누구 탓을 할꼬? 인민군이 동네를 염탐하고 다니는데 다른 처녀를 왜 집문 밖에 내놓았노? 따발총 갖다대고 한 번 벌려라 이년 하면 안 벌려줄 여자 어데 있었노? 아예 집문 밖을 못 나가게 했어야제. 내 말이 틀리나?"

"말소리 좀 낮추라. 인제 와서 누구 잘 잘못 따지면 뭐하노? 그릉거 따지다 보면 언성이 높어서 남이 듣게 된다. 이거 어데 남 들어서 될 일이가?"

"내 말은 첫날밤에도 아가 생긴다 이기다. 퍼떡 시집보내서 첫날밤에 아가 생겼다 하면 팔푼밖에 더 되나 이 말이다."

"그건 그렇데이. 아직 두 달도 채 안 됐을 기다. 인민군이 쫓겨간 지 얼마 되노?"

"두 달은 무슨 놈의 두 달? 퍼떡 시집 보내뿔자 우리."

"그래에 퍼떡 시집보낼 데가 어데 있노? 신랑감이 그래에 빨리 나타난다 카다아?"

"서둘면 안 될 것도 없제. 늦추다가 칠삭둥이에도 모자라면 의심받는다. 옛말에도 아홉달만에 기나오는 아는 없어도 여덟달만에는 잘 기나온다 안카나. 칠삭둥이도 드물게는 있단 말이다. 지금 서둘러서 퍼떡 시집 보내뿔만 여덟달만에 기나오는 아 아이가? 그래만 되면 인민군 새낀지 뉘집 아 새낀지 알게 뭐꼬?"

"말이야 그릇다만 그게 어데 쉽나? 그른 신랑감이 갑자기 어데서 나타나노? 하늘에서 떨어지나 땅에서 솟나?"

"저 저 빌어먹을 년……. 이 차판에 더운밥 찬밥 가릴 것이 어데 있노? 문둥이도 좋고 다리몽뎅이 부러진 놈도 좋다 말이다."

"어매이……. 그래는 못 한다."

"못 하면 어쩔 기고? 인민군 새끼를 낳을 기가? 인민군 새끼를 낳아서 어쩔 기고? 시집도 안 간 처녀가 인민군 새끼를 낳아서 어쩔 기고 말이다? 언놈의 집구석 망하는 꼴 볼라고 그르으나?"

"문둥이, 다리몽뎅이 부러진 놈, 생각만 해도 끔찍하다."

"이 여편네야, 꼭 그렇다는 게 아니라 이치가 그렇다는 말이다."

"이치가?"

"그래. 아무 소리말고 낼 서호댁을 당장 찾아가그라."

"서호댁을?"

"그래도 내 말이 무슨 뜻인지 모르나?"

"그 혼사는 우리가 싫다 했는데?"

"그때는 그때고, 지금은 우리가 한 번 매달려 보는 수밖에는 없제. 서호댁만 잘 주무르면 어예 새로 시작될지 누가 아노?"

전쟁 터지기 전에 서호댁이 매파가 되어 점둘 혼삿말이 한동안 오고갔다. 말이 부푼 서호댁은 거짓말을 배나 얹어서 이러쿵 저러쿵 떠벌렸다. 처음에는 서호댁 말만 들어 솔깃했다. 스무 살을 넘겨 넘고처진 처녀 소리 듣기 전에 시집보내고 싶었던 계획에 서호댁이 부풀리지만 않았으면 되었다. 어떻게 줄을 대서 그쪽 사정을 알아본 결과 서호댁 말은 반도 믿기 어려웠다. 살림살이도 영 형편없었고, 더욱이 독자란 말은 사대독자를 두어 한 말이었다. 사대를 독자로 겨우겨우 손을 이어온 내력이라면 집안이 외로울 것은 뻔한 이치였다. 그런 집에 시집가면 다시 손을 이을 아들을 기다리지 않고 금방 낳아줘야 하는 부담을 안았다. 시집가서 만약 딸만 연거푸 낳으면 옴츠려 사는 신세를 못 면한다. 그것을 알고 그쪽과 혼사 말을 접어 서호댁 입이 한 자나 틀어졌다. 그랬는데 서호댁을 다시 찾아가서 그 혼사를 새로 주문하기에는 얼굴 붉어지는 일이었다. 그러나 목마른 자 우물 판다는 속담과 같이 허말년이 체통을 바짝 낮추고 서호댁을 찾아갔다. 차제 찬밥 더운밥 가릴 형편이 아니었다. 아무럼 문둥이, 다리몽뎅이 부러진 데 비할쏘냐? 이목구비만 멀쩡해도 그게 어디라고…… 사대독자는 이제 쳐다보이는 눈높이였다.

뜰을 쓸던 서호댁이 대문 안으로 들어서는 허말년을 보고는 찾아오는 사람 차마 외면 못해 뼈 있는 말을 해서 꼬집었다.

"뭣이 답답어 우리 집을 다 찾아오노?"

한 번 비뚤어지면 좀처럼 풀어지지 않는 서호댁이었다. 그녀는 아직도 매파섰다 호되게 차인 감정이 남아있는 것이다. 허말년은 어색하기가 그지없었도 이제 내가 아쉬워 수모를 감당한다.

"뭐를 그리 싹싹 쓰니껴? 대강 좀 쓰소? 한 번 쓰고 치울 일도 아인데……."

"하고 싶은 말 있거덜랑 퍼떡하고 가그라. 아침부터 반가운 손님도 아니면서……."

곱게 하던 빗자루질도 서호댁은 일부러 획획 휘둘러 먼지를 날렸다.

"사람이 살다보면 어째 반가운 손님만 찾아드니껴?"

"할 말 있으면 퍼떡하라 안카나? 바쁜 사람 붙들지 말고."

"그르지 마소오. 언제 우리가 싸우기라도 했니껴?"

"싸우는 기 따로 있나? 기분 상하면 싸우는 기지."

"인제는 맘 푸소. 맺힌 맘 있거덩 다 푸소."

"그말 할라 찾아왔나?"

"사실은 그 혼인 새로 한 번 알아봐 달라고 왔니더"

"뭐라고?"

서호댁이 빗질을 잠시 멈추고 힐끗 바라본다.

"왜요? 새로 한 번 알아보면 안 될리이껴?"

"뭐를 새로 알아봐?"

"그 혼인 말이시더."

"그 혼인이 뭔데?"

"우리 점둘이 말이시더. 전에 서호댁이 말하던 그 총각과……"

"난 또 뭔 소리라고?"

서호댁이 냉소했다.

"다시 한 번 알아봐 주면 안 될리이껴?"

"아 그 혼인 싫어한 게 누군데? 싫다 해서 빵구낸 기 누군데? 인제 와서 귀딴 소리 하노? 그 중매하다 내가 얼매나 모함 먹었노? 내가 무슨 거짓 말했다고 그 야단 쳤노? 그래놓고 지금 와서 내가 새로 나서라는 이야기 가? 난 그래 못 한다."

"……"

허말년 가슴이 덜컹 내려앉았다. 서호댁이 거절하면 방법이 없다. 참말 로 이러다가 문둥이, 다리몽뎅이 부러진 총각이라도 좋다하게 될지 모른 다.

"싫다 글제는 언제고 좋다 글제는 언제로? 그 중신을 다시 하라고? 내 가 뭐 점둘 어매 하자는 대로 이랬다가 저랬다 하는 꼭두각시가? 점둘 어 매 눈에는 내가 쓸개도 없어 보이나? 난 그래 못한다. 그 혼인 때문에 내가 얼매나 그쪽에 욕을 얻어먹었는지 알기나 아나? 다른 데도 아닌 내 친정 곳 사람 아니가. 다 돼 가던 일이 점둘 어매 싫대서 터졌는데 그쪽에서 날 욕 안하게 생겼나? 날 보고 믿는 도끼에 발 찍었다 했을 끼다."

"서호댁요! 혼인이라는 기 잘 되다가도 안 되고, 안 되다가도 잘 되는 거 아잉겨? 지나간 일은 그만 잊어뿌소. 내가 좀 싫은 말했다 해서 어예 그것만 맘에 품어 되새기니껴? 서로 말이 오가다 보면 듣기 싫을 때도 있고, 듣기 좋을 때도 있지……. 지난 일은 접어 치우시더. 그라고 우리 새로 한 번 다시 시작해 보시더."

"아 사대독자한테는 죽어도 시집보내기 싫다했던 사람이 누군데? 대대로 일찍이 사별하여 아들 둘도 낳을 기회 없어 그를끼라고 했던 사람이 누군데?"

"그때는 그때고요."

"지금은?"

"지금은 전시 아잉껴. 혹시 군대 안 잡아갈지도 모른다는 생각이 들거덩요. 그것만해도 어디이껴. 이 전쟁통에 군대만 안 가도 어디이껴. 전쟁이 이래 갑자기 터질 줄 누가 알았니껴. 그를 줄 알았으면 그때 왜 마다했을까봐요. 한 치 앞도 못 내다본 내 잘못이더."

허말년은 얼굴을 붉혀서 빌미를 만들었다.

"이제 보니 꿍꿍이 수작이 따로 있었구먼 그래. 약싹빠른 고내이(고양이) 밤눈 어둡다더니만 헛 꿍꿍이 수작이구먼. 이 난리 통에는 나이 되면 차례대로 다 빼 간다두만. 나이 되면 군대 안 갈 사람이 없다두만."

"아무리 그렇지만 사대독자까지야 징집하겠능기요?"

"모르는 소리 말어. 지금 난리가 어떤 난린데? 사대독자고, 오대독자고 군대 안 가고는 못 배긴다더라. 그리고 또 혼사 맺기 싫다는 집보고 어떤 사람이 기다리고 있다카다아?"

"무슨 소리이껴? 벌써 다른 데하고 매약 먹었뿌랬단 말이껴?"

허말년은 낭패를 느낀다.

"알끼 뭐고?"

"서호댁요? 참말 아이제요?"

"참말인지 거짓말인지 나도 잘 모른다."

"바로 말하소."

"뭐를 바로 말 하노?"

"그쪽 총각 아직 장가 안가고 있지요?"

"있는지 없는지 낸들 아나."

"소식 들었을 꺼 아이껴?"

"무슨 소식을 듣노? 전쟁 터지고 그쪽 걸음 한 번도 못 했으이 무슨 소식 듣노? 내가 가봐야 알제?"

"한 번 가보소!"

"신 닳아가며 일없이 뭐 할라고 댕기노?"

"백고무신 한 켤레 사 드릴끼 한 번 가보소."

"백고무신 한 켤레 사 준다고?"

서호댁 마음이 은근히 당겼다. 안 그래도 고무신 바닥이 다 닳아서 진날에는 물기가 스며들었다. 진작 그랬으면 비꼬지는 않았다.

"가서 보고 아직 정한 데 없으면 우리하고 맺어주소."

"또 전번같이 다된 밥에 재 뿌릴라고?"

"이번은 안 그르니이더. 그를라만 뭐 땜시로 찾아 와서 이르겠니껴? 이번에는 그쪽에서 좋다면 되니더. 믿으소."

"꼭 그릇다만 내 한 번 걸음 해 볼까?"

백고무신 한 켤레에 서호댁 앙금은 녹았다. 허말년이 한시름 놓지만 낭

패가 다 사라진 것은 아니다. 그쪽 총각이 아직 그대로 기다려 있으란 법
은 없었다. 서호댁 말처럼 이미 혼사를 다른 데로 정해버렸다면 큰일인 것
이다.

3.

서호댁을 기다린다. 저녁밥상까지 차려놓고 기다리다 안 와서 자기네
들은 먼저 먹고 상 하나를 따로 보아놓았다. 서호댁이 오면 그 밥상부터
내 놓을 참이다. 반찬도 전에 없이 몇 가지 더 얹혔다.

서호댁에 줄 백고무신 한 켤레를 사기 위하여 장날을 기다렸다. 어제 장
을 갔다 오는 길에 서호댁을 만나서 전달을 했더니 오늘 일찍이 가겠다는
말을 들어 하루가 여삼추(如三秋)인 허말년이 그래도 미심쩍다 싶어 일부
러 불러서 새벽밥까지 해 먹이는 부산을 떨었다.

"자고는 안 올 끼이니……."

서호댁은 기분도 괜찮게 길을 떠났다.

당일 왕복 길은 멀었다. 삼십 리를 고스란히 걸어서 왔다갔다하는 거리
인데, 그쪽에 가서는 가까운 몇몇 친정집안을 찾아 인사하고 나서 총각집
에 들러 중매 보따리를 풀기에는 시간이 너무 빡빡했다.

허말년은 벌써 세 번째 마당 밖을 나가서 먼눈을 둘러보고 들어왔다. 총
각이 이미 다른 데 매약을 먹었으면 어쩌나 하는 불길한 예감이 들어 한

자리에 지긋이 앉아 참지를 못 한다.

"일이 터지지 않아야 할텐디."

여편네가 들락거려 하마 몇 번째 같은 말을 하는데 김칠성 심장이 상했다.

"방정맞은 소리 제발 좀 덜해라."

김칠성이 윽박질렀다. 이놈의 여편네는 통 싹수가 없었다. 그렇게 안달이면 전쟁 터지기 전에 그쪽에서 매달리던 혼사를 깨는데 왜 앞장섰느냐 말이다. 그때 그만 앞뒤 가리지 않고 후딱 시집보내버렸으면 이런 악재는 터지지 않았을 것 아닌가. 그게 두고두고 불만이었다.

"어매. 말 좀 하는 거 보래이. 뭐가 방정맞노?"

"방정 안 맞으면?"

"혹시 아나? 누구하고 맺었는지."

"맺기는 뭘 맺어? 이 난리통에 모도 그를 정신이 어데 있었노? 장가가고 시집갈 정신이 어데 있었노? 한쪽에는 아직 총소리가 들린다, 이 여편네야. 그거는 전쟁이 터지기 전에 할 소리다. 전쟁이 터지고 내 목숨 하나도 건사하기 힘들어 쩔쩔 맸는데 언놈이 장가를 가고 언년이 시집을 가아? 무슨 정신으로 그래? 모도 피난 갔다 와서 아즉 앉을 자리도 못 보고 헤매는데 시집가고 장가갈 정신이 어데 있노? 그 때문에 아즉 장가보낼 정신 아이다고 내밀까, 내사 그게 걱정이다. 걱정도 걱정같이 해라. 엉뚱한 걱정하지 말고. 무슨 놈의 여편네가 걱정 하나도 제대로 할 줄 모르노?"

"그카만 어짜노? 이 달 넘으면 칠푼도 안 될 낀데……. 이 달에 시집보내 뿌래야 팔푼이라도 만들제. 칠푼이 낳았다카만 믿겠나?"

"그르으이 내가 처음에 뭐릇캤노? 문둥이도 좋고, 다리몽뎅이 부러진 놈도 좋다 안캤나."

"그건 안 된다. 그놈 문둥이, 다리몽뎅이 부러진 소리 입에 좀 덜 올리라. 듣기만 해도 끔찍하다. 아 우리가 왜 또 이른 이야기를 하노? 그만 하자. 누가 들을라. 왜 입이 모도 조심이 없고 자꾸 가벼워지노."

허말년은 또 자리를 박차고 나갔다. 같이 이마를 맞대고 앉으면 이놈의 영감은 모든 게 내 잘못이라 볶아댔다. 그게 어찌 내 잘못인가 말이다. 전쟁이 할퀴고 간 상처지. 전쟁이 안 터졌으면 이런 일이 왜 생기겠나? 낸들 따발총 갖다대고 벌려라 하면 안 벌리고 배기겠는가? 허말년 생각에 몰랐으면 몰랐지, 꼭 우리 집만 당하는 일이 아닐 것 같았다. 신발을 끌어 뜰을 내려서는데 어둠 속에서 사람 그림자가 얼른거렸다. 금방 방안에서 했던 이야기가 바같으로 샐 만큼 시끄럽지 않았는데도 허말년 가슴이 쿵덕했다.

"누구고?"

놀라 소리쳐 보니 점둘이 뒤간을 다녀오고 있었다.

"들앉아 안 있고 어데 싸대노? 사람 놀래게……."

허말년 눈에 딸이 딸 같지 않다. 웬수 덩어리가 집안에 숨어 있었다. 참말로 저년을 어떻게 할까…….

"오줌도 못 누라 말이가?"

억울한 점둘은 목구멍 짜는 소리를 냈다. 뒷간도 마음대로 못 다니는 미움을 한몸에 짊어지고 있었다. 하지만 집안에 무슨 일이 벌어지고 있는지 냄새 정도는 맡고 있다. 내 뱃속에서 움트는 인민군 씨앗을 사대독자에게

접붙이려는 음모가 잔인했다. 차라리 피똥을 싸서 콱 죽여 없애는 방법이 있다면 소태껍질이라도 삶아 먹으려만 자연낙태로 피똥 싼 이야기는 들어봤으나 소태껍질을 달여먹어 피똥 싼 소문은 없었다. 그렇다고 다시 내 목숨 끊을 결심은 엄두도 못 낸다. 감나무에서 한 번 떨어져 보니 죽기도 쉽지 않았다. 그믐밤이라 감나뭇가지가 썩었는지 안 썩었는지 모르고 목을 매달아서 그것이 썩은 가지였기에 다행이었다. 진짜로 목매 죽어서 감나무에 늘어뜨린 자신을 생각해 보면 소름이 오싹 끼친다. 목을 맬 때는 죽을 각오였지만 살아났기 때문이었다.

점둘이 막 골방으로 사라지고 피죽이 된 서호댁이 들어섰다. 가고 오는 길을 합쳐 육십 리를 마다 않고 당일 걸어 피죽이 될 만도 했다.

"아이고 다리 아파 못 앉겠다. 이이고 다리야! 아이고 다리야!'

방에 들어선 그녀는 눕기부터 했다. 저녁상을 앞에 바쳐도 손을 흔들었다.

"밥 먹을 정신이 어데 있노? 찬물도 안 넘어간다."

"간 일은 잘 됐니껴?'

허말년이 궁금해서 못 산다.

"잘 되기는 뭐가 잘 돼? 내사 마 공연히 갔다. 백고무신 한 켤레에 팔려서 간 기 후회가 열 갑절이구먼."

그 말만 들어도 허말년 가슴이 무너진다.

"무슨 소리이껴?'

서호댁은 이쪽에서 가져간 중매 보따리를 풀지도 못하고 되돌아 왔다. 친정집과 추녀를 맞댄 홀롯댁과 예전엔 친구처럼 지냈다. 그녀 아들이 사대독자였다. 외롭다는 뜻으로 부르기 시작한 명칭은 택호가 됐고 천수(千壽)라는 아들 이름 역시 수명을 비는 염원으로 지어졌다. 그 이름 앞에 성자를 붙이면 목숨의 길이가 배로 늘어나는 이천수였다.

서호댁은 그 집 대문 안으로 첫발을 들어 넣으면서 집구석이 전보다 더 침울하다는 생각을 했다. 초상집 뒷간처럼 을씨년스러운 기분이 들었다. 조심스러운 발걸음으로 다가가서 기침을 몇 번 했는데도 방안에서는 바깥을 내다볼 기미조차 없었다. 뜰에 가지런히 놓인 신발로 봐서 홀롯댁이 방안에 없지는 않았다. 서호댁이 크게 기침하여 방문을 열었다. 이불을 덮어쓴 홀롯댁이 홀쩍홀쩍 혼자 우는 소리를 냈다.

"어디 몸이 아픈가 보지?"

"……."

"많이 아퍼?"

그제야 홀롯댁이 헝클어진 머리카락을 쓰다듬으면서 못 이기는 척 일어나 앉았다. 그 눈시울이 퉁퉁 부어 있었다. 방안에 들어선 서호댁은 무슨 슬픈 일을 직감했다.

"자네가 어쩐 일이고?"

홀롯댁 말이 기어들었다.

"왜 집이 이리도 썰렁해 보이노? 병이 났나?"

서호댁은 방안을 두리번거렸다.

"아이고 서호댁이야. 남은 이 세상을 어예 살고?"

홀롯댁은 꺼지는 한숨을 내쉬었다.

"왜 무슨 일이고?"

"이 남은 세상을 어예 살고?"

홀롯댁이 눈물을 찔끔 짰다.

"무슨 일이고?"

서호댁이 간절한 마음에서 물었다.

"글쎄, 우리 천수가 군대 가야 한단다. 이놈의 난리는 무슨 놈의 난리로 사대독자까지 잡아가서 전쟁터에 세우노? 천수를 전쟁터에 보내놓고 내가 어예 사노? 군대를 가서 만약 잘못됐다카만 나는 누구를 믿어 살꼬?"

그 말을 들은 서호댁은 눈앞이 캄캄했다. 가지고 간 중매 보따리는 풀지도 못하고 물러 나왔다.

김칠성이 서호댁 이야기를 들으며 곰방대로 피운 담배연기가 굴뚝을 만든다. 까물거리던 등잔불이 연기에 가려서 더 어둡다.

"점둘 어매가 분명히 말했제? 사대독자는 군대에 안 갈끼라고. 그래서 점둘이를 그리로 시집보내고 싶다 말했제? 그른 말했는데 무슨 염치로 중매 보따리를 풀겠노? 중신 말을 꺼낼 엄두도 없더라. 사대독자이기 때문에 군대 안 간다는 희망만 믿고 중신해 달라는데 군대 가는 총각이 됐잖아. 내 무슨 할 말이 있겠노? 참말로 중신 이야기는 한 마디도 못하고 물러나왔다. 마, 일이 그래 됐으니 언지는 마, 그 총각 포기하고 잊어뿌라."

허말년은 할 말이 없다. 낭패만 크게 덮쳤다.

"그래 군대 가는 날짜는 언제라 카든데요?"

곰방대를 떨며 김칠성이 묻는다. 서호댁만 없었으면 여편네를 향하여 재떨이를 집어던졌을지 모른다. 군대를 가고 안 가고는 중요하지 않다. 하루 빨리 점둘을 치워버리는 것이 중요했다. 군대 안 간다는 빌미를 내세워

청혼을 했다면 중매 보따리를 풀지도 못한 서호댁이 맞다.

"한 여흘 남았다 카데요."

"여흘, 여흘, 여흘이라……. 시간이 촉박하기는 너무 촉박하다만……."

김칠성이 무슨 꿍꿍이 수작을 혼자 대고 있었다.

차려놓은 저녁상을 받아먹은 서호댁이 더는 할 말이 없다는 듯 자리를 털고 일어섰다.

"왜 벌써 일어서니껴?"

"그만 갈란다. 다리도 아프고, 집에 가서 누워야 편하제."

"할 이야기가 있으이 앉아보소. 뭐가 그리 바쁘이껴?"

김칠성이 치맛자락을 잡는다.

"무슨 할 이야기가 또 있노?"

"내 이야기를 쪼매만 더 듣고 가소."

"들을 이야기가 뭐 있노? 다 끝난 이야긴데……."

"앉아보소."

서호댁이 다시 앉았다.

"시월(세월)이 이난린데 문둥이, 다리몽뎅이 안 부러졌으면 군대는 다 가야하니더. 군대 안 가는 신랑감 찾으만 평생 처녀로 늙어죽니더. 마, 맘 냈는 김에 후딱 해치웠뿌만 싶니더. 어예 안 될리껴?"

"그게 뭔 소리고?"

"그쪽만 좋다하만 찬물 한 그릇 떠놓고 절 한 번 해서 시집 보냈뿌만 되니더."

서호댁이 의아해지면서,

"이쪽 집이 뭐가 그래 답답노? 군대 가는 날 받은 총각보고 시집보낼 일이 뭐 있노? 점둘이 갸가 인물이 못 났나 맘이 삐뜨나 어데가 어떻노?"

"세상이 하도 시끄러워서 그릇니더. 전쟁이 안 끝나만 일제시대 때매로 처녀 공출은 없을까 봐요. 일제 때 강제로 끌려간 처녀들 듣자하니 전쟁하는 일본 군대들 죽기 전에 그기라도 한 번 해보라는 노리갯감 됐다 안카니껴. 그때나 지금이나 전쟁 틀릴끼 뭐가 있니껴. 어야만 그때보다 더 할지 누가 아니껴?"

"그르만 진작 그래 이야기 했으만 가서 그래 이야기 했을꺼 아이가. 군대 안 갈끼라는 점둘 어매 말만 듣고 가서, 군대 가는 날 받은 총각한테는 내 입이 열 개라도 안 떨어지제. 진작 그래 말했으만 그쪽이야 얼싸 좋다 했겠제. 전쟁터에서 죽을지 살지도 모르는 사대독자에 행여 씨라도 떨어질지……."

"저 여편네가 뭐를 알아야 제요? 들어가는 대로 처먹고 나오는 대로 주끼는 것밖에 모르니더. 한 치 앞도 못 내다 본다니께로. 그러니 그런 말 했제요."

허말년은 속이 터져도 입을 깨물었다. 참지 않으면 어떻게 할건가. 이건 처음부터 참지 않으면 안 되는 일로 시작되었다. 내 속이 상한다 해서 남편 말에 대꾸하고, 그 대꾸가 다시 되돌아와 목소리 높이면 숨겨놓은 그림자가 솟아 바깥에 흘릴지 모른다.

4.

　물론 있어서는 안 되는 일이다. 설령 있었다 해도 드러내지 못하는 일이다. 그렇다고 전혀 없는 일이라고도 못 한다. 하늘이 높고 땅이 넓어 비밀이 숨을 곳은 어디에도 있다. 처녀가 아이 낳아 잿더미에 숨겨놓은들 누가 알랴? 점둘은 그것이 차라리 마음 편할 것 같다. 그 열 달은 어떻게 숨기느냐고? 부른 배를 칭칭 묶어서라도……. 참말로 이것은 너무한 짓이었다. 마당에 멍석 한 닢 깔아 상 차려 찬물 한 그릇 얹어놓은 데 절 몇 번 시키고는 시집이라는 곳으로 쫓았다. 그것도 내일모래면 전쟁터로 떠나 죽을지 살지도 모르는 사람을 남편으로 맞으라 했다.

　점둘이 왜 설움이 없겠는가? 하늘이 무너지고 땅이 꺼지는 것 같았다. 그러나 뱃속에 아이가 들었으니 어쩌겠는가……. 뱃속에 든 아이인들 신분이나 옳은가. 무찌르자 오랑캐 몇 백만이냐 속의 한 인민군 새끼였다. 점둘은 별 수 없었다. 부모가 하라는 대로 했을 뿐이다. 이놈의 전쟁이, 이놈의 전쟁이 멀쩡한 내 신세를 망쳐 놓았다고 어디 하소연 할 데도 없었다. 처녀 뱃속에 핏덩이 하나 품은 죄가 가혹하고 끔찍했다.

　생각하면 친정이나 시집이나 둘 다 똑 같았다. 딸년 뱃속에 잡풀 씨 하나 떨어져 자란다고 눈 가려 얼렁뚱땅 넘겨쳐 당연지사로 바꾸는 친정 부모나, 내일모래면 전쟁터로 나아가서 죽을지 살지 모른다 하여 씨라도 받아놓을 욕심인 사대독자 어미 홀롯댁이나 같은 저울에 얹으면 한 쪽도 기울지 않을 것이다. 또 홀롯댁 아들이 아무리 사댁독자이거늘 내일모래 전쟁터로 나아가는 자식을 번갯불에 콩 구워먹듯 장가 들여 생다지로 씨를

196 씨알

받겠다는 욕심이면 그 씨가 제 씨인지 남의 씨인지 알 게 뭐란 말인가. 그렇게 눈까풀이 뒤집혔으면 남의 씬들 내 씨로 아니 보이겠는가. 점둘은 양쪽 집을 다 싸잡아 비웃고 싶었다.

점둘이 첫 느낌에도 그 시집이 너무 썰렁했다. 가뭄에 콩 나듯이 손(孫)이 귀하여 사대독자가 되었는데 살뜰히 정붙여 줄 사람은 어디 있는가? 그래도 신행잔치 집이랍시고 새색시 구경 와서는 홀롯댁 의중을 너그러이 쓰다듬었다.

"하룻밤에도 만리장성을 쌓는다 안카나. 이틀 밤을 자면 이만리장성을 쌓제. 연때만 맞으면 첫날밤에도 아가 생기다 안카나. 그럴까 누가 아노?"

그 소리 들을 때만 홀롯댁 입이 올밤 벌 듯 벌어졌다. 전쟁터에서 살아돌아온다는 믿음이야 변함없어도 만약을 두고 생각하면 총각몽달귀신도 면하는 것이다. 그게 행여 첫날밤 아이가 생겨 손(孫)까지 이으면 썩은 고목에 꽃이 피는 형상과 같다.

시집온 첫날밤 점둘이 귀에는 친정어머니 말이 앵앵거려댔다.

"오늘밤하고 내일밤하고 두 밤뿐이데이. 꼭 합궁해라. 합궁 안 하면 큰일 난다. 첫날밤이고 나발이고 체면 차리지 말고 합궁부터 서둘러라. 단한 번이라도 좋다. 꼭 해라. 여덟 달만에 태나는 아는 누구도 의심 안 한다. 합궁 못했다카만 뭐 어예 되는 지 알제? 합궁도 안 했는데 아 생겨봐라? 전쟁터에서 신랑이 죽지 않고 살아 돌아오면 뭐가 되제? 하늘이 두 쪽 나도 합궁은 해야 된다. 무슨 수를 써도 합궁하고 전쟁터로 보내라 말이다."

점둘인들 그걸 왜 모르겠는가. 얼렁뚱땅 시집 온 것도 다 그 때문이었다. 남편을 몸으로 맞이했다는 의미는 잡초만도 못한 뱃속 씨가 하룻밤 사이에 온실에서 피어나는 화초로 변한다.

점둘이야 이미 결심한 바 있어 문을 활짝 열어 기다렸지만 명색이 신랑이라는 작자는 얼마나 부끄럼을 타는지 나무토막이 하나 옆에 누워있는 느낌이었다. 당초 접근할 생각도 않았다. 도리어 피하는 눈치였다. 사내가 쩨쩨하게……. 점둘은 화통이 터져도 여자이고 보면 차마 먼저 서두를 수 없었다. 문만 열어놓고 이제나 저제나 기다려도 무심했다. 제기랄……. 고자도 아니면서 신랑 신부 겨우 이틀 밤 자고 전쟁터로 나아가서는 죽을지 살지도 모르는데 체면 차려 부끄러워할 정신이 어데 있노……. 그건 점둘이 애를 태우는 일이었다. 점둘이 행여 고잔가 싶어 손을 한 번 슬쩍 스쳐 보았는데 막대기는 뻣뻣했다. 그러면서 써먹을 줄 모르는 걸 보면 좀생이 사내였다. 벌건 대낮에 고추밭고랑에서 다짜고짜 덮쳐누르던 그 인민군 생각이 절로 났다. 그놈은 지금 죽었는지 살았는지……. 차라리 그놈이 그립다. 내 몸을 세 번이나 할퀴고서도 모자라 뱃속에 씨까지 뿌려놓았으니 그 인민군 놈이야말로 이 좀생이 나무토막보다 잊기 힘드는 사내로 생각된다. 어느새 날이 밝아 말 한 마디도 옳게 건네지 못한 초야가 돼버렸다.

합궁도 못한 첫날밤을 그렇게 보내고 어설피 일어난 점둘은 예의 시어머니에 큰절을 올리는 법도로 시작하여 얌전한 새색시로 하루해를 넘겼다. 그리고 이틀째 밤을 맞았다. 이 밤이야말로 심판대 위에 서는 마지막 밤인 것이다. 내일이면 신랑 천수는 입대를 해야 한다.

점둘이야 물론 첫날밤처럼 문을 활짝 열어 기다려 보지만 상대는 여전히 냉랭했다. 당초 접근할 생각이 없는 무지렁이였다. 참으로 한심한 작자 같다. 이러다가는 신랑이고 나발이고 다 놓치고 말 것 같다. 점둘이 바짝

초조해졌다. 씨발놈, 고자도 아니면서……. 몇 번 손을 스치어 보았다. 고자가 아님은 어젯밤이나 마찬가지였다. 막대기가 솟아 옷에 차일을 친 게 분명했다. 홧김에 그놈 막대기를 확 분질러버리고 싶었다. 더는 참다못한 점둘이 체면이고 뭐고 가릴 것 없어 그 막대기에 손을 직접 갖다댔다. 순간 막대기가 꿈틀 하고 남자 몸이 움직였다. 드디어 합궁이 되는구나. 점둘은 그렇게 생각했다. 눈을 감고 그것을 기다린다.

"남자 여자가 뭐 제요? 참말로 참기 힘드네요. 그릇치만 우리 이를 꽉 깨물고 한 번 참아 보는 기 어뜰이겨?'

천수는 일어나서 신부에 말을 걸었다.

"……."

"내 말뜻을 못 알이겨?'

"……."

점둘은 김이 샜다. 하라는 그것은 안 하고 엉뚱한 소리를 해댄다.

"내 말은 말이시더……."

"뭐를 어째란 말이겨? 나는 하라 안카니이겨? 어젯밤에도 오늘밤에도 하라고 캤니이더. 하랐고 기다렸단 말이시이더. 내가 언제 못 하그러 했니이겨?'

점둘은 솔직한 말을 했다.

"내 말은 그기 아이시이더."

천수는 숨을 길게 내쉬었다.

"뭔 말이겨?'

하고 점둘이 물었다.

"합궁은 하지 말고 우리 다같이 참자는 거시이더."

"뭐라꼬요?"

"오늘밤만 참으면 되니이더."

"뭐라꼬요?"

점둘은 눈앞이 까마득했다.

"내 곰곰이 생각해 봤니이더."

"뭐를요?"

"합궁하는 기 좋은가 안 하는 기 좋은가 하고서 말이시이더."

".........."

"내 생각은 안 하는 기 꼭 좋은 것 같앴니이더."

"합궁 안 하는 기 좋다 캤니이껴?"

"예."

"왜요?"

"참말로 복장 터질 일 아이이껴? 이른 일이 세상에 또 어데 있니이껴?"

"뭐가 말이껴?"

"내일이면 전쟁터에 끌려가서 죽을지 살지 모르는데 장가를 갔으니 말이시이더. 이기 어째 내 본 맘이겠니이껴? 그저 나는 우리 어매한테 마지막 효도 한 번 하는 셈치고 장가 갔니이더. 그르나 내 본 마음은 그게 아이시이더. 내 본 맘은 딴 데 있니이더."

"그게 무슨 말이껴?"

"전쟁터에 끌려가면 죽을지 살지 모르는데 어째 내가 우리 어매 말을 거역하겠니이껴? 그거는 불효하는 거시이더. 마지막이 될지도 모르면서 우

리 어매한테 불효해서 되겠니이껴? 우리 어매한테 마지막으로 효도 한 번 하고 싶었니이더. 그래서 장가 갔니이더. 어매 말을 거절 못 했니이더."

"……."

"내 말 잘 들으소. 만약 내가 못 돌아오면 그쪽 입장이 어에 되니이껴? 내가 못 돌아오면 그쪽 신세까지 망치는 일이시이더. 오늘밤 색시가 내한 테 몸을 주고 나면 헌 몸 아이껴. 돌아오지도 못하면서 색시까지 헌 몸 만 들기는 참말로 싫니이더. 내가 살아서 돌아오그들랑 그때 가서 우리 첫날 밤 맞시이더. 그라고 죽어서 돌아오지 못하그덩 색시는 좋은 사람 만나 다 른데 시집가소. 오늘밤 내가 색시 헌 몸 만들기 싫은 거 그때문이시이더. 그쪽이 헌 몸 아이면 다른 사람 만나 시집가도 흠 잡히지 않니이더. 색시 몸이 그걸 증명하잖니이껴. 색시 몸이 처녀라는 걸 증명하잖니이껴. 색시 몸이 처녀로 남아 있으면 내보다 더 좋은 사람 만날 수 있니이더."

"난 그래는 못 하니이더. 이미 이 집에 시집 온 몸 아이니껴."

"참말로 색시를 위해서 하는 말이시이더."

"난 그래 못 하니이더."

"그래 못 하면 어얄끼이니껴?"

"한 번인 딴아 할라니이더. 언제 살아서 돌아올지도 모르는데 그날까지 기다리라는 말이니껴? 그래는 못 하니이더."

"색시 몸을 위해서 그래 하자는 것 아이니껴."

"그래는 하기 싫니이더."

"그렇게도 하고 싶으이니껴? 여자가 남자보다 더 하고 싶으이니껴? 나 는 참을 수 있니이더. 남자가 참는데 여자가 왜 못 참니이껴?"

점둘은 할말을 잃었다. 내가 암소처럼 발정하는 줄 아나? 뱃속에 든 잡풀씨 하나 아니면 뭐 때문에 매달리겠는가. 이 좀생이사내는 암소가 교미를 하고 싶어서 꼬리를 쳐들고 발정하는 줄 안다. 점둘이 그만 더러워서 아쉬운 소리 더하고 싶지 않다.

"하지 마소. 나도 싫니이더."

"색시요. 군이 날만 탓하지 마소. 색시도 잘못은 있니이더. 어짤라꼬 내일모래 전쟁터로 끌려가서 죽을지 살지 모르는 사람인 걸 뻔히 알고도 왜 시집올라 캤니이껴? 차라리 나는 그게 원망시럽니이더. 그른 사람한테는 죽었으만 죽었지 시집 못 간다고 내밀었으만 이런 일은 없었을 꺼 아이랬니이껴? 색시 맘이 너무 좋아서 그랬는지는 몰라도 첨부터 우리 집이 색시 시집올 곳은 못 됐니이더. 솔직히 나는 색시를 원망하고 싶니이더. 금방 군대 가는 총각한테 시집 못간다 딱 잡아뗐으만 이래 우리 집에 시집올 일 없었제요."

그 말은 남의 속내를 들여다보는 것 같았다. 점둘은 이불로 얼굴을 덮었다.

"우니이껴?"

"……."

"우니이껴? 우지마소. 내일이면 나는 떠나니이더. 떠나는 사람보고 눈물 안 보인다캤니더. 다시 한 번 말하제만 살아서 돌아오면 그때 가서 우리 첫날밤 맞이하시이더. 만약 기다리다가 소식 없그들랑 아직 처녀 몸이깨 좋은 사람 만나서 가소."

결국 마지막 밤도 합궁은 허사로 끝났다. 명색이 신랑신부인데 이틀 밤

을 자도 살 한 번 붙이지를 못했다. 이튿날 천수는 홑롯댁만 부둥켜안고 눈물을 짜다 떠나갔다.

점둘은 신랑이고 나발이고 얼굴 하나도 기억하기 어려웠다. 뱃속에서 자라는 잡초는 어떻게 될 것인가? 점둘이 시집 안 오기만도 못했다. 아니 걱정이 그전보다 더 크다. 그래 혼자 무심코 내뱉는 말인즉,

"씨발눔 전쟁터에서 죽었뿌라이, 죽었뿌만 이집 씨가 될 거 아이가……"

5.

문틈으로 새어 든 바람에 호롱불이 출렁댄다. 바깥은 어느새 밤기운이 차다.

김칠성은 목침을 베고 옆으로 누워서 곰방대를 뺀다. 그 옆에는 허말년이 앉아서 곧장 무슨 말을 꺼낼 듯하다가 참는다.

"그년 몸보신 좀 시켜주그라. 얼굴이 반쪽 아이가. 지 딴에는 단단히 고생한기라. 시집살이가 엄청 고되었을까봐? 생각하만 안 불쌍하나."

정작 말을 먼저 꺼낸 쪽은 김칠성이었다.

"불쌍하기는 뭐가 불쌍노? 당장 죽일 년 같다만!"

허말년이 윽박지르고 나섰다. 안 그래도 무슨 이야기를 꺼내려다가 입 밖에 선뜻 나오지를 않아서 참았다.

점둘은 며칠 전 근친을 왔다. 이유야 어찌 됐든 시집이라는 것을 가서 두어 달이나 있다가 친정에 첫걸음을 했다. 딸의 야윈 얼굴을 대하고 나니 아비되는 심정은 안쓰러웠다. 한평생을 거기 시집이라는 곳에서 입밖에 뱉어서 안 되는 비밀 하나를 지키고 살자면 마음고생이 보통 아닐 것이었다. 점둘이 그렇게라도 시집가지 않았으면 어떻게 할 뻔했는가? 김칠성은 후딱 시집보낸 것을 잘한 일로 믿는다. 비록 남편이 금방 군대 가는 설움은 당해도 딸년 뱃속에 든 아이는 명분이 설 수 있었다. 그 골치 아픈 일이 해결돼서 딸을 동정하는 마음이 은근했다.

"언지는 그 별난 소리 그만 해라. 다 참고 잊어뿌라. 다 지나간 일 안됐나……. 한쪽으로 생각하면 그년이 불쌍하지, 왜 안 불쌍하노? 그년이 뭔 죄가 있었노? 전쟁 터진 기 죄제. 전쟁 안 터졌으면 그년 신세가 그래 됐나? 아무래도 그보다는 시집 잘 갔을 끼다."

아무 영문도 모르는 김칠성이 딸의 처지를 두둔하고 나섰다.

"무슨 소릴 그래 하노? 내사 그년을 당장 잡아먹어도 시원치 않다만 썩 어빠진 몸보신 해주라 카노."

"좋든 싫든 시집가서 시집살이하고 온 년 아이가."

"시집살이하고 오만 뭐 하노?"

"금만 뭐가 또 잘못됐나?"

"아 그년이 글쎄, 합궁도 못했다 안카나. 한 번도 못 했다 안카나. 하늘을 봐야 별을 따제? 하늘도 못 보고 뭔 놈의 별을 따노?"

"니 인제 뭐라 캤노?"

김칠성은 누운 자리에서 벌떡 일어났다. 누워 빨던 곰방대를 화로 전에

대고 신경질로 똑똑 두드린다.

"한 번도 못했다 안카나. 한 번도……. 한번도 못 해보고 군대 보냈다 안
카나. 믿는 도끼에 발 찍은 거 아이고 뭐고. 이 일을 어쩌노 말이다. 이 일
을?"

허말년이 한숨을 내쉰다.

"참말이가?"

김칠성은 어리둥절하다.

점둘이 친정에 오자마자 허말년은 그 일부터 물었다. 딸을 앞에 앉혀 두
고 그것을 묻는 어미 심정도 할 짓은 아니었다.

"했제?"

"……"

"했제? 왜 대답이 없노?"

"하기는 뭐를 한다 말이고?"

"이년아, 합궁을 했나 안했나 말이다?"

"뭐를 말이고?"

"합궁 말이다? 합궁……?"

"치이……."

"대답하그라."

"……"

"왜 대답 못 하노?"

"어매, 인지는 참말로 그른 소리 듣기 싫다."

"했다는 뜻 이제? 그래 잘 했다. 인지는 마음 놓아도 되제?"

"치이……. 하기는 뭐를 해? 하늘을 봐야 별을 따제."

"아니 이년이, 그르마 못 한기가?"

"그래, 못 한기다."

"참말이가"

"참말이다."

"이년아, 참말 아이제?"

"할라 캐야 하제? 그기 어데 여자 혼자 하는 기가?"

"이년이 참말로 정신나간 소리한데이. 참말로 안했으만 어뜬게 할 끼고?"

"남자가 안 하는데 내 혼자 하나?"

"남자가 왜? 고자다?"

"고자는 아이라도 안 할라카드라."

"왜? 뭐 때문에?"

"전쟁터에서 죽을지 살지 모르는데, 살아서 돌아오면 그때 가서 실컷하고, 죽으면 처녀로 좋은 사람 만나 다시 시집가라 그러더라."

"미치고 환장하겠네. 그라만 이 일을 또 어쩌노? 니년 뱃속에 든 씨는 어쩌고? 미치고 환장하고 자빠질 노릇이데이……. 이 일을 또 어쩌노?"

허말년은 이 말못할 사연을 품고 몇날 며칠을 끙끙 앓았다.

여편네 이야기를 들은 김칠성은 울컥하고 화가 머리끝까지 치밀었다.

"그년이 그게 참말이가?"

"참말이제."

"이런 빌어먹을 년이 있나. 그르마 뭐 때문에 시집 갔노?"

"그르니 내가 그 말이제. 그것도 모르고 뭐 불쌍하이 몸보신 시키라? 뱃속에 씨가 쑥쑥 크라고 몸보신을 해? 죽여 피똥 물로 걸러내도 시원치 않는 터수에……."

김칠성이 연거푸 곰방대를 비운다. 일이 참말로 맹랑하게 꼬이고 있었다. 점둘이 시집보내고서 짐을 벗은 듯 가벼웠던 어깨도 잠시뿐 원상태로 되돌아왔다. 아니 더 복잡한 양상이 눈앞에 펼쳐져 있었다. 배태는 열 달을 채워서 세상 구경을 하고, 군대 갔던 사위도 돌아오면 더 큰 낭패에 부닥친다. 그렇다고 군대간 사위가 돌아오지 말라는 바람을 품을 수도 없었다.

"쯔쯔……."

김칠성이 어이없어 혀를 차댔고,

"벌써 넉 달이나 됐네……."

허말년은 하루가 무서웠다. 열 달 채우기는 눈앞에서 금방이었다.

점둘은 뱃속이 꿈틀하는 동요를 느끼고부터 그 씨를 뿌린 인민군은 어떻게 되었을까 속으로 궁금했다. 북쪽 어느 전쟁터에서 명색은 남편인 천수와 총을 겨눠 생사를 판가름할지도 모르는 일이었다. 점둘이 그걸 상상하면 내가 죽일 년이었다. 무슨 업보를 타고나서 한 몸으로 원수진 두 남자 사이에 끼었는가…….

"더 키우면 낙태도 없다. 생길 거 다 생겨봐라. 죽을라 카나? 죽일라면 지금 죽여야제."

김칠성 내외의 음모는 다시 시작되었다.

"무슨 방법 있나?"

"금계랍을?"

"금계랍이라고 캤나?"

"금계랍 먹고 낙태했다는 말 어데서 들은 것 같기도 하다만."

"어데서 들었노?"

"나도 잘 모르겠다. 어데서 들었는지? 통 생각이 안 난다."

"듣긴 들었제?"

"금계랍 먹고 낙태했다는 말 어데서 들은 것 같기도 하다만."

허말년은 근거도 없는 말을 되씹었다.

이튿날 김칠성은 새벽 같이 따웃고개를 넘어간다. 읍내 가지 않고 금계랍 구할 데가 없다. 전쟁 터진 후 무슨 약 하나 사기도 쉽지 않다. 면소재지에 오일장이 겨우 서지만 약장수는 자취를 감추고 없었다. 횟배 앓는 회충약 한 알을 구해도 읍내걸음을 했다.

김칠성이 시오리 길을 뛰다시피 하여 기차역에 도착했는데도 첫차는 이미 지나간 뒤였다. 빌어먹을……. 읍내 가는 기차는 하루 두 번밖에 없었다. 오후까지 기다릴 수 없어 김칠성은 걷기로 마음먹었다.

기차 길을 따라가는 도로 위에는 자갈을 깔아놓았다. 가뭄에 콩 나듯한 군용트럭이 지나가고 나면 먼지가 화약연기처럼 앞을 가렸다. 손을 들어 그 군용트럭을 운수 좋게 얻어 타는 수도 있다지만 김칠성에게는 그림의 떡이었다. 이게 무슨 지랄이람? 오십 리 길을 고스란히 걸어서 읍내에 도착했다. 전쟁 터진 후 처음 걸음하는 읍내는 낯마저 설어 약방 하나를 찾는데 몇 사람을 붙들고 묻는다. 마음은 조급하고 눈앞에는 해야 할 농사일들이 번번했다. 가을추수를 겨우 끝내서 가을갈이는 아직 엄두도 못 내고

있었다. 세상이 아무리 뒤숭숭해도 농사꾼은 일을 못 접는다.

김칠성이 약방문을 열고 들어가서도 말은 금방 나오지 않는다. 누가 속내를 들여다보는 것만 같았다.

"무슨 약 살라꼬요?"

약방주인이 촌노를 살피며 묻는다.

"금계랍 파니이껴?"

"요새 뭐 할라꼬 금계랍 찾니이껴?"

"초학 걸렸잖니이껴."

"요새 무슨 초학이니껴? 여름 다 간 지가 언젠데요? 초학은 찬바람 불면 없어지잖니이껴? 딴 병 아이니껴? 딴 병에 금계랍 먹으면 안 되니이더. 요새 초학 걸렸다니이께 이상하니이더."

"하여튼 금계랍 살라카니이더."

"금계랍은 많이 못 파니이더."

"왜 그르니이껴?"

"많이 먹으면 안 되는 약이시이더. 얼매나 독하다고요."

"얼매나 독하니이껴?"

"두세 알만 먹어도 하늘이 노랗니이더."

"그르만 뱃속에 아 괜찮니이껴?"

"뱃속에 아 들었으면 먹어 안 되는 약이시더. 큰일 나니이더."

"그르니이껴?"

"그르니이더."

이 골목 저 골목을 기웃거려 사 모은 양이 한 움큼이나 되었다. 약방문을 나올 때는 얼굴이 저절로 붉었다. 초학하면 여름철에 나도는 병인 걸 김칠성이 모르는 바 아니다. 이놈의 하루거리는 더운 여름에 몸을 오들오들 떨게 만들었다.

김칠성이 집으로 돌아왔을 때는 밤이었다. 조끼주머니에 든 약봉지를 꺼내 허말년 눈앞에 패대기쳤다.

"에이 망할 년……. 감나무에 목을 맸을 때 뒈졌으만 이 고생은 안 하제."

"또 그 소리가? 점돌이 참말로 죽었으면 속이 선했나? 생목숨 끊기를 참말로 바랬나? 걸핏하면 그 소리다. 엉?"

"금계랍 사니라 얼매나 애 먹었는지 알기나 아나? 읍내 약방 다 찾아댕겼다."

"없어서 그랬나?"

"독해서 두세 알 더 안 판다더라. 처먹어 피똥이나 왈칵 싸라캐라. 피똥 안 쌌다카만 내 그냥 안 둘 끼이다."

"안 두면 어얄끼이고?"

"배때기를 발로 확 밟아 없앨끼이다. 웬수놈 새끼 아이가. 뭐가 좋애서 웬수놈 새끼를 품고 있노? 인민군이 웬수 아이고 뭐고? 뭐 때문에 전쟁하노? 그 웬수놈이 쳐들어와서 전쟁하는 거 아이가."

"몇 알씩 먹으면 된다카도?"

"그걸 내한테 왜 묻노?"

"약 산 사람이 모르만 누가 아노?"

"그걸 물어보고 샀나? 그랬음만 한 알도 못 샀다. 이 여편네야."

"참 그렇제. 여남은 알 한목에 털어넣어뿔까?"

"하여튼 심하게 먹여뿌라. 설마 어른이야 뒈지겠나?"

허말년이 약봉지를 들고 점둘 방으로 갔다.

점둘은 친정에 오자마자 또 무슨 음모가 꾸며지는지 이미 짐작하고 있었다. 차라리 시집살이 할 때가 마음 편했다. 시집오자마자 신랑이 군대 갔다는 동정을 받아서 시어머니는 당신 아픔보다 며느리 마음고생을 더 아프게 생각했다.

"천수는 꼭 돌아온데이! 틀림없이 돌아온데이! 괴롭지만 기다려라! 내니 마음 모르는 거 아이다……."

시어머니는 진심으로 위로해 주었다. 그 위로를 받으면 점둘의 가슴은 뜨끔했다. 시어머니 말처럼 남편이 돌아오기를 진심으로 바라느냐 자신에게 물으면 뱃속에 든 씨는 또 어떻게 하는가? 그 잡풀씨 하나가 천수의 귀로를 막고 있었다. 점둘은 솔직히 합궁도 한 번 못한 남편이라 얼굴조차 기억하기 힘들었다. 차라리 기다리고 싶은 사람은 뱃속에 씨를 뿌린 그 인민군이었다.

점둘 방을 찾아간 허말년이 약봉지를 앞에 놓으며,

"이거 먹어라. 여남은 알 입에 탁 털어 넣고 물 마시그라."

"어매, 그게 뭐고?"

"금계랍이다."

"금계랍을 왜 먹노? 내가 초학 앓나?"

"초학 앓으면 무슨 걱정이고? 초학 같으면 걱정도 안 하제."

"그른데 왜 금계랍을 먹으라 하노?"

"몰라서 묻나?"

"이거 먹으면 아 떨어진다 누가 카도?"

"어데서 들었다."

"들은 소리 가주고 날 죽일라 카나?"

"죽을까 그릇게 겁나나? 감나무에 목매 떨어질 때는 언제로 이넌아?"

"한 번 죽제 두 번 죽기는 싫다."

"니가 왜 죽노? 뱃속이 죽제."

"같이 죽을지 어예 아노?"

"그것 먹고 같이는 안 죽는다."

"금계랍이 얼매나 독한데……"

"독하기는 뭐가 독하노? 어른은 안 죽는다."

"내상 겁 나 먹기 싫다."

죽음에 대한 공포증이 밀어닥친다. 점둘이 감나무에 목매 떨어지고는 죽음에 대한 공포증이 생겼다. 죽음은 멋모르고 한 번 시도하지 두 번 결심은 못 한다. 그것이 점둘의 실제 경험이었다.

"합궁도 못 한 넌이 무슨 할 말 있다고 먹기 싫노? 군대 가는 놈 붙잡고 죽자살자 합궁이라도 했으만 이 소동 안 떨지. 다 니넌 잘못이다. 알기나 아나?"

"왜 내만 잘못이고? 이틀 밤 자고 갈 놈한테 시집보낸 기 누군데? 전쟁에 끌려가는 사람이 무슨 여자불을 정신이 있노?"

"그르니이 니가 서둘라 내가 신신당부했제."

"그게 어데 내 혼자 서둔다 되나? 여자가 뭐 어예 서두노? 가랑이 벌리

놓고 하소하소 카란 말이가?"

"저년 말하는 거 보래이. 꼬치밭에서는 인민군한테 그리도 쉽게 벌렸
노?"

"꼬치밭에서는 내가 했나? 인민군이 했제. 차라리 난 그 인민군이 보고
싶다 아이가. 신랑이라는 사람은 얼굴도 기억 못 한다. 언제 얼굴 자세히
볼 여가 있었나?"

"참말로 이년 눈깔이 뒤집핫나. 이제 못 할 소리 없이 다 한데이."

"내 몸에 손댄 사람은 인민군 아이가. 신랑이라는 사람은 내 몸에 손끝
하나도 안 댔다. 그른데 누구가 더 그립겠노? 내사마 천순지 만순지보다
내 몸에 손댄 인민군이 더 그립다."

"듣기 싫다 이년아. 금계랍이나 어서 처먹어라. 어서……. 어서 처먹고
하늘이 노래져 봐라."

"어매, 참말로 날 죽일라카나?"

"죽이기는 누가 죽이노? 니가 왜 죽노? 씨가 죽지 니는 안 죽는다. 한 옴
큼 입에 털어 넣고 물 마시그라."

허말년이 점둘 손을 잡아 여남은 알 넘게 쥐이고 물그릇까지 받쳐들었
다. 설마하니 그것 먹고 어른이야 죽겠는가? 그러나 허말년은 두려움이
전혀 없는 것도 아니다. 점둘도 이까짓 것 먹고 내가 죽겠는가? 어머니가
성가셔 한 입에 삼키고 물을 꿀꺽꿀꺽 마셔버렸다.

"어매, 내 죽그들랑 눈물도 한 방울 흘리지 말그라."

점둘은 이불을 뒤집어쓰고 자리에 누웠다.

"엄살은? 그기 비상이라도 안 죽는다."

"비상이 따로 있나? 먹고 죽으면 비상이제."

점둘은 이불속에서 대꾸했다.

"죽으만 내 손가락에 불을 켜마."

허말년은 방을 나왔다. 그러나 마음이 불안한 것도 사실이었다. 저년이 저러다 참말로 죽기라도 하면 어쩌나……. 그래서 허말년은 밤중에 몇 번 방문 앞을 와서 딸의 동정을 살폈다. 문살에 귀를 쫑긋 기울여 한참을 들어도 숨넘어가는 신음은 한 번도 없이 코고는 소리만 들렸다. 그럴 것이 점둘은 약에 취해 정신없어 곯아떨어졌다.

며칠이 지나면서 김칠성 내외의 희망사항은 끝이 났다. 한 옴큼이나 되는 금계랍을 먹어도 낙태 기미는 없었고 생사람만 잡아놓았다. 그 며칠 동안 점둘은 문밖 출입을 못했다. 눈앞에 어지럼증을 느껴 일어나기도 힘들었다. 입맛도 뚝 떨어져 생다지 고된 몸살을 치러서 오기가 불끈 돋았다.

"사람을 이렇게 욕 비고서 아가 생견아 떨어지는가 봐라. 안 떨어진데이. 내 뱃속에 아가 어뜬 아고? 인민군 아새끼 아이가? 어지간해서 떨어질 아새끼가 아이다……."

그렇게 오기를 돋구다 보면 고추밭고랑에서 덮쳐 누르던 그 인민군 모습이 눈앞에 나타나는 것이다. 아니 그 인민군이 보고 싶어서 그렇게 그려 보았는지 모른다.

점둘이 자리를 털고 일어났을 때는 몸이 반쪽으로 줄었다. 그러나 뱃속은 여전히 튼튼했다. 그까짓 금계랍 먹고 뒤간 다리 사이로 쏟을 아새끼라면 처음부터 생기지도 않았다는 생각이었다. 인민군 새끼가 어떤 새낀데…….

214 씨알

"니 몸이 친정 와서 왜 그리 축 났노?"

서호댁이 점둘을 보고 깜짝 놀랐다. 그녀는 아직도 중신아비라는 사실을 잊지 않고 걱정을 했다. 그 말을 들은 허말년이 심드렁해서 내뱉는다.

"친정 오자마자 몸살부터 안하니께. 시집살이가 어지간히도 고됐던 모양이시더. 어예 시집살이를 그릇게도 심하게 시키니껴?"

서호댁은 듣기 싫어 금방 대문을 나가버린다. 궁금해서 걸음했던 발이 무안했다. 그러나 허말년은 서호댁이 그전처럼 대수롭지 않았다. 점둘이 시집가서 신랑과 합궁만 했으면 서호댁을 그전대로 대우하지만 목적이 비뚤어지고 보면 중신아비고 나발이고 원수질 일만 앞에 남아있었다. 그걸 모르는 서호댁은 문전박대를 받은 심정이 돼서 아주 섭섭했다. 백고무신까지 사서 결사적으로 매달릴 때는 언제고 지금 와서는 그 중신아비 면전에 대고 시집살이가 고되니 어쩌니 못마땅해 하는 꼬투리를 잡았다. 서호댁은 앞으로 그 집 대문 앞에도 발걸음하기 싫었다.

김칠성은 분통이 터졌다. 그놈의 금계랍은 돈만 없앴다. 다른 생각 하나를 떠올리고 있었다. 점둘의 배때기를 발로 짓밟을 수도 없고……. 그것이 바로 논밭을 가는 쟁기질이었다. 김칠성 머릿속에서 쟁기질을 처음 배울 때 일이 생생하게 떠올랐다. 하기야 스무 살 전후의 경험이라 까마득한 옛날 일이긴 했다. 그러나 그때의 아랫배 충격은 지금 생각해도 대단한 것이었다. 그보다 더 심한 고역을 찾기는 어려웠다. 배때기를 발로 짓밟아서 당하는 충격보다 별로 못할 것 없었다. 쟁기체가 아랫배에 꽉꽉 부딪치면서 창자가 뒤틀리는 통증을 느꼈다. 또 허리와 팔다리는 어떠했던가. 김칠성이 쟁기질을 처음 배울 때 한나절을 못 버티었는데도 배 허리 팔다리가 똑같이 저리고 아려 며칠 운신을 못 했다. 그 쟁기질이 지금이야 이력이 나서 손잡이만 잡으면 소가 알아서 이끌어 팥죽 먹기로 논바닥이 뒤집히지만 처음 배울 때는 어느 누구 없이 온몸으로 쟁기체를 부둥켜안아 몸부림치기 마련이었다. 그만한 충격이면 점둘 뱃속 아이도 깜짝 죽어 쏟아질 것 같은 생각을 했다. 그래서 여자는 쟁기질을 하면 안 되는 일로 미루었는지도 모를 일이었다. 어쨌든 김칠성은 또 하나의 방법을 생각하고서 저울질하다가 실행에 옮기기로 결심을 했다. 밑져봐야 본전일 뿐이었다.

새벽에 일어난 김칠성은 부산히 서둘러 쇠죽부터 끓여 먹였다. 그리고는 식전바람에 소를 몰아낸다.

"뭐 할라꼬 식전에 소를 몰아 내노?"

아침 밥하던 허말년이 고개를 내밀었다.

"가을갈이 처야제."

"갑자기 무슨 가을갈이고?"

"안 미쳤나? 무슨 갑자기고? 여가 없어 못 했제."

"어데 거 치노?"

"진등골 거 칠란다."

"하필이면 그 먼 데 끼고?"

"그르니이 아침 보내라. 점둘이한테……. 니는 오지마고 점둘이 보내라. 알았제?"

"그깐 가을갈이 쳐서 뭘 하노? 인민군이 또 쳐들어온다는 소문 편 한데?"

"그릇다고 농사 안 짓고 사나? 농사 안 지으면 뭐 먹고 사노? 인민군이 밥 먹여 준다 카다?"

"소문이 하 뒤숭숭해서 모도 일손 안 잡힌다더라."

"아침부터 웬 잔소리 그리 많노? 남들이야 일손 놓든마든 내 할 일만 하면 되제."

쟁기지게를 진 김칠성은 소의 엉덩이를 후려쳐 진등골로 향했다.

김칠성은 으슥한 진등골에서 일모작답 서마지기를 갈기 시작했다. 어차피 갈 논이었다. 식전바람에 반 마지기나 갈아서 점둘이 아침밥을 이고 온다.

점둘은 금계랍 후유증에서 벗어나 겨우 몸을 추슬러볼 만했다. 전에는 엉덩이 위로 머리꼬리를 출렁거려 밥그릇을 이고 다녔는데 그걸 시집갔다며 비녀를 꽂아서 어색한 머리터럭이 됐다.

"말로만 시집갔제 뭐? 그게 무슨 시집 간 기고? 눈감고 아웅 했제. 니기미 떠그랄거……. 앞으로 지 신세도 참말로 캄캄한 거 아이가."

딸을 바라보며 속으로 중얼대는 김칠성 마음 한 구석에는 불쌍한 생각도 들었다.

"아부지, 밥 잡수소!"

점둘은 논 가운데 밥그릇을 내렸다.

"그래. 워어 워……."

김칠성이 소를 세웠다. 산에서 장끼가 푸드득 푸드득 소리를 낸다.

"훠잇."

김칠성은 산을 쳐다보며 외마디 소리를 질렀다.

"뭔데요?"

점둘이 밥보자기를 걷으며 말했다.

"저놈 장끼가 보리 논 다 안 뺐으나. 한창 촉 트는 거 다 안 뺐으나. 저놈 뺀 자리는 보리싹도 없다. 니는 밥 먹고 왔나 어옜노?"

"버떡 한 숟가락 떠먹고 왔니더."

"아침 되도록 먹고 오제 왜?"

"그래 먹었니이더."

"잘 그랬다."

식전바람에 반 마지기 넘어 쟁기질을 해서 배가 고팠다. 김칠성이 밥 한 그릇을 뚝딱 먹어치우고 곰방대를 물어 뺀다. 그 곁에서 점둘이 밥그릇을 챙겼다.

"점둘아."

"예."

"쟁기질 한 번 해 보그라?"

"뭐라캤니이껴?"

"쟁기질 한 번 해 보그라 캤다."

"내가 어예 쟁기질 하니이껴?"

"왜 못 하노?"

"여자가 무슨 쟁기질 하니이껴?"

"여자는 왜 못 하노?"

"할 줄 알아야 하제요."

"배우거라. 앞으론 여자도 쟁기질 안 하고 배길 줄 아나? 사나꼬타리 군

대 다 가고 나면 쟁기질 누가 할끼이고? 할 수 없제. 여자라고 안 하고 배길 상 싶으나? 일찌감치 배우거라. 일찌감치 배워두면 시집에 가서도 남한테 아쉬운 소리 안 할 끼다."

"……."

"한 번 배워보란 말이다."

"……."

"내 시키는 대로 하만 배운다. 앞으로 사나 군대 다 가고 쟁기질 할 사람 누가 있노? 내 말대로 배워두거라."

"……."

"쟁기질을 배울 때는 아랫배를 쟁기몸체에 딱 붙여서 힘을 주그라. 안 그라만 중심이 안 잡혀 못 한다. 쟁기체가 배에 부딪치그들랑 같이 부딪쳐라. 원래 첨 배울 때는 다 그래 한다. 배로 쟁기체를 떠밀어라 말이다."

점둘은 한나절을 쟁기에 질질 끌려 다녔다. 아버지가 왜 쟁기질을 시키는지 알고 있었다. 그 아버지 심정을 거역 못했다. 하지만 못 할 짓이었다. 사람을 잡는 일이었다. 쟁기체에 부딪친 점둘은 아랫배가 아파 터질 지경이다. 소는 왜 이리도 우악스러운가. 쟁기체를 왈칵 잡아당겨서 멈칫 섰다. 그것이 아랫배를 때려부순다. 아이고 사람 잡네, 아부지요 나는 못 할시이더 하여 주저앉고 싶어도 억지로 참는다. 아버지가 왜 쟁기질을 시키는지 몰랐으면 벌써 논바닥을 뛰쳐나갔다. 소굴레를 잡아 이끄는 아버지는 일부러 소의 성질을 돋구어 횡폭하게 만들었다. 점둘은 논바닥에서 그렇게 한나절을 질질 끌려 다녔다. 아버지 목적을 위해 죽음을 무릅쓰다시피 발악을 했다.

점둘은 골병들었다. 쟁기 몸살로 또 며칠동안 운신을 못하고 앓아누웠다. 그러나 또 아무 소식이 없었다. 몸만 뒤틀리고 아팠다.

"차라리 나를 죽여라, 나를 죽여!"

점둘은 앓아누워 헛소리를 해댔다.

"이년아, 니 아부지가 다 니를 위해서 한 짓이다. 앞일을 한번 생각해 봐라? 신랑이 군대 갔다 와서 지 아 아이라면 어쩔래? 무슨 할말 있노?"

딸이 몸져누워도 허말년은 비호할 생각이 없었다. 혹시 핏덩이나 녹아 내리지 않을까 궁금해서 점둘 방을 드나든다.

"어매도 내가 죽으만 싶제? 난 인지는 안 죽는다. 한 번 죽어보제 두 번은 안 죽어 본다. 죽는다는 거는 생각만 해도 눈앞이 캄캄하다."

"누구 니 죽으라 카나? 아 죽으라제."

"이래 사람을 욕 비도 안 죽는 아를 어예 죽이노? 앞일이야 어예 되든마든 이제는 참말로 그만 두자? 세상이 어예 변할지 아나? 인민군 세상 될지 누구 아노? 국군이 또 밀린다 안카나. 아 애비가 살아서 날 찾아올지 아나?"

"니가 그기 할 소리가?"

허말년은 황당했다. 이년이 못 할 소리가 없다. 지금 어떤 세상인데? 큰일 날 소리를 다 한다. 그런 소리 함부로 입밖에 내다 지서에서 들으면 집구석이 쑥밭 되고 만다.

"했다가 버릴 말이라도 그른 소리 함부로 하지 마라."

"하도 나를 애 믹이니 하는 소리 아이가."

"아무리 그래도 입 밖에 낼 소리가 따로 있다. 지금은 아군 세상이다. 인

민군은 적군이다. 니 뱃속에 적군 씨가 들었단 말이다. 적군……. 그라고 니 신랑 되는 사람은 적군과 싸우러 나갔단 말이다. 그르니 원수의 씨가 니 뱃속에 안 들었나?'

김칠성은 속으로 이번에야 하고 믿었다. 한나절 쟁기로 배때기를 짓이겨 놓았으니 뒷간 다리에 피똥을 홍건히 싸놓을 것만 같았다. 사람을 바로 눕혀 배를 밟아도 그보다는 고통이 덜 했을 것이다. 소가 갑자기 멈추면서 쟁기몸체가 점둘 배를 윽박질렀을 때는 김칠성도 깜짝깜짝 놀라는 시늉을 했다. 그토록 일부러 소를 험상궂게 몰아 세웠는데도 불구하고 사나흘이 지나면서 김칠성의 기대는 또다시 수그러들었다. 점둘이 뒷간 가는 낌새만 봐도 쇠죽부엌 앞에서 담배 피우는 척 기다렸다 나오면 슬며시 들어가서 살폈다. 그 뒷간에 피똥을 싼 흔적은커녕 생똥만 옹골차게 쌓여서 중얼거린다.

"인민군 새끼란 참말로 지독하구나! 하필이면 애비를 닮았제. 에미를 닮았으면 그릇치는 않제. 에이 빌어먹을 년, 씨를 배도 지독한 씨를 뱄구나……."

금계랍을 한 옴큼 먹어도, 쟁기질로 배때기를 험상궂게 들이박아도 꿈쩍 않아 김칠성은 참말로 지독한 씨라 생각했다. 그렇게 지독한 씨면 더 이상 어떻게 할 도리는 없어 한숨만 나왔다.

김칠성 내외는 똑같이 밤에 잠이 오지 않았다. 김칠성은 밤새도록 곰방대를 떨고 허말년은 한탄스런 한숨만 높였다.

"이제는 저년을 어쩌지?"

"어쩌기는 뭘 어쩌? 두고 보는 기지."

김칠성은 이제 자포자기였다.

"그름 참말로 아를 낳으라 말이가?"

"안 낳으면 어쩔기고? 금계랍을 주먹으로 먹어도 안 되고, 쟁기로 배때기를 패대기쳐도 안 되는 씨를 안 낳고 배기나? 무슨 방법 있노? 다 부질없는 짓 아이랬나? 어른만 죽을 욕 보았다."

"시집가서 합궁도 못한 년이 무슨 소리하며 아를 낳을기고?"

"합궁을 했는지 못 했는지 누구 아노? 지켜본 사람 있다카다아?"

"같이 잤는 사람이 왜 모르노?"

"같이 잤는 사람이 언제 온다카다?"

"전쟁 끝나면 오제."

"안 죽고 온다 카다?"

"어매. 죽으라 카는 거 아이가?"

"내가 언제 죽으라 캤나?"

"그 말하고 틀릴 기 뭐 있노? 죽으란 말하고 똑같제. 전쟁터에서 인민군 총 맞고 죽었뿌라는 말하고 뭐가 틀리노?"

"……."

"그라마 점둘은 생과부 되는 거 아이가?"

"어뜬 년은 생과부 되고싶어 되나? 전쟁이 생과부 만들제. 어데 생과부가 지 하나뿐이겠나. 전쟁 끝나면 집집마다 생과부제."

"죄 안 받겠나?"

"죄는 무슨 놈의 죄?"

"원수의 씨로 그집 대를 물리는데……."

"허어, 그걸 누가 아노? 쓸데없는 생각 집어치워라. 다 전쟁 탓이제 우리가 무슨 죄 있노."

허말년이 입을 꾹 다물었다. 생각하면 끔찍했다. 사대독자는 전쟁터에서 인민군 총에 맞아 죽어, 그 원수의 씨로 그 집 대(代)에 접을 붙인다? 그러나 점둘에 대한 말썽을 재우려면 그것도 한 방법으로 고개를 쳐든다.

6.

까악, 까악…….

이른 아침부터 감나무 위에서 까마귀가 울어댄다. 홀롯댁은 지난밤의 꿈자리마저 뒤숭숭했다. 조상이 꿈에 보이면 불길하다는 이야기가 전한다. 돌아가신 시아버지와 시어머니를 꿈에서 보았다. 이십 몇 년 전의 살아생전 모습이었다. 하필이면 꿈자리마저 어수선한 날 아침에 내 집 감나무에 까마귀가 앉아서 주둥아리를 벌리는가? 안 그래도 군에 간 내 아들 사대독자 천수 소식이 끊겨져 근심걱정으로 하루하루를 가시방석처럼 보내는데 까마귀가 이른 아침부터 내 집안에서 울어 불길하기 짝이 없었다.

천수가 떠난 지는 넉 달이 되었다. 제주도에서 훈련을 다 마치고 어느 전선으로 배치된다는 편지가 마지막이었다. 때문에 홀롯댁은 안절부절 못하고 있었다.

"이놈의 전쟁은 언제 끝나노?"

천수가 입대한 뒤 마을에서는 네 사람이 더 징집됐다. 너 나 사정보지 않고 젊은 순서대로 잡아(?)갔다. 그들 중에 아직 잿봉지로 전달된 전사자는 없어 그나마 다행이다. 피난길에서 붙잡혀 간 달궁댁 둘째 아들은 어느 날 갑자기 잿봉지가 돼서 돌아왔다. 그 달궁댁은 얼굴도 없는 잿봉지를 안고 울고불고 야단치다 몸져누워서 아직 일어나지 못한다. 그러나 잿봉지라도 받아 다행이라는 말도 있었다. 피난길에 붙잡혀서 감감무소식인 사람도 있어서 나온 말이었다.

까악, 까악······.

"저놈의 까마구 좀 쫓았뿌라. 참말로 듣기 싫다!"

홀롯댁은 부엌 쪽으로 터진 방문을 신경질적으로 열어 며느리에 타일렀다.

"그걸 어예 쫓니이꺼?"

아침밥을 짓던 그 며느리 시큰둥해서 대답했다. 점돌은 근친 가서 친정에 한 달을 묵고서 다시 시가(媤家)로 되돌아온 지도 한 달여 됐다. 친정보다는 시집살이가 차라리 마음 편하다. 어느 누가 점돌 보고 입 다시는 사람이 없었다. 친정 부모는 한시도 곱게 보지를 않고 미움만 보탰다. 솔직히 친정에서는 시집갔다 온 딸이 증오의 대상이라도 되는 듯했다. 그 친정에서 당한 일을 생각하면 점돌은 무모해도 너무 무모한 행패에 가까워 있었다. 금계랍을 먹어 하늘이 노래져서 사지를 헤매다시피 하였고, 한나절 쟁기에 끌려다닌 후유증은 몇몇 날을 굴신도 못하고 앓아누웠다. 그 쟁기질은 정말로 배가 안 터져 다행이었다. 정말로 친정에서는 인민군새끼를 뱃속에 품었다는 그 이유 하나만으로 구박만 해댔다. 친정에 머물면 머물

수록 수모만 더했던 점둘이 까짓 나중에 닥칠 일은 생각하고 싶지 않았다. 우선 내 몸 하나 편한 대로 살고 싶어 다시 시집에 와서 머물고 있는 중이었다. 그래 친정보다 시집살이가 얼마나 더 편한지 모른다. 시어머니는 당신 고통도 뒤로 미루고 며느리 안쓰러워서 위로하는데 소홀함이 없었다. 그 시어머니 일일여삼추로 아들 편지를 기다리지만 점둘은 그 편지가 올까 내심 두렵다. 왜냐하면 천수가 살아서 돌아온다는 생각은 하고 싶지 않아서였다.

"감나무 밑에 가서 훠이, 훠이 하고 소리 쳐라."

홀롯댁은 며느리를 향하여 짜증을 좀 섞었다.

"그른다고 까마구가 날아가니이껴?"

"……"

홀롯댁은 입을 닫았다. 내가 뭐를 니한테 시키는 기 잘못이제. 니인들 왜 속이 안 터지겠노? 누굴 믿고 시집살이하노 생각이 왜 안 들겠노? 홀롯댁이 속으로 외며 부엌으로 통하는 방문을 닫았다. 홀롯댁은 며느리 심성을 아직 자세히 모른다. 시집을 온 지는 넉 달여 되나 한 달은 근친을 가 있어서 겨우 석 달을 같이 살았다. 열 길 물 속은 알아도 한 길 사람 속은 모른다고 그 며느리 내 집사람이 될지 안 될지 홀롯댁은 장담할 수 없었다. 그저 곱게 보아 두둔하는 편이 지금으로서는 홀롯댁이 처신할 수 있는 전부였다. 속으로 실망스러운 것은 그 며느리 아직 아무런 기미가 없어 희망을 포기할 수밖에 없는 마음속의 아쉬움이었다. 사대독자인 아들을 군대 보내면서 가졌던 바람이 너무 성급했던 것도 사실이었다. 행여 씨 하나를 받을지 모른다 싶어 염치불구하고 며느리를 맞아들였다. 그 절실한 소망이 없었으면 내일모레 떠나는 아들에 혼례상을 차려주지 않았다. 그런데 그 염원은 수포로 돌아갔다. 연때가 맞아 첫날밤에 생겼으면 넉 달되어 모를 리 없었다. 홀롯댁 눈에 그 징후는 나타나지 않고 있었다.

까악, 까악…….

저놈의 까마구를 당장에……. 홀롯댁은 더 이상 들을 수가 없었다. 방문을 열고 뛰쳐나가서 마루 밑의 빨래방망이를 찾아들어 감나무 밑으로 가서는 휘잇 하고 힘껏 위로 던져 올렸다.

"이놈의 까마구야, 썩 물러가라. 휘잇 휘잇."

까마귀는 푸드득 날았고, 방망이는 땅바닥에 툭 떨어졌다.

"아침부터 우리 집에서 울게 뭐꼬? 엉?"

그러는 시어머니가 이유 없이 못마땅한 점둘은 부지깽이로 부엌 바닥을 서너 번 쳐댔다. 밥솥에서는 밥이 거품을 내뿜으며 풀풀 넘는다.

"오늘은 우리 집에 아무도 못 오그러 해라."

홀롯댁은 부엌을 들여다보며 며느리에 타일렀다.

"왜요?"

"왜요는 뭐가 왜요래? 아침부터 까마구가 찾아와서 다 안우나……."

"그릇다고 찾아오는 사람 어예 오지 마라 하니이꺼? 사람 집에……."

"대문 닫아쁘라. 나는 아침 먹고서 어데 좀 갔다 올란다."

"어데요?"

"……."

홀롯댁은 대답하지 않았다. 그러나 벌써부터 박수무당인 딴아 한 번 찾고 싶었다.

"대문 닫아 안으로 꼭 잠그고 누가 찾아와도 열어주지 말그라. 알았제?"

홀롯댁은 아침을 먹고서 대문을 나서며 또 그 말을 했다.

"왜 자꾸 대문을 잠그라니이껴?"

"식전부터 우리 집 감나무에 까마구가 울어 불길해서 그런다."

"뭐가 불길하니이껴?"

"자꾸 말대꾸하지 마라. 귀찮다."

하여튼 홀롯댁은 까마귀소리가 불길한 예감으로 다가섰다. 그렇게 집을 나온 홀롯댁은 바삐 걸음을 옮겼다. 따웃고개를 넘어 이십 리 길을 한 번도 쉬지 않고 숨이 차도록 걸어서 박수무당을 찾았다.

"군에 간 우리 아들 소식 언제 들을지 궁금해서 찾아왔니이더."

박수무당 앞에 앉은 홀롯댁은 애원이라도 하고 싶었다.

"편지 없니이껴?"

"없니이더."

"복채를 노소! 신을 불러야 알제요."

홀롯댁이 속주머니에서 돈 몇 푼을 꺼내 제단 위에 놓았다. 그리고 나이, 생일, 군에 간 날짜를 설명했다.

"장개는 갔니이껴?"

"갔니이더. 장개가고 금방 군대 갔니이더. 사대독자 씨나 하나 받을까 싶어서 급히 혼례 치뤄 보냈니이더."

박수무당은 한참 동안 주문을 외워 그 신의 교시를 전달한다. 홀롯댁이 숨을 죽여 긴장했다.

"아들이 노루가 돼서 이 산 저 산 헤매는구나! 총을 든 포수가 뒤쫓네.

어느 산으로 달아나면 포수가 뒤쫓지 않을꼬? 어느 산으로 달아나면 포수가 뒤쫓지 않을꼬? 저쪽 산으로 달아날까? 안 된다. 이쪽 산으로 달아날까? 그것도 안 된다. 달아날 산이 없네."

홀롯댁은 소름이 끼치고 눈앞이 캄캄해졌다.

"살아날 가망이 없네요."

박수무당은 고개를 저었다.

"살아날 가망이 없네요."

박수무당이 같은 말을 하자 홀롯댁 눈에서 눈물이 뚝뚝 떨어진다.

"무슨 방법이 없니이껴? 제발 우리 아들 좀 살려주소. 비니이더. 우리 아들 좀 살려주소……."

홀롯댁이 애걸하며 박수무당에게 매달렸다.

"아들 살리는 방법이 있는지 없는지 신령님께 한 번 더 물어보시이더. 복채를 한 번 더 놓으소. 그래야 신이 오니이더"

홀롯댁은 주머닛돈을 다 털어서 제단 위에 놓았다.

박수무당은 아까처럼 주문을 외워 그 신의 교시를 또 전달한다.

"이 집 집구석에 살(煞)을 쓴 사람이 들어와서 그렇구나. 무슨 살을 쓰고 들어왔노? 웬수의 살을 덮어쓰고 들어왔다……."

그렇게 신의 교시를 끝낸 박수무당이 홀롯댁을 보고 말한다.

"며느리가 잘못 들어왔구만, 며느리가……."

"왜요?"

"그 집에 들어온 사람이 며느리말고 또 누가 있나?"

"없는데요."

"그르니이 며느리가 잘못 들어온 사람이제."

"……."

"당장 며느리를 쫓아내. 안 쫓아내면 아들이 죽어. 아들이 한 마리 노루로 변해서 포수에게 쫓기는데도 달아날 산이 없어. 그름 포수 총에 죽는 거지……"

"며느리 쫓아내면 살아나나니이꺼?"

얼굴이 새파랗게 질려버린 홀롯댁이 덜덜 떨며 말했다.

"나는 몰라. 신령님이 그렇게 말씀하셨을 따름이야……. 나는 신령님 말씀만 전달했을 뿐이라고……"

홀롯댁은 박수무당 집을 나왔다. 발걸음이 후들후들 떨린다. 이 무슨 날벼락인가? 며느리가 원수의 살을 쓴 사람이라고? 이 죽일 년을……. 빨리 집에 가서 며느리를 당장 쫓아내고 말 일이었다. 내 아들이 어떤 아들인데……. 사대독자 내 아들이 대단하지 며느리가 무슨 대수냐? 박수무당 말을 들어보니 원수의 살을 덮어쓴 며느리인 줄도 모르고 안쓰러운 것만 알았다. 집구석에 들어가서 당장 쫓아도 시원치를 않다.

홀롯댁은 며느리 쫓아낼 생각에만 급급하여 따웃고개를 올라섰다. 집을 나설 때만 해도 별로 밉지 않던 며느리가 박수무당 소리를 들어 이미 원수로 변해버린 것이다. 홀롯댁은 이가 뿌드득 갈렸다. 사대독자 아들을 위하는 일이라면 무엇인들 못 하랴.

"그년이 글쎄 살긴 년일 줄 내 어찌 알았노? 첫날밤도 연때 맞아 아나 하나 생겨주기만 바랐지. 그년 때문에 천수가 포수에 쫓기는 노루 신세 될 줄 누가 알았노……"

홀롯댁은 피가 역류했다. 오늘 아침에도 그런 줄 모르고 무심히 지나쳤지만 지금 와서 생각하면 살긴 행동이었다. 식전바람에 담 안에서 흉조가 까악 깍 울어도 본척만척 하물며 시어미가 쫓아라 타일러도 도리어 시큰둥하여 쓴 소릴 해댔다. 살이 안 끼었으면 남편이 전쟁터에서 싸워 불길한 징조로 느꼈으면 먼저 나서서 내쫓고자 했을 것이다. 그러고도 살이 안 끼었다 하겠는가? 생각하면 생각할수록 며느리 쫓기에 한시가 급하였다. 그 홀롯댁이 따웃고개 위에서 숨을 고르려 올라왔던 길을 뒤돌아보고 있는데 아래에서 잿봉지 하나가 뒤를 따라 올라오고 있었다. 며느리 쫓을 생각에서 뒤도 돌아보지 않고 올라왔던 고갯길에서 내려다보이는 저것은 틀림없는 잿봉지렸다! 한 사람은 흰 천에 싸인 네모난 유해 상자를 가슴에 안았고 다른 한 사람은 총대를 어깨 멘 지서 순경이었다. 달궁댁 둘째 아들 유해도 저렇게 해서 전달됐다. 그걸 본 홀롯댁 가슴에서 금방 쿵 소리가 났다. 아들이 노루로 변해 포수에 쫓겨도 피할 산이 없다는 박수무당 소리만 듣지 않아도 홀롯댁 가슴이 그토록 큰 소리로 무너지지 않았다. 가슴이 쿵덕쿵덕 떡방아를 찧어댔다.

"아이구매에……. 저 잿봉지가 누굴꼬? 우리 마을에는 들어오지 말아야 할낀데……. 우리 마실을 지나 다른 마실로 가야 할낀데……. 아마도 그럴끼다. 우리 마실에 오는 잿봉지는 절대 아일끼다. 어이고 불쌍해라! 젊은 청춘이 저게 뭐꼬……."

홀롯댁은 그 잿봉지와 직접적인 관계에 선을 그어보지만 불안한 마음은 여전히 견딜 수가 없었다. 전신이 마른명태마냥 바작바작 조여든다. 걸음아 날 살려라, 집을 향하여 단숨에 재를 넘는데 누가 뒷덜미를 자꾸 잡

아당겼다.

"누구고?"

하고 소리치면 뒤에는 아무도 없었다.

홀롯댁은 마을에 들어서서 정신을 좀 가다듬었다. 따웃고개에서 마을까지 얼마나 황당한 걸음을 동동거렸는지 꿈속을 헤매어 마을까지 온 것 같았다. 속옷이 땀에 젖어 축축했다. 후유, 크게 한숨을 내쉬며 집을 향하여 걷는다.

홀롯댁이 집에 들어서면서 대문이 활짝 열려있는 것을 보고 격한 감정이 극도에 달했다. 식전부터 까마귀 소리가 불길해서 대문을 꼭 닫아 아무도 들이지 말라 며느리에게 신신당부를 했는데 일부러 대문을 활짝 열어놓은 것 같이 보였다. 박수무당 말처럼 살이 끼인 며느리가 분명했다. 살이 안 끼었으면 아무리 헛소리 같아도 시어미 말을 아예 귀 너머로 듣지는 않았을 것이다.

"야 이년아, 내가 아침에 나가면서 캤나 안 캤나?"

홀롯댁이 우직하게 고함쳤다.

점둘은 자기 보고 하는 소리인 줄 몰랐다. 대문 밖에 사람이 있는 줄 알았다. 며느리에 이년 저년 할 시어머니는 본래 아니었다. 도리어 며느리를 안쓰럽게 여겨 동정의 눈빛을 보내던 시어머니라 자기 보고 함부로 막말을 쏴붙일 리 없었다.

"어멤(어머님), 왜 그카니이껴? 바깥에 누구와 싸웠니이껴?"

점둘은 시어머니 앞에 서서 눈을 둥그렇게 떠 의아해했다.

"이년아, 싸우기는 누구하고 싸워?"

"……."

점둘은 어리둥절했다.

"야 이년 보래이, 엉?"

"지금 내한테 하는 소리니이껴?"

"그름 이년아. 이 집에 니 말고 누구 또 있나?"

"……?"

점둘은 말이 꽉 막혔다. 영문도 모른다.

"내가 아침에 나가면서 머러캤노?"

"머러캤니이껴?"

"이년이 참말로 정신이 있는 기가 없는 기가? 대문을 꼭 달아 잠그고 있
으라 안카다아? 분명히 내가 대문을 꼭 달아 잠그라캤제? 그른데 왜 대문
을 활짝 열어놓고 있노? 왜 활짝 열어놓고 있노 말이다?"

"금방 물 길어 와서 그랬니이더. 그걸 가지고 내보고 이년 저년 하니이
껴?"

"이년 말대꾸하는 것 보래이?"

"어멤이 왜 갑자기 그르니이껴? 생견아 그른 소리 안 했잖니이껴? 갑자
기 왜 그르니이껴? 정신이 이상해졌니이껴? 무슨 귀신 씌었니이껴?"

억울했던 점둘이 시어머니 말을 한 번 맞받아치고서 겁을 문득 먹었다.
이놈의 시애미가 내 약점을 눈치채서 그러는 거 아닐까? 점둘이 그 비밀
하나 때문에 늘 불안했던 것도 사실이었다. 그 마음고생을 남들이 어떻게
알겠는가? 그러나 점둘은 곧장 두려움에서 헤어났다. 내 뱃속 비밀이 어
떤 비밀인데 시어머니가 다 눈치 채? 이 집 아들 천순지 만순지 살아서 돌

아오기 전에 알 사람이 없었다.

"그래, 귀신 씌있다 이년아."

"어멤요? 참말로 왜 그러니이껴? 금방 물길어 와서 대문 못 닫았니이더. 아무 것도 아인 일 가지고 전에 없이 심하게 나무라니이껴? 말이 따로 있제 이년 저년을 할 소리니이껴?"

그러나 홀롯댁은 지금 대문 안으로 전사한 아들 잿봉지가 들어오는 것 같은 불안에 떨고 있었다. 점둘이 그 시어머니의 심중을 어떻게 짐작인들 하겠는가? 시어머니가 별꼴이었다. 대낮에 언제는 대문을 닫아 잠그고 살았나 말이다. 유독 오늘 아침에는 대문을 닫으라니 어쩌라니 시시콜콜한 소리만 해댔다. 성질이 솟은 점둘은 입을 한 자나 빼물고 대문을 왈칵 닫아 빗장을 찌르고는 문설주를 발로 쾅쾅 두세 번을 차버렸다.

"야 이년아. 열어주기만 열어 줘 봐라. 오늘은 조선 없는 사람이 와도 못 열어준다. 언놈이라도 우리 집 대문 안으로 들어서기만 해봐라. 내 달구몽 뎅이를 분질러 놓을끼다."

홀롯댁은 곰방메를 찾아놓는다. 누구라도 대문 안으로 들어서기만 하면 곰방메로 때려눕힐 작정이었다. 설마 우리 집은 안 오겠제. 우리 동네로 들어오는 잿봉지는 아니겠제. 우리 동네를 지나가는 잿봉지가 맞을 기다……. 홀롯댁은 계속 그 생각을 했다. 따웃고개를 넘을 때 뒤따라오던 잿봉지가 마음에 걸려서 떨어져 나가지 않았다. 행여라도 그 잿봉지를 우리 집으로 들고 들어서면 곰방메로 그 사람을 내리쳐서 어깨를 분질러 쫓아낼 생각이었다. 천수가 죽었다 믿을 수 없기 때문에……. 그러나 그 잿봉지는 벌써 대문 밖에 도착하였다.

어느새 바깥마당에는 이웃 사람들이 모여 애석하므로 혀를 차댔다.

"홀롯댁 아들 사대독자 천수가 전사당했단 말이가! 아이고어얏고 저 일을 어쩌노……. 집 안에는 사람이 있나 없나 대문은 왜 닫혔노?"

정작 이웃사람들이 바깥에 모여서 먼저 눈물을 훔쳐댔다.

"사람 있는 집에 대문이 왜 잠겼소? 대문 좀 열어주시오!"

대문 문설주 틈으로 들여다보던 순경이 말했다. 그 순경 눈에 대문 안에 홀롯댁이 보였던 것이다.

"이 집에는 사람이 없으니이께 대문을 못 열어주오."

홀롯댁이 마루에 걸터앉아 대답했다.

"대문 좀 열어 달라니까요!"

"아 이 집에는 사람이 없다니이께요."

"그러지 말고 어서 대문 좀 열어 주시구려."

"사람이 없어 못 열어준다니이께요. 다른 집으로 가 보시라니이께요."

"안에서 말하는 사람은 사람이 아니요?"

"저래 말귀가 어둡노? 당신네들 찾는 사람이 없다니이께요."

어떻게 이런 대답이 나오고 있는지 홀롯댁 자신도 모른다.

"이 집이 맞아요. 대문 좀 열어 보시오!"

"이 집이 아니라니이께요. 잘못 찾아왔다니이께요. 다른 동네로 찾아가시라니이께요. 우리 집은 절대 아니라니이께요."

홀롯댁이 이제는 대담해졌다. 절대 우리 집으로 들어올 잿봉지가 아니라는 단정을 하고 싶었다. 천수가 죽었다는 생각은 절대적인 금물이었다. 내 아들 천수는 절대 죽지 않았다는 신념이 강력했다.

"여보시오! 대문이나 좀 열어주고 말을 하시오."

"못 열어주니 다른 집으로 가보시라오!"

홀롯댁 말은 더 엄했다.

"다른 집이 아니고 바로 이 집이외다. 어서 대문을 여시오!"

"돌아가시오! 다른 마실로 가보시오! 우리 집은 그른 잿봉지 안 받소! 우리 아들 천수는 죽지 않았소! 죽을 턱이 없소이다. 어서 다른 마을로 가서 찾아보시오! 그 잿봉지는 첨부터 마실을 잘못 찾아왔소."

"잘못 찾아오지 않았어요. 주소가 틀림없어요."

"허어 참, 여보시오, 참말로 답답도 하시구려. 전쟁터에서 그 많은 생목숨이 죽어 나자빠지는데 주소인들 왜 안 바뀌겠소?"

"이름도 이천수가 맞다니까요."

"이 넓고 넓은 세상에 어예 이천수 이름이 하나뿐이겠소?"

"이런……."

"어서 우리 집에서 썩 물러가시구려. 우리 이천수는 죽지 않고 살아 있다는 게 내 신념이요. 어서 썩 물러나 가시구려!"

"그럼 여기 바깥마당에나 두고 가겠소이다."

"바깥마당도 안 되요. 거기도 우리 집이요. 우리 집에는 그런 잿봉지 얼씬거려도 안 된다니이께요."

대문 하나를 사이에 두고 벌이는 실랑이에 귀가 솔은 점둘이 차마 더 참지 못하고 그만 빗장을 잡아당겼다. 안으로 잠긴 빗장이 풀리기 바쁘게 밖에서 대문을 떠밀었다.

유해 상자는 예의를 지켜 대문 안으로 들어섰다.

홀롯댁이 마루에서 벌떡 일어나 뜰을 내려 어기적거려 곰방메를 찾는다. 그 손발이 부들부들 떨려 미리 챙겨두었던 곰방메도 금방 잡히지 않았다. 그 곰방메가 홀롯댁 손에 금방 잡혔으면 총대 멘 순경 어깻죽지가 부러졌을지 모른다.

유해 상자를 마루 위에 모신 그들은 위로의 말을 전하기보다 우선 피해 나가기 바빴다. 그들은 이미 경험한 바 있어 몸 사릴 줄 알았다. 유해를 전달하는 사람이 무슨 죄가 있냐만 그 부모 마음이 오죽했으면 내 아들 살려내라 몽둥이 들고 덤벼들겠는가.

"어디 가노? 이놈들, 곰방메로 대갈통을 부셔버릴끼이다. 야 이 죽일 놈들아! 어데 달아나노? 어데 달아나노? 야 이 죽일 놈들아……."

홀롯댁은 피해 가는 순경을 대문 밖까지 따라나가며 곰방메로 땅바닥을 내리쳤다. 순경의 발걸음이 빨라지자 주저앉아 곰방메로 땅바닥을 마구 때려댄다.

"야 이 죽일 놈아. 야 이 죽일 놈아. 내 아들이 왜 죽었노? 야 이 죽일 놈아? 천수는 죽지 않았다 야 이 죽일 놈아……."

홀롯댁의 울분은 그것으로 끝나지 않았다. 집으로 들어와서는 그 곰방메로 며느리어깨를 내리쳤다. 점둘이 픽하고 쓰러졌다 정신없이 일어나서 비실거렸다.

"니 년이 참말로 살이 낀 년이구나. 니 년이 대문을 열어줬제. 니 년이…… 대문을 열지 말리 그릇게 디일렀는데도 니 년이 열어줬제. 내 이 년을 그냥 두는강 봐라……."

점둘은 어깨가 부러졌는지 안 부러졌는지 그건 나중 일이었다. 또 곰방

메를 치켜들어 피하는데 더 바빴다.

"이년아. 우리 집에서 당장 나가그라. 야 이년……. 우리 집에 오는 잿봉지도 아닌걸 대문으로 들여? 천수 죽는 기 그리 좋나 이년아? 지 신랑 잡아먹을 년 아이고 뭐고? 지 신랑 죽어서 좋아 춤출 년 아이고 뭐고? 이년, 살이 끼도 악살이 낀 년이구나. 야 이년아, 우리 집에서 당장 나가그라. 당장……."

홀롯댁은 곰방메를 치켜들어 며느리를 쫓고, 점둘은 맞지 않으려 안마당에서 쫓기다 못해 대문 밖으로 뛰쳐나갔다.

"이년, 다시는 우리 집에 발 들놓지 마라. 퉤퉤 물러가라 마귀야 퉤에……."

홀롯댁이 침을 퉤퉤 뱉으며 제물에 지쳐졌다. 그러나 마음만은 여전했다. 아들이 죽어 한 줌의 재로 돌아왔는데도 슬프지 않았다. 왜냐하면 마음에는 절대로 아들이 죽지 않고 살아 있었기 때문이다. 마루 위에 있는 유해 상자는 아들 잿봉지가 아닌 다른 누구일 것으로 생각했다.

"내 아들 천수는 절대 죽지 않았다. 노루로 변해 포수에 쫓길지언정 죽지는 않았다. 이제 그 노루는 다시 천수로 회생한다. 원수의 살이 낀 년을 쫓아냈으니 다시 천수로 회생한다. 우리 천수는 죽지 않았다. 절대로 죽지 않았다. 절대로……."

홀롯댁은 중얼거려 유해 상자를 안아 뒷산으로 올라갔다.

"천수는 안 죽었다. 천수는 안 죽었다. 이건 다른 사람이 죽어 잘못 찾아왔다. 바람에 날아서 너의 집을 바로 찾아가란 말이다. 바람에 훌훌 날아서 너의 집으로……. 이 불쌍한 것아! 어쩌다 죽어 집도 잘못 찾아왔노? 바람 타고 너의 집을 찾아가라……."

홀롯댁은 그 잿봉지를 바람에 홀홀 날려 없앴다.

7.

점둘은 이유여하를 막론하고 불시에 쫓겨났다. 갈 곳이 없다. 아니 그래
도 갈 곳은 있었다. 친정이었다. 입은 옷 그대로, 쫓겨난 그대로, 힘없이 터
덕터덕 몇 십리 길을 걸어서 친정에 들어서니 한밤중은 된 듯 싶었다. 곰
방메에 얻어맞은 어깻죽지가 부러지지 않은 것만 해도 다행이었다. 그 부
분에 뜨끔뜨끔 깊은 통증만 돌았다. 부러졌으면 팔은 움직이지도 못했겠
지만 친정까지 팔을 흔들고 걸어갈 수 있어서 속으로 시어머니를 비웃었
다. 할망구가 곰방메로 때리면 누가 겁낼 줄 알고……. 그래는 열 번 맞아
도 내 어깨는 안 부러진다. 내 몸이 어떤 몸인데? 다 이래봬도 금계랍을 한
옴큼이나 먹어도 끄떡 없었고, 한나절 황소 쟁기에 질질 끌려 다녀도 손가
락끝 하나 다치지 않은 몸이 그까짓 곰방메에 맞아서 내 어깨가 부러질 줄
알았나? 오히려 점둘은 어딘지 모르게 고소한 구석이 있었다.

"니가 갑자기 이 밤중에 웬 일이고?"

딸을 본 허말년의 눈에는 불기둥이 켜졌다.

"그 그 그래 됐다. 어 엄매."

무슨 대답을 할지 몰라서 점둘이 말을 더듬거렸다. 이럴 때는 친정에 와

서 어떤 변명을 해야 하는가?

"갑자기 무슨 일이고? 무슨 일로 이 밤중에 왔노? 그 옷 꼬락서니는 뭐고? 친정 오는데 갈아입을 옷 한 벌도 없는 비렁뱅이였나?"

"어매, 옷 갈아입고 자시고 할 시간이 어데 있었노?"

"무슨 일 있었나?"

"있었다."

"왜? 무슨 일 있었노?"

"곰방메로 어깻죽지 맞아 쫓겨났다."

"참말이가?"

"그래, 참말이다."

"그 그르으만 알아뿌랬나?"

"뭐를 알아뿌랬어?"

"니 뱃속에 든 기 인민군 새끼라는 거 말이다."

"그걸 왜 아노."

"그르으만 왜 쫓겨났노? 뭐 때문에 쫓겨났노?"

"어매. 얼굴도 잘 모르는 그 새끼 죽었다."

"그 새끼가 누군데?"

"신랑인가 나발인가 하는 새끼 말이다."

"신랑인가 나발인가 하는 새…… 뭐라고? 니 신랑 말이가?"

"그게 왜 내 신랑이고? 나는 신랑이라 생각해 본 적 없다. 뭐를 믿어 신랑이라 생각하겠노? 그 새끼 오늘 하얀 잿봉지 돼서 왔다."

"잿봉지? 죽었다 말이가?"

"몇 번 캐야 알아듣노."

"아이구매. 이 일을 어쩌노? 이 일을? 그름만 내 사우가 죽은 것 아이가? 이 일을 어쩌노……."

허말년은 눈물이라도 글썽거리고 싶었다. 죽었다는 말의 의미가 우선은 슬펐다. 죽음보다 더 슬픈 말이 어디 있는가?

"어쩌기는 뭘 어째?"

"니 신랑이 죽었는데 왜 안 슬프노? 니 청춘이 홀로 된 기 안 슬프나?"

"어매도 참? 그 새끼가 어째 내 신랑이고? 이름만 신랑이랬제 그기 무슨 놈의 신랑이었노? 내 몸에 손가락 끝 하나 안 댄 놈도 다 신랑이가? 내사마 죽었다 캐도 눈물 한 방울도 안 나오더라."

"그래 안 울었나?"

"안 울었다."

점둘은 입술을 빨았다.

허말년의 슬픈 감정도 잠시뿐이었다. 생각하면 슬퍼할 일도 아니었다. 어쩌면 안도해야 할 일이었다. 이걸 두고 슬퍼야 할지 웃어야 할지 허말년 자신도 혼란스러웠다.

"겉으로도 안 울었나?"

"겉으로 울 시간이 어데 있었노? 곰방메에 얻어맞으며 당장 쫓겨나기 바빴는데."

"뭐 때문에 쫓아내도?"

"내보고 살이 낀 년이라 안카나. 살 낀 년이 들어와서 아들 죽었다며 다짜고짜 곰방메로 때려잡는데 내가 안 쫓겨나오고 무슨 수로 건디노? 두

번 다시 그 집에 들어갔다는 곰방메로 맞아서 죽을 낀데."

"그래서 친정 왔나?"

"친정 안 오면 어데 가노?"

"아 뺐다 소리 왜 못 했노? 니 신랑이 살아서 돌아올지 몰라 못 했던 소리 아이랬나."

"그를 정신이 어데 있었노?"

"니 뱃속에 든 인민군 씨는 이제 확실히 그 집 씨가 된 기라. 그 걱정 하나는 잊었뿌랬다만 신랑이 죽었구나! 하나 걱정 덜고 하나 걱정 생기면 뭐 하노? 니는 청춘에 과부 안 됐나 이것아?"

허말년은 이 짓도 못할 짓 저 짓도 못할 짓이라는 죄책감이 들어 마음속이 착잡했다.

"어매야, 난 이제 어짜면 좋노?"

"뭐가 어짜면 좋아? 뻔하제."

"뭐가 뻔하노?"

"그 집에 다시 가서 아아 낳고 살아야제. 살다 보면 무슨 방법이 있겠지?"

"쫓겨나왔는데 다시 들어가서 살라고?"

"두고봐라. 니를 모시러 온다. 끊어진 자손궁을 이어주는데 모시러 안 오고 배기나? 니 뱃속에 든 씨는 이제 그 집에서 조선 없이도 귀한 씨가 됐다. 아들만 낳아봐라. 금이 되고 옥이 된다. 니는 대접받고."

이튿날 허말년은 서호댁을 찾아갔다. 한동안 삐꺽거리는 사이로 벌어져서 마주치면 서로 서먹했다. 중매는 잘하면 쌀이 서 말이고 잘못하면 뺨이 열 대라고 서호댁이 허말년 태도를 보면 참말로 뺨 맞은 기분이 들었고, 허말년은 원해서 한 혼인이지만 점둘이 합궁을 못해서 서호댁과 원수 질 일만 기다리는 형국이었다. 그래 가면 갈수록 두 사람 다 똑같이 뻘쭉 거려 멀리 하는 관계에 있었다.

"우리 집에 뭐가 아쉬워서 왔노?"

허말년을 대하는 서호댁 입이 시큰둥했다.

"사람이 참말로 어예 그를 수 있니이꺼? 하늘이 무섭지도 않니이꺼?"

허말년은 일부러 분을 품어서 악설을 작정하고 있었다.

"또 뭔 소리를 하고 싶노? 또 점둘이 중신 잘못했다 그 소리 하고 싶나? 너가 좋아서 했는 혼인 아이가? 이젠 그른 소리 듣기 싫다 제발. 또 그 소 리라면 내 눈앞에 얼씬거리지도 말그라."

서호댁은 지레짐작으로 쏘아붙였다.

"점둘이 어제 밤중에 쫓겨 왔니이더. 곰방메로 맞아 어깻죽지 부러져 왔 니더. 보자보자 하니 이제는 막다른 골목으로 가는거 아잉껴?"

"쫓겨 왔다고? 쫓겨 왔으면 쫓겨 왔는기제 그걸 왜 내한테 이야기하노? 내가 쫓아냈나?"

"서호댁보고 하는 소리 아니시이더. 점둘이 시애미보고 하는 소리이시 더."

"그른데 왜 내 귀에 대고 하노?"

"내 말이 그 시애미 귀에 들어가라 하는 소리이시더."

"내가 이쪽 저쪽 말 물고 다니는 사람인 줄 아나? 나는 그른 짓 안 한데 이. 언지는 내 아무 상관도 없는 사람됐다."

서호댁이 틀어져서 돌아앉는다.

"내 말 한 마디만 더 들으소. 아들 죽은 기 왜 며느리 때문니이껴? 전쟁 때문이제. 전쟁터에서 총맞아 죽은 기 어째 며느리 때문니이껴?"

"죽다니? 누가 죽어?"

돌아앉았던 서호댁이 다시 마주 앉으며 놀래는 기색을 했다.

"아 점둘의 신랑이 죽어서 잿봉지가 왔다 안카니이껴."

"어매, 그게 참말이가? 홀롯댁 사대독자 천수가, 천수가 죽었단 말이가? 그게 참말이가?"

서호댁은 울상을 지었다.

"어제 잿봉다리 왔다니이더."

"그 그게 참말이가?"

"뭐 때문에 거짓말 하니이껴."

"아이구어얏고. 저 일을 어쩌면 좋노?"

서호댁 눈에서 눈물이 글썽거렸다.

"내사마 점둘이 차라리 잘 쫓겨왔다 싶니이더. 신랑 죽고 청춘에 홀로 돼서 시집 살면 뭐 하니이껴? 점둘이보고 캤니더. 그를 바에는 차라리 잘 쫓겨왔다고. 아직은 청춘이 만 리 아이껴. 재혼 못할 거 없지요."

"아무래도 그렇지 홀롯댁이 며느리를 왜 쫓아냈을까?"

"살이 낀 며느리 들어와서 아들이 죽었다니이더. 그게 말이나 되니이껴? 살은 뭔 놈의 살이 끼니이껴? 아들 죽은 한풀이 며느리한테 하는기제요. 왜 점둘이 탓이껴? 전쟁 탓이제. 내 말이 틀렸니껴? 오분이 나도 점둘이 이제는 그 집구석에 안 보내니이더. 전쟁 끝나면 어데 재혼 자리 없을까봐요. 상이군경한테 보내도 과부보다는 낫니이더."

"그래. 맞다. 그 시애미 맘이 깊어서 그렇게 하라고 쫓아냈을끼다. 시애미가 며느리 위해서 한 짓일끼다. 아니면 홀롯댁이 그럴 사람이 아이다. 며느리 청춘이 불쌍해서 팔자 일찍 고치라고 단칼에 잘랐을끼다. 그거 아이면 홀롯댁이 그럴 사람이 아이다."

"아이기는 뭐가 아이래요? 아무리 그래도 그릇지? 뱃속에 아아까지 생겨 있는 며느리를 그리 쉽게 쫓을 수 있니이껴? 자기네 씨도 싫다는 것 아이니껴? 우리는 어데 성질 없니이껴? 피똥을 싸도록 만들끼시이더. 피똥 못 싸면 죽은 아 낳았다 카고 재간에 안 묻는가 보소!"

허말년은 입에 거품을 물었다.

"그르만 점둘이 언제 아아를 배고 있었단 말이가?"

"연때 맞으만 첫날밤에도 생긴다 칸 사람이 누군데요?"

"점둘이 아 가진 게 참말이가? 틀림없나?"

"갸가 입이 무거워 말 안 하고 있으이 혼자 몸인 줄 알았제요? 그놈의 시애미도 그걸 알기나 아는지? 벌써 넉 달이 넘었잖아요. 낳기만 낳으면 죽었는 아 낳았다카고 재간에 안묻는강 보소."

"죄 많은 소리……. 그 핏덩이가 뭐를 아노? 핏덩이가 뭔 죄 있노?"

"저 그를쎄라 우리 그를쎄라지요 뭐……."

허말년은 일부러 악을 바락바락 쓰듯 해놓고서 서호댁 앞을 물러 나왔다. 그집 대문을 나서며 속으로 중얼거린다. 내가 한 말의 절반만 시애미 귀에 들어가 봐라. 찾아와서 잘못했다 두 손들어 싹싹 빌 것이렸다.

허말년이 돌아간 뒤 서호댁은 아무리 생각해 봐도 믿어지지 않았다. 홀롯댁이 망령 안 들었으면 그럴 리는 없었다. 점둘의 뱃속에 든 아이가 남자

로 태어난다면 끊어진 가문의 대를 잇는다. 망령이 안 들었으면 그걸 모를 홀롯댁이 아니다. 아마도 임신한 사실을 몰라서 저지른 실수였을 것이었다.

"홀롯댁이 참말로 큰 실수를 저질렀구나. 이일을 어쩌나?"

서호댁은 금방 달려가서 사실대로 전달하고 싶어도 가까운 거리가 아닌데다 친정아버지 제사가 돌아오고 있었다. 그때 가서 자초지종을 알아보리라. 그러고 있으려니 허말년이 다급해졌다. 열흘이 지나도 서호댁의 태도는 느슨해 있기만 했다. 서호댁 대문 앞을 서성거려 동향을 살피면 그쪽 걸음을 해 볼 생각이 별로 없어 보였다. 그렇다고 왜 내 말을 전하지 않느냐 따져 물을 수도 없었다. 가만히 보자 하니 서호댁이 사람을 아주 주눅들게 만들어대고 있었다. 빌어먹을 거, 나를 아주 무시하려 작정했나? 참다 못한 허말년이 빌미를 만들어 쳐들어갔다.

"서호댁이요. 뒤란에 있는 소태나무 좀 베어 가면 안 될리이꺼? 어째 소태나무가 서호댁 뒤란밖에 없니이꺼?"

집 뒤쪽 울타리 안에는 몇 십 년 묵은 소태나무 한 그루가 서 있었다. 서호댁은 그 소태나무를 일부러 심어서 키우지는 않았다. 제대로 올라와 그냥 자라도록 내버려둔 게 동네 하나뿐인 자랑거리가 됐다.

"소태나무는 왜?"

"누가 카디이더. 소태나무 삶아먹으면 아 떨어진다고. 얼매나 씁니이꺼."

"죄 많은 소리 두 번 다시 하지 말그라. 천벌을 받는다."

"그름만 점둘은 어째란 말이니이꺼? 뱃속을 없앨라면 지금 없애야제요."

"그르지 마라. 점둘 시애미가 며느리 임신인 줄 모르고서 그랬다. 내 말이 틀림없단 말이다. 임신한 줄도 모르고 일찌감치 쫓아서 인연 끊고 팔자

고쳐라고, 점둘이 위해서 일부러 했는 수작 같다. 안 그름만 원래 그를 사람이 아이다."

"다 쓸데없니이더. 그시애미 찬바람이 솔솔 느껴지니이더. 어예 그리 매정하니이껴?"

"그릇지 않다. 며칠만 더 참아보그라."

"며칠만 더 참으면 무슨 수 생기니껴?"

"사과하러 올끼다."

"무슨 낯으로요?"

"사과하는 사람이 낯 뻔뻔시리 쳐들고 오나? 사과하그덩 받아주그라"

"못할시이더."

"그르지 말그라. 나를 봐서도……. 모래 친정 아부지 제사 가면 내 전부 다 이야기 할끼다. 내 이야기 들으마 금방 사과하러 뛰어 올끼다. 점둘 뱃속 아아가 어떤 아안데? 그집 가문에 대를 잇는다."

서호댁이 그쪽으로 갈 날짜를 이미 받아놓고 있는 줄 모르고서 허말년은 안달이 나서 혼자 답답해하고 있었다. 그러나 일부러 안색을 붉혀 언성을 높인다.

"사과고 나발이고 오기만 해봐라. 사돈이고 너돈이고 얼굴볼 것 없이 머리채를 확 잡아뜯어 놓을끼시이더."

"참아라. 귀신도 빌만 듣는다 안카나."

"참기는 뭘 참아요? 참을 기 따로 있제요. 뒤란에 소태나무나 좀 베어 가시이더?"

"못 베어 간다."

"좀 베어 가시이더?"

"안 된다 안카나?"

서호댁이 화를 벌컥 내자 허말년은 못이기는 척 물러섰다.

그 입제날이 되어서 서호댁이 하얀 옥양목 치마저고리 차림으로 따웃 고개를 넘어가는 모습이 허말년 눈에 띄었다. 오늘밤에 친정아버지 제사를 지내면 글피쯤에나 돌아오리라 예상했는데 파젯날을 무릅쓰고 바쁘게 돌아와서 허말년의 기세가 돛대같이 오른다. 물론 서호댁 뒤에는 홀롯댁이 기가 팍 죽어 뒤따랐다. 그 두 사람이 집으로 들어서도 허말년은 토라진 모습을 자아서 내다보지 않았다.

"여보게, 손님 오셨네."

서호댁이 방문 앞으로 다가가며 말했다.

"우리 집 찾을 손님 없으이 그만 돌아가시소."

허말년은 코빼기도 안 내밀며 대답했다.

서호댁이 방문을 열었다.

"사돈이 오셨네."

그렇게 말해도 허말년은 꼼짝 않았다.

두 사람이 방으로 들어가도 허말년은 눈도 깜빡 않는다.

"사돈요. 이년이 죽을 죄를 짓니이더. 용서를 하이소!"

홀롯댁이 꿇어앉았다.

"용서? 용서고 나발이고 우리 집에서 썩 나가 주소. 사돈은 무슨 놈의 썩어빠진 사돈니이껴? 며느리 쫓아낼 때는 언제고 인제는 또 사돈니이껴? 난 사돈 소리 듣기 싫니이더."

허말년이 아주 당당하게 나갔다.

"잘못했니이더. 내가 참말로 잘못했니이더. 무슨 꾸지람도 달게 받을라니이더."

홀롯댁이 고개를 조아려댔다.

"뱃속에서 못 죽이면 낳아서 죽일라캤니이더."

"사돈요. 그라만 안 되니이더. 참말로 그라만 안 되니이더. 그 아아가 어떤 아안데 죽일라카니이껴? 우리 집 대를 이을 금줄 같은 아아시더. 조선 없이 귀한 아아시더. 안 되니이더 안 되니이더 그래서는 참말로 안 되니이더. 사돈요, 빌고 비니이더"

"그름만 왜 쫓아냈니이껴?"

"뱃속에 아아가 든 줄은 참말로 몰랐니이더."

"그름 아아 들었다 안 쫓고, 아아 안 들었다 쫓는 심뽀니이껴?"

"내가 박수무당한테 잠시 홀려 망령 들어서 그랬니이더. 인제 며느리 데리고만 가면 절대 안 그렇기시더. 맹세하니이더. 한 번만 용서해주이소. 사돈요. 어야니이껴. 이래 두 손 싹싹 빌고 비니이더."

"……"

허말년은 입을 닫았다. 이쯤 나갔으면 됨직 했다. 더 길게 무엇을 버티는 태도도 양심에 찔렸다. 사실 고통스런 허세를 부렸다.

"사돈이 이만치 빌었으면 안 됐나. 속이 상해도 참아라. 지난 일은 잊어라. 누구나 다 한 번 실수는 있는 거 아이가?"

서호댁이 끼어들어 허말년을 달랬다.

"……."

"귀신도 빌면 듣는다 안카나. 사돈이 찾아와서 이래 비는데 안 들어줄끼가? 누구라도 원수지고는 못 산데이. 점둘이는 어데 갔노? 들어와서 시어미한테 인사하그라. 인사하고 시어미 따라 가그라."

"남편 죽은 시집에 가만 뭐하니이껴? 청춘에 홀로 살란 말이니껴? 어째 내 딸은 불쌍하지도 않니이껴?"

허말년이 서호댁에게 대들었다.

"그름만 어이란 말이고? 죽은 사람은 죽었고 산 사람은 살아야제. 안그라?"

홀롯댁이 다시 입을 연다.

"내 아들 천수는 절대 죽지 안했니이더. 안 죽었단 말이시더. 전쟁 끝나만 반드시 돌아오니이더. 우리 집에 온 잿봉지는 내 아들이 아니시이더. 바뀐니이더. 내 아들 잿봉지 아니시이더. 바뀌서 잘못 왔다 나는 그래 믿고 있니이더. 그 잿봉지 보고 나는 대번에 그래 믿었니이더. 그 잿봉지 보고 눈물 한 방울 안 흘렸니이더. 뒷산에 올라가서 바람 타고 자기 집 찾아가라고 뿌렸니이더. 그 잿봉지는 내 아들이 아니시이더. 내 아들 천수는 어딘가 살아 있니이더. 전쟁 끝나면 오니이더."

홀롯댁 그 신념에는 아직도 변함이 없었다. 그래서 남들이 다 아는 아들 죽음도 홀롯댁만 슬퍼하지 않는다. 갈수록 살아 있다는 신념에 더 집착을 한다. 만약에 아들이 죽었다 인정하면 홀롯댁 자신이 살아남지를 못한다. 아들이 살아 있다는 그 신념 하나로 홀롯댁은 버틸 수 있었다.

점둘이 수척한 모습으로 서먹하게 방안에 들어섰다. 홀롯댁이 벌떡 일어나서 며느리를 부둥켜안고 눈물을 뚝뚝 떨어뜨린다.

"내가 내가 잘못했다. 내가 잘못했다. 이 시애미를 용서하라. 내 인지는

다시 안 그름아. 내캉 우리 집에 가서 살자. 전쟁 끝나면 천수는 반드시 돌아올 끼다. 전쟁 빨리 끝나 천수 돌아오기를 기다리며 우리 집에서 아들 낳아 살자……."

점둘은 시어머니 품속이 의외로 따뜻하게 느껴졌다.

해가 뉘엿뉘엿할 무렵 점둘은 시어머니 뒤를 따라 따웃고개를 오르고 있었다.

"아가야!"

"예."

"니 남편은 절대 안 죽었데이. 내 아들 천수는 절대 안 죽었데이. 우리 그래만 믿고 살자. 알았제?"

"……."

그 시어머니 믿음처럼 정말 안 죽었을까? 점둘은 의문이 불끈 솟았다. 그러나 고개를 흔들고 만다. 그 천수는 죽은 것이었다. 죽어서 한 줌 재로 돌아온 것이었다. 그가 죽었기 때문에 점둘은 안심하고 다시 시가로 돌아갈 수 있었다.

8.

비록 아들은 죽어서도, 내 아들은 절대 죽지 않았다는 믿음과 그 환상에서 깨어나지 못하는 시어머니와 같이 사는 점둘은 제 세상을 만났다.

시어머니가 더럽게도 너무 잘 해 준다. 몸이 약해질까 보약을 지어 와 손수 달여 주는가 하면, 무슨 놈의 아들 되는 약은 그렇게도 많은지 툭하면 아들 낳는 약이라면서 지어 왔다. 참말로 더럽게도 너무 잘 해 주어 점둘이 몸둘 바를 몰라 쩔쩔 맬 지경이다.

뱃속에 든 태아가 아들이 된다는 약을 지어 오면은 그냥 달이지도 않았다. 조그마한 항아리에 쌀을 담아서 안방 시렁대 위에 올려놓은 것이 있었는데 그것을 삼신할머니라 불렀다. 첩약을 밥상 위에 받쳐 그 삼신할머니 앞에 놓고서 손바닥을 비벼 주문을 외운다.

"영험하신 삼신할멈이시여. 비나이다 비나이다! 두 손바닥이 닳도록 비나이다. 사대독자에 시집온 우리 며느리 이 약을 먹어 아들 낳게 해 주소서! 비나이다 비나이다……."

주문을 외우고는 항아리 앞에서 수도 없이 절을 해댔다. 점둘이 보기에는 시어머니 정신이 빠져서 항아리에 대고 절을 하는 것이었다. 그렇게 영험한 삼신할머니 참으로 있다면 인륜에 죄지은 점둘이 벌써 벼락맞아 죽었다. 벼락은커녕 시어머니가 더럽게도 너무 잘해주어 분만 날짜가 가까워올수록 배만 더 솟아올라 가슴 밑에 큼지막한 바가지 하나를 엎었다. 뒷간에 가 앉으면 배가 너무 내밀어서 뒤로 넘어질 것 같았다. 그래 너무 잘해주는 시어머니일수록 점둘 마음이 더 거북스러웠다. 한마디로 꼴불견처럼 더럽게 너무 잘해주었다.

살림살이가 넉넉하지는 않아도 설마하니 두 식구 입에 풀칠이야 못하겠는가. 이래저래 점둘이 팔자 좋게 편해진 생활은 뱃속에 든 잡풀씨 덕이었다. 아들을 낳기만 하면 시어머니 눈에 한 번 더 돛대같이 떠받치고 말

일이었다.

"아들만 낳아 봐라. 내 니 업어줄끼다. 키우는 것도 내가 다 키울끼다. 천수는 안 죽었다. 전쟁 끝나면 반드시 돌아온다."

죽은 아들이 돌아온다는 신념과 손주를 얻겠다는 염원이 한데 어울려진 홀롯댁 강단은 지쳐지지 않았다. 한시인들 놀지도 않는다. 아주 힘든 일은 어쩔 수 없이 품삯으로 해결하지만 어지간한 농사일은 몸 아끼지 않고 혼자 힘으로 해치운다. 아들이 짓던 몇 마지기 농사를 맡아서 예전이나 다름없이 잘도 헤쳐 나간다. 혼자 일을 하면서도 며느리 호미자루 한 번을 못 쥐게 한다. 그걸 두고 이웃들이 숙덕거렸다.

"저 늙은이가 억척이 됐제? 아들 잃고 뭔 재미로 저럴까? 혼자 된 며느리 불쌍해서 저러하제. 며느리 너무 곱게 돌리면 시어미 밟고 올라선다는데?"

"며느리 뱃속에 아아가 들어섰으니 그래할 만도 하제. 그 아아가 어떤 아아로? 금이야 옥이야 아잉가. 죽은 아아 자지 만지만 뭐 하노? 말로는 우리 천수 안 죽었다카지만 믿을 거 믿어야제. 그르니 며느리 뱃속 아아가 더 금쪽 같제."

점둘이 남의 눈을 봐서 시어머니 일을 거들라치면 홀롯댁이 엄살을 부렸다.

"배 다칠라 안 된다. 바깥일은 못한데이. 집안일이나 보그라."

두 식구 굶지 않은 조석은 당연히 며느리 알아서 할 일이지만 점둘이 사실 그밖에 더 할 일이 없어 낮잠을 자고 나면 살이 지는지 붓는지 얼굴이 푸석푸석한 느낌이었다. 그러면서도 입맛은 자꾸 당겨 양푼 밥을 먹어도

모자란다. 그래서 산월에 다가선 점둘 몸은 앞산만한 배를 내밀었다.

산월? 점둘은 열 달이 다 차도 홀롯댁은 여덟 달이었다. 홀롯댁은 그 두 달을 손꼽아 기다린다. 하지만 점둘은 당연한 산월을 맞았다. 그러던 어느 날 점둘이 속옷에는 핏물이 비쳐지고 있었다. 자기 혼자만 산기를 느끼는 것이다.

점둘은 가슴이 뛰었다. 올 것이 오고 마는구나……. 허리 진통도 시작되었다.

"니 안색이 갑자기 왜 긋노?"

"……"

홀롯댁이 물어도 점둘은 대답하지 않았다. 그 하루는 그럭저럭 참아서 보냈다. 그러나 이튿날은 도저히 참지 못해 일어나지를 못했다. 생각 같아서는 방구석을 헤매며 울부짖고 싶었다.

감나무 위에서는 때맞추어 까치가 울었다. 깍깍…….

까치 울음소리를 들은 홀롯댁은 기분이 괜찮았다. 지난번 까마귀 울음 소리를 들어서 일어났던 일은 생각만 해도 섬뜩했다. 까마귀 울던 날의 흉 측했던 일은 두 번 다시 생각하고 싶지도 않은 악재였다.

오늘은 아침부터 감나무 위에서 까치가 운다. 집안에 반가운 손님이 오 려나? 홀롯댁 눈에는 아들 천수 모습이 떠올랐다. 천수는 절대 죽지 않았 다 믿고 있는 홀롯댁이라 그 소식이 올지도 모른다 생각하며 잠자리를 털 고 밖으로 나왔다. 뜰을 막 내려서는 순간 홀롯댁 귀에 며느리 방의 신음 소리가 예사롭지 않았다.

"왜 긋노? 어데 아프나?"

홀롯댁은 급히 그 방문을 열었다.

허리가 틀어져 아픈 점들은 눕지도 못하고 엎드려 신음도 겨우 했다. 음 으음……. 그 아픔이 어떤 아픔인가. 음 으음…….

"아이고 얘야, 왜 긋노? 어데가 아프노?"

홀롯댁이 다급해서 방안에 들어갔다. 무엇이 잘못되면 큰일이었다. 그러나 홀롯댁은 좀 어리둥절했다. 며느리 산월이 두 달 더 남았다는 생각만 했는데 그것이 지금 눈앞에 닥친 것이다. 며느리 아파하는 모습이 틀림없는 산기였다.

"니가 지금 아아 틀제? 맞제? 어뜩 대답해라?"

"아이구 허리야 배야, 으음……. 아직 낳을 달도 아니잖니이껴?"

"그름만 아아 트는 거 아이가? 아이다 말이가?"

"기래요. 아아 틀어요. 아아가 나올라 캐요. 음음 아이고 내 죽는데이……."

"맞다. 맞다. 그름만 조산이다. 흔히 있는 일이다. 여덟 달도 많이 낳는다. 두 달 댕기는 기다. 봐라! 아침부터 우리 집 감나무 위에서 까치가 울었다. 반가운 소식이 뭐꼬 싶었는데 니가 아아를 낳는구나! 그 소식이 기쁜 소식이제. 두 달이나 댕겨주니 그보다 더 기쁜 소식이 어데 있노? 아파도 좀 참아라. 내 삼신할머니에 정한수 떠다 빌게."

홀롯댁 가슴은 마구 뛰었다.

홀롯댁은 걸음아 날 살려라 동네우물로 뛰어가서 물 한 두레박을 길어왔다. 삼신할머니 앞에 물 한 그릇을 바쳐놓고서 양쪽 손바닥을 문질러댄다.

"영험하신 삼신할멈요! 비나이다 비나이다! 며느리 산기가 있니이더. 제발 순산하도록 살펴주이소. 영험하신 삼신할멈이 그저 돌봐주시고, 그저 베풀어 주시소. 이왕 조산할 바에는 빨리빨리 순산하도록 해주시소. 비나이다 비나이다! 삼신할멈 앞에 빨리 순산하도록 비나이다……."

홀롯댁은 시렁대 위에 얹힌 항아리 앞에서 손바닥이 닳도록 빌고 절하고, 또 빌고 절하고, 한나절을 정신도 없이 들락날락 분주히 돌아다녔다.

으앙……. 마침내 여명의 울음소리가 났다.

"꼬치다! 꼬치가 달랬다! 며느라아, 수고했다! 니가 결국 아들을 낳아 줬다."

홀롯댁은 춤이라도 덩실덩실 추고 싶었다.

"이놈이 누구를 닮아서 잘도 생겼네. 얼굴이 넓적하고……. 며늘아가야, 참말로 큰일 했데이. 니가 우리 집 대를 이어주었구나."

홀롯댁은 부리나케 첫국밥을 끓여서 며느리를 떠먹인다.

"먹기 싫니이더."

"먹어야 된다. 먹어야 정신이 든다."

"안 넘어 가니이더."

"억지로라도 삼켜라. 그래야 원기를 회복한다. 원기를 차리려면 많이 먹는 것밖에 없다. 산모는 그저 입맛 달게 먹는 기 최고인 기라."

"입맛이 뚝 떨어졌니이더."

"처음에는 누구나 다 그릇다. 억지로 먹는다. 억지로 먹으면 차츰 입맛 돌아온다."

점둘은 모래알을 씹었다. 그 입맛보다 아들 낳은 의미가 모래알로 씹히는지 모른다. 그 여명의 울음소리를 들었을 때 점둘 머릿속에 밀어닥친 혼란은 이 집과 무관한 인민군 새끼의 비명이었다. 그것도 모르는 시어머니는 그저 감격해서 눈물을 글썽거렸다. 아 나는 뭐란 말인가 하고 점둘이 속으로 생각하면 전쟁의 파편 바람에 날아와 흩어지는 탁한 먼지투성이에 불과했다.

홀롯댁은 짚 한 단을 가져와서 건불을 툭툭 털어 내고서 입에 물을 물어 푸푸 뿜어댔다. 그 물기가 짚에 스며 촉촉해지자 대문간에 주저앉아 금줄 새끼를 꼰다. 대여섯 발이나 되는 새끼에 붉은 고추를 수도 없이 주렁주렁 달아서 대문추녀 밑으로 늘어지게 걸었다.

지나가던 이웃 사람이 보고 말을 건다.

"아이고, 이 집에 벌써 산고 졌니이껴?"

"그래. 산고 졌다."

홀롯댁 입이 벙글벙글했다.

"뭐 낳아니이껴?"

"아들 낳았다!"

"아이구매, 좋을시이더. 참말로 좋을시이더."

"좋다마다뿐이가? 하늘을 난다."

홀롯댁 어깨가 저절로 들먹거려졌다.

"그른데 왜 하마 낳아니이껴? 열 달이 덜 되는 것 같은데요?"

"두 달 조산했다."

"그래 낳기도 하니이껴?"

"하제."

"그름만 여덟 달에 낳았네요?"

"여덟 달에 낳음만 누가 안 된다냐? 한양오백년가도 안 읽어봤나?"

"한양오백년가는 왜요?"

"세조 임금 때 정승 한명회는 칠삭둥이라 써있다."

"그 말 어디서 듣기는 들었니이더."

"들었제?"

"들었니이더."

"봐라. 이상해할 거 없다."

"아들만 안 죽었음만 얼매나 더 좋았을리이껴?"

"인제 뭐러캤노?"

홀롯댁이 금방 화를 냈다.

"아들만 안 죽었음만 얼매나 더 좋았을리껴 캤니더."

"내 아들이 죽기는 왜 죽어? 안 죽었다. 내 듣는데 두 번 다시 죽었다 소리 하기만 해봐라?"

"알았니이더. 내 입이 헤펐니이더."

누구라도 그 말은 홀롯댁 앞에서 함부로 못했다. 홀롯댁이 가장 듣기 싫어하는 말이었다. 아들이 죽지 않았다는 홀롯댁 믿음은 여전했다. 내 아들이 죽기는 왜 죽어? 전쟁 끝나봐라, 틀림없이 돌아온다. 그 신념을 버리면 홀롯댁은 자멸하고 마는 것이다.

며칠이 지나서 산모의 건강은 회복되었고, 영아도 튼튼했다. 홀롯댁은 손자 이름을 여덟 달만에 얻었다 해서 '여득' 이라 지었다.

"여득아 여득아, 우리 여득아, 금을 줘도 안 바꾸고 옥을 줘도 안 바꾼다. 여득아 여득아 우리 여득아. 어서어서 커라. 이 할미가 업어 줄게.”

홀롯댁은 삼칠도 지나지 않아 손자를 보듬어 안고서 노래 삼아 흥얼흥얼 했다. 눈에 넣어도 아프지 않을 손자였다. 며느리 옆에 있으면 손자 얼굴을 내려다보면서 묻는다.

“이놈이 애비는 안 닮았제?”

홀롯댁이 그렇게 물으면 점둘은 입을 한참 다물고 있다 대꾸했다.

“내가 언제 그 애비를 자세히 봤니이껴? 어예 생겼는지 기억도 잘 안나 니이더.”

며느리 말이 마음 상해도 손자 얼굴 보면 웃음이 나왔다.

“보자아……. 애미도 벼랑 닮은 데가 없고, 누구를 닮았을꼬? 친탁한 모습이 없어 외탁한 모양이구나…….”

하지만 점둘은 그 인민군 모습이 스치고 지나가는 것이었다. 애비를 닮았다. 애비를……. 진짜 애비인 그 인민군 모습을 빼닮았다는 생각이었다.

9.

애비를 닮았다, 애비를…….

여득이를 옆에 두고 시어머니는 걸핏하면 이놈이 누구를 닮았을까 궁금해한다. 귀한 손자를 본 할머니 본능일 게다. 그렇지만 점둘은 속으로 그게 그렇게도 궁금한가? 애비를 닮았다, 애비를……. 점둘 눈에는 분명

히 그 인민군을 닮아 있었다. 하기야 애비를 닮았다고 말해 본들 탈 날 일도 없었다. 여득이 애비라면 홀롯댁은 천수밖에 모른다. 점둘 마음에 숨어 있는 애비는 홀롯댁이 생각도 못해본다. 여득이 애비라면 홀롯댁은 오로지 천수밖에 모른다. 홀롯댁이야말로 조선에 없는 손자한테서 내 아들 천수 모습을 발견하고 싶었을 것이다. 아들이 사대독자이니 이놈 손자는 오대독자 명을 타고났다. 홀롯댁 마음에는 자식이 귀하고 귀하다보니, 너무 귀해서 죽은 아들도 살아있었는지 모른다. 천수가 죽었다는 생각은 여전히 금물이었다. 그 천수의 그리움을 손자 얼굴에서 찾아보려 홀롯댁이 걸핏하면 누굴 닮았느냐 묻고 싶었을 것이다.

"닮기는 누구를 닮아, 지 애비를 닮았지요."

점둘이 그렇게 대답하는 애비는 진짜 애비 그 인민군이었다. 홀롯댁이 생각하는 애비와 점둘이 생각하는 애비는 같은 얼굴일 수 없었다. 점둘이 아무리 보아도 여득은 그 인민군 모습을 뺐다. 홀롯댁 아들 천수를 닮을 이유가 없었다. 홀롯댁이야 그 깊은 사연을 알 리 없어 며느리 입에서 애비 닮았다는 말이 나오면 당연히 내 아들 천수였다.

"그름 그릇치, 애비를 닮았제? 지 애비를 안 닮으면 누굴 닮겠노. 이놈이 크면 애비를 더 닮았을 게다."

점둘은 속으로 어이없었다.

"애비 코가 빈대코 니이껴?"

"빈대코는 왜 빈대코? 애비코가 어데 빈대코다?"

"빈대콘지 납작콘지 내가 언제 똑바로 봤니이껴? 애비 코 볼 여가가 어데 있었니이껴? 이틀밤 새(우)고 군대 끌려가는 사람한테 시집온 몸이 빈대콘지 납작콘지 언제 살펴보니이껴? 얼굴도 자세히 못 봤니이더만."

"인지는 그 말 그만해라. 그래도 여득이 안 낳았나. 혼자서 여득이 낳았나? 하룻밤이라도 몸을 섞었으니 여득이 생겼제. 전쟁만 끝나봐라, 천수는 온데이. 그때 가서 빈대콘지 납작콘지 자세히 보그라."

"여득이 코가 꼭 빈대코 닮았는 거 같아서 하는 말이제요."

점둘이 또 그 인민군 모습을 떠올렸다. 고추밭고랑에서 덮쳐누르던 인민군 코가 이마 위에서 숨을 헉헉 몰아쉴 때 징그러운 송충이 한 마리가 붙어 있는 듯했다. 그 징글맞은 콧숨이 멈추어지고 인민군이 일어나면서 제일 먼저 점둘 눈에 들어온 게 나지막한 코였다. 점둘이 왜 그 인민군의 모습이 자꾸 되살아나는가?

"얼라아(아기) 코가 아직 살이 안 붙어서 그릇다. 살만 붙으면 빈대코는 아일 끼다. 애비코를 닮을 끼다. 애비코는 그냥 보기 좋은 코였다."

원수놈 씨에 정당성을 찾고 있는 시어머니를 바라보는 점둘 눈은 인정 없이 모지다. 여득이를 두고서 시어머니와 며느리 사이에 두 애비가 있는 것이다. 한 애비는 시어머니가 말하는 천수이고 다른 한 애비는 점둘이 머릿속에 숨어있는 인민군이다. 점둘은 그 인민군이 죽었는지 살았는지 궁금했다. 여득이를 낳으면서 점둘은 그 인민군 생각이 저절로 났다. 홀롯댁은 여득이 얼굴에서 아들을 그리워하고 점둘은 여득이 얼굴에서 그 인민군을 그리워한다.

"애미야, 전쟁만 끝나봐라. 여득이 애비는 온데이. 오고 말끼다. 우리 천수가 죽기는 왜 죽어? 절대 안 죽었다. 니도 꼭 그래 믿그라."

홀롯댁은 갈수록 점점 더 아들 죽음을 부정하고 나섰다. 아들 죽음을 부

정하지 않으면 이 한 세상을 살아갈 마음이 전혀 없을 것이다. 사대독자 아들을 잃고서 무슨 재미로 살겠는가? 아들이 죽었다고 생각했으면 홀롯 댁도 벌써 죽었다. 홀롯댁이 살아 있는 것은 아들이 죽지 않고 살아있기 때문이었다. 그 신념 하나를 바둥바둥 붙잡고 홀롯댁이 오늘을 산다. 만약 홀롯댁이 그 신념 하나를 놓으면 천길만길 낭떠러지로 떨어진다. 하지만 점둘은 그가 살아 있을 리 만무했다. 죽은 잿봉지를 보고도 미련에 붙잡힌 시어머니는 어리석어도 너무 어리석었다. 시어머니 말처럼 그가 살아서 돌아오면 점둘은 어떻게 되는가? 그러나 그의 존재는 이미 이 세상에 없 는 것이었다. 때문에 점둘이 시집에 산다. 점들이 더 궁금한 것은 천수 아 닌 그 인민군이었다. 왜냐하면 여득이 진짜 아버지이기 때문에……. 씨앗 이란 바로 그런 것인가? 씨앗 하나가 떨어져 싹이 터서 돋아나는 애증이 점둘은 참으로 미묘했다.

"꼭 지 애비를 닮은 기라. 이마는 넓죽하고 눈은 말똥말똥하고 코는 나 지막하고 택(턱)은 동실동실한 게 애비가 고만할 때 고랬다니까. 고만할 때 지 애비 모습이 완연한 기라."

자기 아들 고만할 때 모습을 홀롯댁은 사실 기억하지도 못한다. 그 기억 은 이미 벌써 사라졌다. 그때가 언젠데? 여득이 모습만 가지고 무턱대고 말을 해도 즐거운 것이다.

홀롯댁이 누가 찾아오면 손자 자랑을 더 하고 싶었다.

"이놈 보래이? 벌써 이 할미와 눈을 맞출라 한데이. 이 할미를 하마 알 아본데이."

"얼라아 키우는데는 뭐니 뭐니 캐도 할매가 최고 아잉겨. 이 집 며느리야 뭐 낳기만 낳았지 홀롯댁이 다 키울 거 아잉겨? 홀롯댁한테는 금이야 옥이야 아잉겨? 하늘에서 떨어졌나 땅에서 솟았나 싶을 거 아잉겨."

"그래, 내가 다 키우지. 다 키우고 마고지. 자다가 생각해도 저게 어예 생겨났는고 싶은 기라. 꿈같은 기라."

"참말로 연때가 맞았는가 보지요."

"조상이 돕고 하늘이 도운 기라."

"건강하게 잘 키우소. 어뜬 손자이니껴?"

"안 그래도 삼신할멈한테 매일 빈다. 우리 여득이 잘 크라고. 내가 어예 얻은 손자고?"

"아아 크는데는 할매 손에 다 달랬니이더. 할매가 다 키우지 어매가 어데 키우니이껴? 요새 며느리 할매 없으만 아아 키우도 못하니이더. 아아 하고 맨날 쌈만 하니이더. 첫아아 키우는데 할매 없으만 뭘 알아야요? 다 할매 손이 보약이시이더. 할매 없어보소. 얼마나 아쉬운가? 아아 키우는데는 그저 할매가 있어야 되니이더."

사실이 그랬다. 점둘은 낳기만 낳은 것뿐이다. 홀롯댁이 하는 대로 바라만 본다. 기저귀 하나도 홀롯댁이 다 빤다. 점둘이 하는 일은 젖꼭지 물리는 것뿐이다. 젖을 한 통 먹이고 물러나면 그 다음에는 홀롯댁의 빈 젖꼭지가 여득이 입에 들어갔다. 놈이 그 빈 젖꼭지를 물고 잠들었다가 홀롯댁이 빈 젖꼭지를 살며시 빼면 금방 앙앙 울었다. 손자에게 빈 젖꼭지를 물리고부터 홀롯댁은 죽었던 젖꼭지가 새로 살아나는 느낌이었다. 그만큼 손자에 대한 애정이 깊다. 손자가 빨아서 아픈 젖꼭지를 어찌 아프다 말할 수 있는가. 내 손자가 어떤 손잔데……. 젖꼭지가 퉁퉁 부어올라도 아프지

않았다.

　누가 와서 무슨 이야기를 나누고 돌아가면 홀롯댁은 며느리를 불렀다.

　"애미 거 있냐?"

　"왜요?"

　점둘이 부엌에서 고개를 내밀면,

　"여득이가 말이다. 낯을 안 가린다니이께. 오늘도 방실방실 웃기만 하더라. 아무 사람이 와도 낯을 안 탄다 아이가. 요만 할 때 첨 보는 사람은 얼굴을 찡그리고 울상을 짓기 마련인데 여득이는 안 그란다. 대견한 놈이제. 낯선 사람이 없다 아이가. 낯 안 가리는 것 보면 꼭 지 애비를 닮은 기라. 지 애비가 그랬다. 지 애비가 얼라아 때 그랬다. 그른 걸 보면 지 애비를 닮은 기라. 외탁은 안 한 기라."

　홀롯댁은 못다한 말을 점둘에게 해댄다.

　"어멤도요(어머님도요). 그기 하마 뭐를 안다고요."

　"아이다 야아야. 낯가림부터 하는 게 얼라다. 낯가림하는 아이는 첨 보는 사람 눈길도 못 준다. 금방 울어뿐다. 여득이는 안즉 그래 우는 것 못 봤다. 꼭 지 애비를 닮은 기라."

　"고만 알았니이더."

　점둘이 시큰둥했다. 시어머니의 과장된 말도 그렇거니와 그 애비에 대해서는 어떤 미련도 하나 없었다. 시어머니가 말하는 애비, 그 천수는 이 세상에서 사라지고 없었다. 시어머니 혼자만 죽은 아(이) 자지 만지듯이 자꾸 들추어 대서 코가 한 자나 빠진다. 하지만 홀롯댁 마음이야 어디 그러냐? 아들 천수와 여득이를 어떻게 해서라도 자꾸 연관시켜 동질성을 찾고 싶은 것이다. 그런데도 며느리는 남 보듯 시무룩하고 말아 아주 못마땅해도 참는다. 사실 홀롯댁은 며느리를 아슬아슬한 언덕 위에 세워둔 것 같이 위태로웠다. 그 며느리가 당장이라도 이집에서 못산다며 여득이를 뚝떼고 보따리를 싸면 앞에 나서서 만류할 건더기가 없었다. 아무리 조선 없는 내 손자지만 어미 젖줄이 끊어지고 무슨 수로 키우는가? 지금 여득이는 무엇보다도 어미젖이 생존하는 목숨 줄이었다. 바싹 말라비틀어진 할미 젖이 무슨 소용 있으며 속곳 끈을 풀어 감싸서 그 몸 온기로 잠을 재워본들 무슨 소용 있는가. 꼬꼬오 닭아 울지 마라 멍멍 개야 짖지 마라 우리 여득이 잘도 잔다 하고 밤새워 자장가를 불러준들 어미 없는 배고픔은 못 달래주는 것이었다. 오로지 손자를 위해서 며느리에게 심정이 크게 상해도 오냐 오냐하고 치켜세우는 시늉을 한다.

10.

여득의 출생 백날이 되어 허말년이 누비포대기 하나를 사서 사돈댁을 찾아갔다. 어쨌든 외손자는 외손자였다. 그 달갑지 않은 외손자를 얻고서 허말년 마음은 심란했다. 떳떳하지 못한 외손자를 두어 스산한 느낌은 어쩔 수 없었다. 하늘만 아는 사실이라도 어찌 양심에 일점 가책이 없겠는가. 원수의 씨를 사대독자 집에 접을 붙였다는 죄책감이 마음 한구석에서 떠나지를 않았다.

아직도 전쟁은 계속되고 있었다. 소문은 더 흉흉해서 인민군이 다시 쳐들어온다는 말도 있었다. 그 인민군 씨앗을 국군 씨앗에 접붙여 손(孫)을 내리면 원수의 씨앗을 받는다는 말밖에 더 토 달 것이 없었다. 바로 그 외손자 백날이지만 차마 무연고로 지나갈 수는 없어 잠시 코빼기라도 내밀어 체면치레를 해보는 것이었다.

"참말로 잘 오셨니이더. 지난 일은 사그리 잊어주소. 내가 그 몹쓸 박수무당 말만 들어 사돈 앞에는 차마 얼굴 들 면목 없니이더."

홀롯댁은 정말 그랬다. 박수무당 말만 믿어 며느리를 내쫓았던 일은 두고두고 후회해도 모자란다. 그러나 허말년은 그 일은 별것 아니었다. 오히려 마음에 거치적거리는 것은 아들이 죽지 않았다 믿는 홀롯댁의 그 대단한 신념이었다. 그 말마따나 아들이 죽지 않아 돌아오면 어떻게 하는가? 허말년을 불안케 하는 소문은 띄엄띄엄 들려 왔다. 전쟁터에서 그 많이 죽어 가는 시신들을 분별하는데 전혀 착오가 없으란 법이 없었다. 어느 집에서는 잿봉지를 받아 묘를 쓰고 나니 죽었다는 그 아들이 절뚝거리는 상이군으로 대문을 들어서더라는 것이었다.

"진작에 한 번 와 보고 싶었니이더만 그게 마음대로 잘 안 되니이더. 삼칠에도 못 와 봤는데 백날도 못 오면 외할미 돼서 너무 무심하다 할 거 아잉껴? 그래 바쁜 걸음 한 번 했니이더."

"참말로 잘 왔니이더. 이래 안 오만 발걸음하기 쉽지 않지요. 나도 은근히 기다렸니이더. 이번에는 외손자 보러 올 거라꼬요."

허말년이 오지 않았으면 홀롯댁은 아직도 며느리 쫓았던 그 앙금이 풀리지 않아서 발걸음을 아예 끊는다는 생각을 했을 것이다. 허말년의 출현으로 홀롯댁은 짊어진 짐 하나를 벗어 던졌다.

"사돈요. 참말로 고맙니더. 우리 이제부터는 스스럼없이 지내시이더. 저놈 여득이를 본 딴아 말이시이더. 우리 집 대를 이을 놈 아잉겨. 금이야 옥이야 아잉겨. 처음은 외탁한 것 같았는데 자세히 생각해보니 애비를 닮았니이더. 애미도 그래 말했니이더. 애비를 닮았다고……."

"애비를 닮았다고요?"

허말년이 여득을 살펴본다. 놈은 새록새록 자고 있었다. 애비를 닮았다? 그 애비는 누구란 말인가? 허말년이 혼란스러웠다.

"예. 애비를 닮았니이더. 며느리도 그랬니이더. 애비를 닮았다고……."

"그 보소. 씨는 못 속이제요?"

"암요. 못 속이고 말고제요. 옛말에도 씨 도둑질은 못한다 안했니이껴."

"그랬제요. 씨 도둑질은 못한다고……."

"참말로 옛말 하나 안 틀리제요?"

"안 틀리고 말고제요."

점둘이 옆에서 눈을 끔벅거렸다. 왜 하필이면 씨 이야기인가?

허말년 눈에 여득이 의외로 건강해 보였다. 금계랍을 받아먹은 아이 같지도 않고 쟁기체가 욱박지른 아이 같지도 않았다. 그때 일을 생각하면 사지가 뒤틀어진 아이로 태어났을 만도 한데 그 모진 고통을 참고 견뎌 손색없이 태어난 걸 보면 참말로 지독한 씨였다. 독한 인민군의 씨라 아니할 수 없는 것이다. 그 여득이 잠을 깨 앙앙 울기 시작한다. 백날 울음 같지 않게 큰소리로 울어댄다.

"사돈요. 애비 울음소리도 꼭 저랬니이더. 저래 우렁차게 울었니이더."

오로지 환상일 뿐이다. 홀롯댁은 손자의 모든 것을 천수의 환상에 귀착해 놓는다.

허말년이 여득을 안았다. 달갑지 않는 외손자……. 안고서 어르자 울음을 뚝 그친다. 말똥말똥한 눈으로 쳐다본다.

"사돈요, 그것 보소. 낯을 안 가리니이더. 애비도 조만할 때 그랬니이더. 애비도 낯을 안 가리고 어른 손끝에서만 놀라했니이더."

아들에 대한 홀롯댁의 환상은 손자 여득에게 일치하고 있었다.

"참말로 애비를 쏙 빼 닮았는 모양이시이더?"

그렇게 말하는 허말년은 결코 편한 마음일 수는 없었다. 어서 이 난감한 자리를 피하고 싶을 뿐이었다.

"보는 사람마다 아아 잘났다 안카니이껴. 애비를 닮아서 그릇다 안카니이껴."

"이름이 여득이라 캤니이껴?"

"여덟 달만에 얻었다고 내가 여득이라 지었니이더."

허말년은 천장을 쳐다보았다. 여덟 달? 애비? 허말년의 가슴이 답답해 왔다.

"전쟁만 끝나보소. 애비는 꼭 오니이더. 애비는 안 죽었니이더. 애비가 왜 죽어요? 하늘이 반쪽 나도 나는 죽었다 안 믿니이더. 살았다 믿니이더. 죽었다 믿으면 나는 못 사니이더. 살았다 믿기 때문에 전쟁 끝나면 온다 믿고 있니이더."

"전쟁이 언제 끝나는데요?"

허말년이 묻고는, 어디 믿을 걸 믿어야지……. 짜증이라도 내고 싶었다.

"휴전 한다니이더. 휴전하면 전쟁 끝나는 거지요."

"까짓, 젊은 생목숨 다 죽여 놓고서 휴전하만 뭐 하니이껴?"

"그래도 휴전만 돼보소. 여득이 애비는 살아서 집에 오니이더. 난 그래 믿니이더."

"······."

허말년이 속으로 비웃는다. 휴전이 된들 돌아올 사람은 없었다. 어느 애비든 다 죽었다. 천수도 죽고 그 인민군도 죽었다. 허말년은 그렇게 믿는다. 죽은 잿봉지 온 아들이 상이군 돼서 살아왔다는 소문이 마음에 꺼림칙하나 실제로 있을 법하지 않았다.

허말년은 곧장 그집을 나왔다. 점둘이 뒤를 따라 배웅한다. 모녀는 마을을 벗어날 때까지 아무 말도 하지 않았다. 홀롯댁이 마당에 서서 그들 뒷모습에 시선을 던지고 수심을 쌓는다. 그 어미가 언젠가는 딸을 숨아갈 것만 같은 생각이 결코 기우일 수만 없었다. 딸을 숨아내면서 살이 긴 며느리 쫓아낼 때는 언제였는데 하고 다그치면 홀롯댁 입이 열이라도 별로 할말이 없다.

"어매, 뭐한데 왔노?"

어머니를 배웅하던 점둘이 산모롱이를 돌면서 입을 열었다. 마을은 산모롱이에 가려 보이지 않았다.

"누가 오고 싶어왔나? 남의 눈 위해 왔제."

"남의 눈을 왜 위하노?"

"생각하면 모르나?"

"어매, 이젠 그 걱정은 말그라. 맘 놓그라."

어머니 속내를 들여다보는 점둘이 쓸쓸히 말했다.

"여 좀 앉아나 보자."

허말년이 딸의 손목을 끌어 길섶에 앉는다.

"참말로 니 말마따나 인젠 맘 놔도 되나?"

허말년은 확약을 받고 싶었다.

"된다."

"나는 뭐가 자꾸 맘에 걸린데이."

"뭐가 맘에 걸리노?"

"니 시애미 말하는 거 한 번 들어봐라. 아들이 절대 안 죽었다 안카나? 그게 자꾸 맘에 걸리적거린다 말이다."

"어매. 그 말 믿지 마라. 죽었다. 잿봉지 보고도 안 죽었 말이 되나? 시애미는 아들 죽은 게 하도 원통해서 억지 부린다. 원통하고 분해서 그른다. 물에 빠진 사람 지푸라기 잡을라하는 거 하고 똑같다."

"나도 그래 생각한다만 니 시애미 하도 안 죽었다 나대서 뭐가 찜찜하구나……."

"뭐가 찜찜하노?"

"니 시애미 말이 전혀 근거 없지도 않다 말이다."

"뭔 소리고?"

"전쟁터에서 그 많이 죽어 자빠진 시체를 무슨 수로 다 똑바로 하노? 잘못될 수도 있다 카드라. 잿봉지가 왔는데도 절뚝거리며 살아서 왔더란 소문도 안 있나. 그게 꼭 헛소문이라고만 못한데이. 니 시애미 그른 소문만 믿고 있는 거 아이가?"

"어매, 걱정 마라. 죽었다만. 안 죽었으만 편지라도 오제? 잿봉지 받고 일 년이 됐는데도 감감무소식이 죽었지 살았나? 누가 살았다 믿겠노? 하도 원통하고 분해서 그른 소문이라도 믿을라카는 기제."

"니 말도 틀리지는 않다만……."

"죽었다. 죽은 게 틀림없다 어매. 그른 거 찜찜하게 생각지 마라. 마음 놔라."

"혹시 인민군에 붙잡혀 포로됐는지도 모르잖아? 그름만 편지도 못 오 제."

"어매는 별 걱정도 다 한다 참말로……."

"니 시애미가 하도 살았다 살았다, 안 죽었는 행세하잉 그른 생각 다 안 드나."

"어매, 포로 됐음만 어뜨노? 포로 됐음만 어뜻고 죽었음만 어뜻노? 포로나 죽은 거나 뭐가 다르노? 다 마찬가지 아이가. 포로 됐음만 집 찾아가라 보내준다 카다아? 다 소용 없는 기다."

"하기야 뭐 다 똑같다. 생각하만 우리가 뭔 죄 있나? 전쟁 일난 죄밖에 더 있나? 다 전쟁 탓이제. 전쟁 안 났음만 뭐 때문에 이른 일 당하겠노? 다 전쟁 일난 죄제……."

"어매, 고만 가그라."

그래도 허말년이 앉은자리에서 궁둥이를 떼지 못한다.

"니도 그 집 귀신 될 수는 없제?"

"무슨 소리고?"

"그 집에 몸담고 사는 게 어데 맘인들 편하겠나? 죄밑 생각밖에 더 있

나? 고무신 바꿔 신어야제?"

"난 그래 못한다."

"왜?"

"여득이 보만 그래 못한다. 내 뱃속으로 안 낳았나. 씨야 누구 씨든 내 뱃속으로 난 아아 아이가? 난 여득이 보만 참말로 귀엽다."

"맘이 편해야제?"

"맘 안 편하면? 난리통에 내가 이 집 나가 봤자 어데 가겠노? 가봐야 친정밖에 더 가겠나? 거기 사나 여기 사나 맘 안 편한 거는 똑같다. 차라리 여기가 더 편하다. 여기 몸담고 여득이 보고 살란다. 여기 사는 게 내 몸 하나는 훨씬 더 편하다. 이 난리통에 몸 하나 편한 것만 해도 어데고?"

"니 맘대로 해라. 그르나 끝까지 살집은 못된다. 뭐를 믿고 끝까지 사노? 그 집 귀신 될 생각은 말아라"

"이래 살다 전쟁 끝나면 혹시 여득 애비 찾아올지 아나?"

"여득 애비가 누군데?"

"애비가 누구긴 누구래? 애비지. 바로 지애비지."

"벌써 니도 시애미 닮았나? 그 인민군 애비 살아서 돌아온다고?"

"그때 내보고 기다려라 했다. 죽지 않음만 찾아온다 했다. 기다려라 했다."

"니가 지금 무슨 소리를 하노?"

"여득이 보만 그 애비 생각이 자꾸 난다."

"어매에, 벼락 맞아 뒈질 소리하고 있데이."

"젖꼭지 물고 있는 여득이 보만 그 애비가 그리워지는 걸 어짜노? 그 씨를 품어안고 젖먹이잖아. 참말로 내 맘을 마음대로 못 한다 어매. 그 애비 얼굴이 떠오르는데 어짜노? 내 뱃속에 씨를 뿌렸어 안그라. 어쨌든 몸 바친 첫 남자 아이가. 첫 남자가 그립다 어매. 여득이 낳아 더 그립다 어매."

점둘이 눈물을 찍는다.

"니가 정신 있는 소릴 하고 있나? 이 미친 것아? 그른 말 두 번 다시 입 밖에도 내지 마라. 뭐가 어째? 몸 바친 남자라? 그게 무슨 몸 바친 남자 고?"

"어쨌든 내한테는 첫 남자였다. 아아까지 생겼잖아. 왜 생각 안 나노?"

"니가 미쳐도 환장을 했다. 헛말이라도 그른 소리 입 밖에 내지 마라. 이 것아. 낮말은 새가 듣고 밤 말은 쥐가 듣는다. 누가 들음만 어쩌라고?"

"내 생각에는 살아있을 것 같다. 이천순가 삼천수는 죽었지만 그 인민군 은 살았을 것 같다. 꿈에 보인다. 얼매나 그리웠으면 꿈에 보이노?"

"그놈도 죽었다. 쓸데없는 생각마라. 이놈도 죽고 저놈도 죽었다. 둘 다 뒈지고 없다. 이놈저놈 다 뒈지고 없다. 분명한 건 사대독자에 접붙이기 한 것이다. 딴 거는 아무것도 없다. 그래나 알고 기다려봐라. 행여 바꿔 신 을 고무신짝이 나타날지……."

허말년은 자리를 털고 일어섰다. 엉덩이에 묻은 먼지를 툭툭 털고는 사 방을 두리번거린다. 낮말은 새가 듣고 밤 말은 쥐가 듣는다는데? 미루나 무 꼭대기에서 까치 한 마리가 푸드덕 날아갔다.

11.

    나는 어머니 뱃속에서 태어났다. 당연하다. 어머니 뱃속에서 태어나지 않았으면 '여득'이라는 이름의 아이는 이 세상에 없었다. 나는 '여득'이라는 이름을 가진 아이로 아직 여덟 살밖에 되지 않았다. 어쨌든 내 이름은 '여득'이고 우리 어머니 이름은 '점둘'이었다. 그러나 내가 어떻게 어머니 뱃속에 잉태되었는지에 대해서는 아무 것도 모른다. 내가 그것을 어떻게 알겠는가……. 나는 아직 여덟 살밖에 되지 않아서 국민학교 일학년인 어린아이에 불과할 뿐이었다. 오직 아는 것이 있다면 어머니가 나를 여덟 달만에 낳았다 해서 '여득'이라는 이름을 가지게 되었다는 것이다. 어머니는 왜 나를 여덟 달만에 낳았을까? 어머니 뱃속에서 열 달을 다 채우지 못하고 여덟 달만에 기어 나오는 아기도 간혹 있었는 모양이었다. 내가 바로 그랬으니까. 그래서 우리 할머니는 굳이 그 의미를 새겨 '여득'이라 이름 지었고 호적부에도 그대로 올렸기 때문에 죽을 때까지 '여득'이라는 부름으로 살아갈 것이다.

    이 세상에서 나를 가장 사랑하는 사람은 할머니였다. 나 역시 어머니보다 할머니를 훨씬 더 좋아한다. 할머니의 따뜻한 품이 없으면 즐거움을 별로 느끼지 못하는 외로운 아이인지 모른다. 어머니의 보살핌보다 할머니의 보살핌이 백배 더 깊어 어머니 없이 할머니만 있어도 살 것 같은 느낌이었다. 할머니야말로 바람이 불면 날아갈까, 쥐면 터질까, 나를 애지중지 천하에 둘도 없는 손자로 돌보아주고 있었다. 그 할머니 없으면 나는 사랑이 뭔지 모른다.

남들에게 들어서 나는 아버지가 전사하신 것도 알고, 그 아들을 잃어 마음에 응어리진 할머니의 한(恨)과 그 구구절절한 사연까지도 알고 있었다. 사실 할머니는 아직도 그 연장선에서 헤어나지를 못했다. 왜냐하면 할머니는 지금도 아들의 죽음을 불신하는 쪽에 무게를 실었다. 휴전 상태인데도 불구하고 할머니는 죽은 아들을 기다리며 사는 것이다.

"여득아, 니 아부지는 죽지 않았다."

할머니는 심심하면 그 말을 했다. 그래서 통일만 되면 돌아온다는 환상에 사로잡혀서 남북통일이 되기를 손꼽아 기다렸다.

"할매, 참말인가?"

물론 나는 할머니 말을 믿지 않았다. 아버지가 전사해서 잿봉지로 돌아왔다는 사실을 모르는 사람이 없었다. 오직 할머니만 그 유해를 잘못 전달된 착오로 간주했다.

"인민군에 붙잡혀서 포로가 됐음만 됐지 죽지는 않았다. 통일되면 돌아온다."

"그름만 포로교환 때는 왜 못 왔노?"

"포로교환 때는 누락됐다. 그 많은 포로들 다 교환할 수 있나? 아빠는 포로로 북에 살아있다. 통일되면 돌아온다."

할머니는 유해를 부정하고 나섰을 때와 같이 포로교환에서도 빠졌다는 것이다. 그 환상을 통일로 연계시켜서 손꼽아 그 날이 오기를 기다렸다. 한마디로 할머니 소원은 통일이여 어서 오라!

나는 할머니의 희망사항이 얼마나 무모한 환상에 젖었는지 알고도 남는다. 노래처럼 할머니가 불러서 통일이 올 것 같았으면 벌써 왔다. 일학

년에 입학하자마자 선생님은 반공방첩 북진통일부터 주입시켰다. 저학년이라도 반공방첩 북진통일이 무엇인지 모르는 아이는 없었다. 그 통일이 얼마나 어려운데 노래처럼 할머니가 불러서 오겠는가?

할머니가 하도 통일을 노래해서 나는 어머니에게 한 번 슬쩍 물었다.

"엄마? 엄마도 할매 말 믿나?"

"무슨 말 말이고?"

"아빠 북한에 살아있다는 거?"

"니 애비 말이가?"

"믿나 안믿나?"

"왜 묻노?"

"할매가 자꾸 살아있다 안카나?"

"살아 있다 이 자슥아."

"정말?"

"그래 이 자슥아."

어머니 속을 모르는 나는 참으로 의외였다. 왜냐하면 내 아버지는 오직 하나이기 때문에…… 할머니가 말하는 아버지와 어머니가 말하는 아버지가 따로 있다는 생각을 내가 어떻게 할 수 있는가? 아버지라면 오로지 할머니 생각과 어머니 생각이 동일한 하나의 얼굴이 되어 마땅했다. 각각 두 개의 얼굴이 있을 수가 없는 것이었다.

"그름만 엄마도 할매 매로 통일을 기다리나?"

"그래, 기다린다."

"에이이, 거짓말……."

"그자슥, 거짓말은?"

"참말로 엄마도 할매 닮나? 다 우리 아부지 전쟁하다 죽었다는데?"

"모르면 주우디이 덮어라."

어머니도 어느새 할머니를 닮아서 같은 환상에 젖어드는 느낌이었다. 할머니와 어머니 사이에는 두 개의 얼굴을 가진 각각의 아버지로 있을 줄 내가 어떻게 알겠는가? 나는 아버지라면 오직 하나의 같은 얼굴로 생각할 수밖에 없었다. 할머니 아들이고 그 아들 또한 나를 태어나게 한 어머니 남편이기 때문이었다.

겨울방학이 되어 나는 어머니를 따라 외가를 갔다. 이때까지 나는 외가를 잘 모르고 있었다. 어머니도 친정에 잘 가지 않는 편이지만 어쩌다 갈 일이 생기면 나를 아예 떼놓았다. 할머니 사랑이 너무 깊어서 그렇게 어머니와 떨어지는 것은 조금도 두렵지 않았다. 어쩌면 나는 어머니 없이도 살 수 있을 것 같은 생각도 들곤 했다. 그렇지만 할머니 없이는 못살 것 같았다. 아니 내가 못사는 게 아니라 할머니가 나 없이는 못살 것이었다.

외가에 가서 몇 시간도 안 됐는데 벌써 우리 할머니가 보고 싶었다. 저녁을 먹고서 나는 우리 할머니 생각을 하면서 잠들었다. 밤이 얼마쯤 됐을까? 어머니와 외할머니가 무슨 이야기를 꺼내 놓고 두런거리는 소리를 들어 살포시 잠을 깼다.

"니가 그 집 귀신 될 거까지는 없다. 인지는 그만큼 살아줬음만 니 할 도리는 다했다. 저놈아 여득이도 인지는 그 할매 밑에서 지대로 클 기다. 고무신 바꿔 신을라만 서른 살은 넘기지 말아야제."

그 이야기에 나는 눈을 감고서 귀만 기울였다.

"나는 아즉 더 기다려보고 싶다 어매야. 통일이 될지 누가 아노?"

어머니는 한숨을 섞었다.

"통일은 무슨 놈의 썩어빠질 통일이고?"

"누가 아노?"

"미친 수작 그만 해라. 통일 되만 뭐하노?"

"여득이 아부지 살아서 찾아올지 누가 아노?"

어머니도 할머니 바람과 똑같은 말을 했다. 어머니도 이제는 할머니를 철저히 닮아 있었다. 나는 그렇게밖에 달리 생각할 수 없었다.

"살았음만? 살았음만 찾아온다 카다아?"

"찾아온다 캤다."

"언제?"

"그때."

"그때가 언제고?"

"그때가 그때지 뭐. 그때 여득이 아부지 되는 사람 내보고 기다려라 했다. 전쟁 끝나만 찾아온다 캤다. 그 말 한 마디 남기고 떠나갔다, 어매야."

나는 어머니 말이 당연하게 들렸다. 아버지는 국군에 징집되면서 그런 말을 분명히 했을 것이었다.

"아이고, 이 어리석은 것아. 그 말을 어예 믿노? 그게 하마 언제고? 미친 것아."

"나는 아즉도 그 말이 머릿속에 뱅뱅 돈다. 꼭 살아있을 것만 같다."

그렇게 말하는 어머니는 정말로 할머니의 환상에 완전히 물든 것 같았다. 어떻게 어머니도 할머니와 꼭 같은 공상을 하는지 심히 의심스러웠다.

"듣자듣자 하니 니가 참말로 어리석다. 그 말을 어예 믿으면서 세상을 살라 카노? 그기 언제 일이고 글쎄……. 니도 참말로 니 시애미 닮았나? 어리석은 것아."

"그래도 나는 그 남자가 제일로 그립더라. 내한테 그 남자말고 다른 남자 어데 있었노? 씨를 뿌린 남자 아이랬나. 여득이 아부지 아이가. 여득이 크는 거 보만 왜 생각 안 나노?"

어머니 이야기는 내 귀에 하나도 틀리지 않았다.

"니가 참말로 미쳤다. 씨를 뿌렸음만 뭐하고 생각나만 뭐 하노? 살았은 들 휴전선이 가로 막혔는데 뭔 재주로 넘어 오노?"

"그래서 통일되기 바랐제."

"누가 통일된다 카다아? 이제 보니 니가 맨 니 시애미를 닮아가는구나. 한 집에 살아서 옮았나? 죽은 사람도 안 죽었다 억지로 우기다 참말같이 믿어져 통일 되만 돌아온다, 통일 되만 돌아온다……. 그게 말이나 되는 소리가? 억지로 우기다가 보니 죽은 사람도 산 사람같이 믿어져 생긴 착각 아이가. 니도 꼭 그래 됐나? 어예 시애미 하고 꼭 같아졌노? 한집에서 듣고 보고 배워서 그래됐나? 한심한 것아……. 다 쓸데없다. 통일은 무슨 놈의 통일이고? 어느 곤 천년에 통일되노? 헛공사 하지 말고 한 살이라도 젊을 때 고무신짝 바꿔 신을 생각이나 해라. 내 한 사람 알아뒀다. 머잖아 찾아가거든 아무 소리 말고 입던 옷가지만 챙겨 나오그라. 알았제?"

외할머니 말이 무슨 뜻인지 나는 짐작을 했다. 어머니를 사주하는 외할머니가 미웠다. 외가에 온 것을 후회했다. 차라리 내가 안 들었으면 좋았다. 두 번 다시 외가에 올 생각은 없었다. 그러나 외할머니 말 중에 나와 같

이 생각하는 말이 하나 있었다. 통일이 되지 않는다는 것이다. 우리 할머니처럼 노랫말로 불러 통일이 될 리는 없었다. 반공방첩 북진통일을 귀가 닳도록 학교에서 들어 그것이 얼마나 어려운 일인지 일 학년만 돼도 모를 아이는 없었다.

"여득이 저 눔은 완전히 그 집 자손 됐제. 누가 뭐래도 그 집 자손 아잉가. 사대독자 대를 이어줬음만 잘 됐지 나쁠 기 뭐 있노? 그 집구석에서 니 할 일은 이제 끝났다. 고무신 바꿔 신을 일만 남았다. 니 주제에 허우대 멀쩡한 사람은 없다. 손가락 세 개 잘린 상이군이다."

어머니는 눈물을 찍는 듯했다.

이틀 밤을 외가에서 자고 집으로 돌아왔다. 상이군 어쩌고 저쩌고 하던 외할머니의 말이 계속 내 마음에 걸려 찜찜하기 짝이 없었다. 그러고 보니 할머니도 무엇을 잔뜩 불안해하는 눈치였다.

외가에 갔다오고 한 달이 훨씬 넘었다. 두 달은 못되는 듯했다. 학교에서 돌아오는 길이었다. 개울의 돌다리를 건너자 낯선 남자가 서성거렸다.

"야아."

나는 집으로 향하던 발걸음을 멈춰 돌아보았다.

"여득이 집이 어디고?"

"왜요? 내가 여득인데요."

나는 아무 생각 없이 대답해버렸다.

"그래?"

낯선 남자는 아래 위로 훑어본다. 나는 이상한 생각이 들었다. 내 이름을 어떻게 아는가?

"우리 집은 왜요?"

"응, 알았다 그만 가아라."

나는 그가 미심쩍어 눈을 끔벅거렸다. 그런데 옷소매 바깥으로 슬며시 기어 나오는 손을 보는 순간 가슴이 덜컹했다. 왼쪽 손은 두 개의 손가락만 붙어서 쇠갈고리는 면했다만 쇠스랑처럼 보기 싫은데다 눈살을 찌푸릴 정도로 흉터자취가 남아있었다. 내 머리에 제일 먼저 떠오른 생각은 그때 외할머니가 하던 말이었다. 내 이름을 아는 걸 보아 외할머니가 보낸 상이군이 틀림없었다.

할머니는 우리 집에 없었다. 오늘 아침 오일장을 가셨다. 할머니만 집에 있어도 내 마음이 덜 음침했다. 나는 우리 집 대문 안으로 발을 들여놓기 바쁘게 빗장을 걸었다.

"야 이 자슥아, 대문은 왜 닫아거노?"

어머니가 나를 노려보았다.

"상이군 들어온다, 상이군……."

"그 새끼가 안 미쳤나? 상이군 들어오면 어뜬데? 외할머니가 보냈다 이 자슥아."

"그름만 엄마는 상이군이 좋나?"

"주우디이 닥쳐라. 대문이나 열고……."

"전에는 상이군 무서워했잖아?"

"그 자슥이, 주우디이 못 닫나?"

"내가 뭐 잘못 말했나?"

"잔소리말고 할머니 장마중이나 가그라."

어머니 스스로 대문을 활짝 열어놓는다.

"씨이……."

"할매 장마중이나 가그라 안카나."

그렇게 말한 어머니는 방으로 들어가서 거울을 찾아들어 머리빗질을 시작한다. 얼굴화장 하는 어머니를 보고서 나는 대문을 나왔다. 아까 그 상이군은 이미 우리 집 가까이로 다가오고 있었다. 상이군은 내 동태만 주시하고서도 우리 집 위치를 알아봤다.

할머니는 근래에 매장을 갔다. 그리고는 꼭 저물어서 돌아왔다. 그 이유를 나는 모르고 있었다. 그러나 서호댁을 만나서 외갓집 소문은 소상히 듣는 것 같았다. 매장을 가는 이유도 서호댁을 만나 어머니를 사주하는 외할머니 동향에 귀 기울이고 싶었는지 모른다.

나는 할머니가 오고 있을 장길 따라 정신없이 달렸다. 얼마 후 헐떡거리며 따웃고개 위에 올라섰다. 얼마나 뛰었는지 옷이 흠뻑 젖었다. 고개를 지키고 서 있는 서낭나무에서 바람소리가 쏴아 하고 났다. 그 고목나무 밑에는 사람들이 오가며 던져놓은 돌무더기가 수북하게 쌓여있었다. 할머니는 지금 그 돌을 새로 옮겨서 차곡차곡 돌탑을 쌓고 있는 중이었다. 그러는 할머니 모습을 본 나는 설움이 치솟아서 말도 금방 못했다. 나도 모르는 무슨 설움이 목구멍을 꽉 채워놓았다.

할머니는 내가 온 줄도 모르고 돌탑 쌓는 데만 정신이 팔려있었다. 서낭나무 뒤편에 터를 다지고서 언제부터 그 돌탑을 쌓아올리기 시작했는지 벌써 탑 하나가 다 만들어지는 단계에 이르렀다. 그 높이는 할머니 키만큼 되어서 마지막 마무리하는 일만 남아 있었다.

할머니는 손자가 옆에 와 있는 줄도 모르고 모난 돌도 모나지 않게 꿰어 맞추느라 옆을 돌아볼 여가도 없었다. 할머니 정신은 온통 그 일손에만 매달려 있었다.

저랬구나! 할머니는 언제부터 오일장을 빼지 않고 갔다가는 꼭 어두워서 돌아온 이유가 바로 저랬구나……. 할머니는 무슨 소원을 빌기 위하여 서낭나무 밑에 수북히 쌓인 돌을 새로 옮겨서 저렇게 정성껏 탑을 쌓아올리는 것일까? 그것이 어느새 할머니 키만큼 높이 올라서 마지막 마무리를 하게 되었다. 처음 돌탑이 차지한 밑자리는 동네 우물만 하다. 그만한 터를 잡아 위로 올라가면서 쌓이고 쌓여 원뿔모양으로 탑의 형체를 빚어냈다. 지금 우리 집에는 외할머니가 보낸 상이군이 와서 어머니를 훔쳐가고 있는데도 할머니는 탑 쌓는 데만 몰두하고 있으니 내 마음이 다시 다급해진다.

"할매에……."

나는 설움을 삼키며 불렀다. 아니 목이 메어 울부짖었다.

할머니는 깜짝 놀라 들었던 돌멩이를 떨어뜨렸다. 그리고는 두 팔을 벌렸다. 그 품속으로 나는 뛰어들었다. 할머니가 나를 꼬옥 껴안고 땅바닥에 주저앉아서 눈물을 뚝뚝 떨어뜨렸다. 그만 나도 눈물이 글썽거려 같이 울었다.

할머니는 내 눈물을 손바닥으로 닦았다. 얼마 동안 할머니도 나도 무슨 말을 찾지 못했다. 내가 할머니 품안을 벗어나서 겨우 몸가짐을 바로 잡고 나서야 할머니 입이 열렸다.

"이놈 여득아. 니가 여까지 뭐하러 오노? 이 불쌍한 놈아."

그렇게 말하는 할머니 눈에서는 여전히 눈물이 떨어졌다.

"할매, 왜 우노? 울지 마라."

"그래. 내가 왜 우노? 안 울어야제. 그른데 눈물이 자꾸 떨어진다……."

할머니는 억지로 눈물을 감춘다.

"할매, 우리 집에 상이군이 왔다. 빨리 집에 가자. 어서……."

"그래? 왔구나! 결국 왔구나……."

할머니는 별로 놀라지 않았다.

"할매……."

"그래 왔구나 왔어!"

혼잣말처럼 중얼거리는 할머니의 표정은 담담했다. 아니 태연하다. 할머니는 다시 말을 이었다.

"나도 오늘쯤 그 상이군이 올 줄 알았다. 그 상이군이 우리 집에 온들 무슨 방법이 있나?"

"할매야, 지금 무슨 소리 하노?"

"아이다. 그냥 해본 말이다."

할머니는 우두커니 먼 하늘을 한참 바라보았다.

"그름만 할매는 벌써 다 알고 있었나?"

"뭘?"

"상이군이 온다카는 거."

"짐작만 했제."

"뭐라꼬?"

"내 짐작이 맞았제."

"그른데 여서 왜 돌이나 포개고 있노?"

"어짜겠노?"

"집으로 퍼뜩 가자."

"집에 간들 다 소용없는 기라……."

"왜?"

"니 어매도 인젠 통일이 물 건너갔다 생각한 거라. 그래 생각한 거라. 그
르니 니 애비를 더 기다려 볼 마음도 없어졌제. 지금까지 참말로 잘 참아
왔제. 지금까지 참아온 것도 고마운 기라. 니가 벌써 여덟 살 아이가. 학교
까지 댕기제. 이날까지 참아준 것도 고마운기라."

"할매……."

나는 다시 눈물을 글썽거렸다.

"자슥이 울긴? 니는 이제 다 컸는 기라. 어매 없어도 사는 기라. 전쟁에
어매아배 다 잃은 고아도 숱한데? 니는 그래도 이 할매가 있제. 이 할매는
또 여득이가 있고……. 니 어매 없다고 우리가 못사는 거 아이라. 니와 나
는 같이 살아갈 수 있데이. 얼매든지 살아갈 수 있데이."

"그름만 집에 안 갈 끼가 할매?"

"오늘은 이 탑을 다 포개고 갈란다. 하마 집에 가만 뭐 할 끼고? 가는 사
람 뒤꼭지나 볼 거 아이가? 차라리 탑이나 다 포개놓고 가야제. 가는 사람
뒤꼭지 봐서 뭐 하겠노? 서로간에 맘만 아프제. 여득이 니도 여기 있어 할
매 탑 다 쌓은 거 보고 내캉 같이 가제이."

"탑은 뭐한데 쌓노?"

"통일을 빈다."

"할매가 이래 돌탑 쌓음아 통일되나 뭐?"

"모도 통일 안 된다 카잉 낸 딴아 빌어야제. 니 어매도 통일 안 된다 생각하고 안 갔뿌나. 가는 사람 어에 붙잡노?"

"왜 못 붙잡노?"

"붙잡아도 소용없는 기라."

"왜?"

"기다릴 사람이 없어졌으니 그렇제. 통일된다 생각하만 기다릴 사람도 있제만은 통일 안된다 생각하만 기다릴 사람도 없어지는 기라."

할머니는 내가 여덟 살이나 될 때까지 어머니가 내 곁에서 기다려 준 것만도 고마워하는 것이다.

"여득아. 니 어매가 참말로 고마웠데이. 나는 니 어린 젖줄을 끊고 갔뿔까봐 얼매나 가슴 조였는지 모른다. 오늘까지 참아준 니 어매가 고맙데이."

"할매."

"통일을 비는 맘으로 이래 탑을 쌓는 기라. 비는 맘으로. 이래 탑을 쌓고 있음만 잡념이 없어진다 아이가."

할머니는 앉은자리에서 일어나 다시 돌멩이를 주워 탑 위에 하나하나 포개 올리기 시작했다. 굳은살로 쩍쩍 갈라진 할머니 손 역시도 돌멩이였다.

"니 어매 맘은 벌써 떠나 있었제. 몸만 우리 집에서 살았제. 내가 왜 그걸 모르노. 결국 택한 기 상이군이구나. 상이군이면 어뜨노? 가서 잘 살면 되제."

"할매, 그만 집에 가자."

"아이다. 이 탑만은 오늘 다 쌓고 갈란다."

"왜?"

"그래야 니 어매도 조용히 챙겨서 떠나제. 우리가 집에 가만 니 어매는 옷가지 하나도 덜 챙겨서 떠나간다. 이왕 갈 사람 조용히 챙겨서 떠나도록 내버려둬라. 그래서 난 말이다 이 탑은 다 쌓아놓고 갈란다. 내가 어예 떠나가는 니 어매 뒤꼭지를 보겠노? 여득이 니도 마찬가지 아이가. 여득이 니도 할매하고 같이 가제이. 그름만 니 맘도 덜 아프제."

"내도 할매 말 들을게."

"그래그래. 여득이 니 맘 쓰는 것도 참말로 내 손자인기라. 우리 집 씨가 가면 어데를 가겠노. 우리 집에서 살아야제. 니가 태어나지 않았음만 우리 집에 씨가 끊어질 뻔 안 했나. 니 어매가 우리 집에 씨 하나라도 뿌려주고 가니 그게 더 안 고맙나."

할머니는 돌멩이를 들어 눈대중으로 요모조모 재보다가 포개곤 한다. 약간이라도 비뚤어지면 다시 쌓기를 거듭했다.

"이놈의 돌멩이도 지 앉을 자리가 따로 있는 기라. 모난 놈은 모난대로 둥근 놈은 둥근대로 지 차지할 자리가 따로 있는 기라. 모났다고 못쓰는 기 아이고 둥글다고 잘 생긴기 아이라."

"할매."

"왜?"

"오늘 다 쌓음만 다음에는 뭐 하제?"

"새로 쌓는다. 통일을 비는 맘으로 새로 쌓는다."

"그것도 다 쌓음만?"

"또다시 새로 쌓는다."

"그름만 돌탑이 모도 몇 개 되제?"

"글쎄……."

"세 개 되나, 네 개 되나?"

"아마도 여덟 개는 쌓아야제."

"여덟 개나? 그래 많이……."

"그래야제."

"왜?"

"니가 여덟 달만에 낳거든. 그래서 내가 니 이름을 여득이라 짓제. 그르니 돌탑도 여덟 개는 쌓아야제. 니를 위해서도 여덟 개는 꼭 쌓을 기다. 통일을 비는 맘으로 쌓음만 언젠가는 여덟 개가 쌓일 기다. 이래 돌을 쌓고 있음만 맘이 참 편하다. 소원을 비는 마음만 남고 잡생각은 떠나서 편한 거 아이가."

할머니는 탑의 마지막이 되는 꼭대기를 차츰차츰 좁혀서 돌을 포개 올린다. 조금도 서둘지 않고 아주 차근차근 쌓아올린다. 나는 할머니를 도와서 돌을 가까이 옮겨 주기로 했다. 할머니를 거들어서 마지막 마무리 돌멩이 하나 없는 것을 보고 싶었다.

(진주신문 가을문예상 수상작품

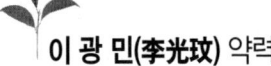

이 광 민(李光玟) 약력

□ 본명 이광치(李光治)
경북 안동 출생.
달구벌축제 산문장원, 청구문화제 수필 수상,
문예사조 수필 신인상, 진주신문 가을문예 중편소설 수상
수필과 비평 중편수필 수상, 제9회 대한민국 장애인문학상 단편소설 수상
제10회 대한민국 장애인문학상 수필 수상, 농민신문 신춘문예 수필 수상
문화체육관광부 문학창작활성화지원금 수혜, 소방문화 수필 대상(행정안전부 장관상)
제15회 대한민국 장애인문학상 중편소설 수상, 한국문인협회 회원(수필분과)

저서로는
수필집 : 〈저 하늘과 이 땅 사이에는〉, 〈가을매미〉 등이 있다.
E-mail : lkc9704@dreamwiz.com

씨 알

2008년 12월 5일 발행
2008년 12월 12일 1쇄

지 은 이 / **이광민**
펴 낸 이 / **윤현호**
펴 낸 곳 / **뿌리출판사**
홈페이지 / **www.rootgo.com**
E-mail / rootgo@dreamwiz.com / root1115@daum.net /
주   소 / 서울시 성동구 성수 2가 3동 317-10 2층 우편번호 / 133-835
전   화 / (代)2247-1115, 466-4516, 팩 스 / 466-4517
출판등록 / 서울시 등록(카) 제 1-551호. 1987.11.23

값 / 10,000원
ISBN 89-85622-67-6

*잘못된 책은 바꾸어 드립니다.
*인지는 저자와의 협의에 의하여 생략합니다.
*본서는 아래 기금을 지원받았습니다.
▶후원 : 기획재정부 복권위원회. 한국문화예술위원회. 신나는 예술여행. 복권기금문화나눔